U0944329

草样青春

CAOYANG QINGCHUN

拾荒1号 著

CFP 中国电影出版社

图书在版编目（CIP）数据

草样青春／拾荒1号著. —北京：中国电影出版社，2012. 3

ISBN 978-7-106-03433-7

Ⅰ. ①草… Ⅱ. ①拾… Ⅲ. ①长篇小说—中国—当代 Ⅳ. ①I247. 5

中国版本图书馆CIP数据核字（2012）第017023号

责任编辑：纵华跃
封面设计：周　鹏
版式设计：周彩霞
责任校对：孔　岳
责任印制：庞敬峰

草样青春

拾荒1号　著

出版发行　中国电影出版社（北京北三环东路22号）邮编100013
电话：64296664（总编室）　64216278（发行部）
64296742（读者服务部）　E-mail：cfpggb@126. com

经　　销　新华书店

印　　刷　北京航天伟业印刷有限公司

版　　次　2012年3月第1版　2012年3月北京第1次印刷

规　　格　开本/710×1000毫米　1/16
印张/15. 5　字数/200千字

书　　号　ISBN 978-7-106-03433-7/I·0764

定　　价　30. 00元

自序

走过青葱的季节，漫过岁月的河流，我们步入社会的洪荒。

脱下校服，褪去稚嫩，走出象牙塔，却不知现实的残酷。

年少轻狂的我们，谁能预料到社会的无常?

青春的岁月，我们身不由己。

时过境迁，有谁还在坚持最初的梦想，谁还拥有一颗温热如初的心?

我们迷茫，我们伤感，我们在风浪与浓雾中迷失自己。

我们挣扎，我们哭泣，我们呐喊，我们被世俗逐渐吞没。

我们爱着，也被爱着；恨着，也被恨着；被人伤害，也伤害别人。

我们是一群只能捡一点破铜烂铁的拾荒者。

我们是天之骄子，我们也是社会的俘虏；我们喊不出痛，只能苟延残喘。

青春已搁浅，那些梦想，被无情岁月就地掩埋。

谁看到了我们无奈的眼神? 谁又在倾听我们内心的独白?

我们也常被所谓的正义与良知误解，谁又会听我们苍白无力的辩解?

青春正在谢幕，我只能以这样浅薄的文字疗伤。

我认识世界是从山开始的，从我家矮矮的窗户向外望去，对面就是茫茫的大山，春夏翠绿，秋冬枯黄，年年如此。

天空也只有一绺儿，斜斜地搭在两山之间。

我就在这样的世界里，一天天地长大，一天天地懂事。

有一天，我问父亲，山的那边是什么？

父亲没有回答我，只留给我一个讳莫如深的眼神，抑或是空洞。

后来我知道，父亲一直生活在这样一绺狭长的天地间，从未走出去过。

在一个春天的早上，我爬上了山顶，想看看山的那边到底是什么。

山的那边还是山，我有些失望。

于是我便翻过一座又一座的山，最终我是哭着回来的，因为山的那边还是山。

从那时起，我有了一个坚定的信念，一定要走出这片山，到外面去。

后来呵，我终于走出了这片山。

世界真大，比我想象的还要大，我想这才是我梦寐以求的地方。

然而，在这个大世界里，我渺小得如同一只小小的蚂蚁。

我想，终有一天我会留在这里，成为这个世界的一部分。

但是，一切才刚刚开始，我终究是这个精彩的世界中不起眼的一个匆匆过客。

很多时候，我们根本就没有选择生活的权利，更多的是被生活所选择，虽然我们有太多的不甘心。

但是，又能怎样？

01

“回来吧，孩子，就算爸求你了。”父亲在电话的那端几乎声泪俱下地对他说。

放下电话，他陷入了深深的沉思。这已经是父亲今天的第三个电话了。这几日，父亲的电话打得很多，但每次谈话都是不欢而散。刚开始的时候，他们还在电话里头争吵、理论，但是后来，父亲改变了策略，上演苦情戏，一味地哀求。

刘宇心软，最见不得眼泪，知子莫若父，也许父亲早就知道他的软肋。于是父母轮番上阵，给他诉说这些年来他们为他所受的艰辛，一把鼻涕一把泪。他哪儿能受得了这些，真想对父母说：“你们放心，我收拾好了就回去。”但是又一想，不能就这样放弃，就这样回去他不甘心，于是又狠了心，撂下了电话。

“孩子，我们不奢求你有多大的出息，我们只希望你有一份稳定的工作，踏踏实实地生活，衣食无忧就知足了。我们家世代为农，好不容易供你读完了大学，你可不要辜负我们呀！”

父亲的话又不停地萦绕在耳际，他似乎看见父亲因为长年累月劳作而佝偻的身躯和那张刀刻般的脸，还有那焦虑的眼神。他有些动摇了。父母不指望他有多大的出息，但他却有自己的想法，有自己的抱负，也有自己想要的生活。

在黑暗中，他默默地坐起来，一根接一根地抽烟。他本来已经戒烟了，但此刻他却想抽。

夜很安静，旁边女友均匀的鼻息声显得格外清晰。刘宇给她承诺过，会给她一个美好的未来，他也坚信，凭自己的努力能给她一个美好的未来。

如果他遵循父母的意愿回去的话，那只能是一个永远无法兑现的承诺了。因为他在家乡长大，太了解那里的生活了，倩会愿意跟他回去吗？一边是养育自己二十几年的亲生父母，一边是自己最爱的人，他真的不知道该怎么办。

黑暗中，他望着倩那恬静的脸，不知道该何去何从。

02

如今，他又踏上了这条阔别多年的河川小道，多年之后的今天，他对这条小路感到既熟悉又陌生。

一切都没有变，小道夹在苍茫的大山之间，就像一条白练蜿蜒在河川之中。路还是那样凹凸不平，天然的石子路，纯粹得没有一点修饰。

一切似乎又变了，他每走一步都感到那么的忐忑，那样的迷茫，没有了当年的那份坦然与自信。

抬头望望那一绺灰溜溜的天空，天还是原来的天，永远那么狭窄，永远那么阴气沉沉，永远让人无法想象天那边的天是什么样子。

从今天，从这一刻起，将意味着他要不知疲倦地在这条路上一直走下去，不管刮风下雨，不管冰霜雪冻，他要走十里地到一个山村小学去教书，每天两趟，风雨无阻。唯一不同的是，他现在是一名人民教师，十年前他只是一名学生。

就是这条小路，他日复一日，年复一年，来回走着，上完了小学，上完了初中。

记得那时非常流行齐秦的那首歌："外面的世界很精彩，外面的世界很无奈。"和他一起的儿时伙伴，一个个陆陆续续都不念书了，他们去了外面的世界，只有他坚持了下来。他也渴望到外面的世界去，也许他比谁都渴望，但是他不愿意选择伙伴们的路，他坚信能够以自己的方式走出去。

那时天不亮就得起床去上学，他很自觉，从来不需要别人催促。在学校也很听老师的话，几乎从来没有迟到过，更别说旷课，并不是他胆子小害怕老师，而是他知道要想实现自己的愿望，在他当时的意识里就只能这么做。

春夏还好，到了秋天，雨水多，河川里洪水泛滥，就分辨不清哪里是路哪里是河道了，只有脱了鞋挽了裤管在水里来来去去了。

有一次发大水，他趟水过河的时候差一点被洪水冲走。当冰冷刺骨的洪水一点点漫过身体，他似乎嗅到了死亡的气息，心想这一辈子就这么完了，幸亏同行的一个高年级男孩及时拉了他一把，他才保住了小命。这事他从来没有跟人说过，甚至没有跟自己的父母说过，他永远都要让自己表现得很坚强。

到了冬天，最大的困难莫过于寒冷。那时，人们生活拮据，没有羽绒服来御寒。大西北的冬天又异常的寒冷，常常是滴水成冰，一到冬天，人们往往躲进屋子围着火炉足不出户，而他天不亮就得出门。冬天的早晨六点还是伸手不见五指，人们还在热炕上打着呼噜，他却早已踏上了上学的小道。凛冽的寒风能把整个人都刺透，河川里到处结了冰，天又黑漆漆的，一不小心双脚就踩进了冰窟窿。常常是十里路走下来，到学校的时候，他浑身已冻得麻木，双脚也冻成了两个冰棒。然而，即使这样，他从来没有想过要放弃，从来没有。他也从来没有把这些辛苦告诉过任何人，他始终都在坚持着，虽然他只是一个孩子，一个懵懵懂懂的孩子。就这样，他以很优异的成绩小学毕业，三年后他又以优异的成绩考入了县立一中，这一切他的父母一点都不知道，包括他在小学和初中多么优秀，他父母一点都不知情。直到有一天有人告诉他们："你儿子考上县一中了，而且考得不错！"在别人羡慕的目光里，他们才知道原来儿子已经初中毕业了，同时也下定决心，就是再苦再累，也要供他念完高中，考上大学。

那时，他觉得自己的梦想正在一点一点地实现，当时的他并不明确自己究竟要什么，只是以为这样一直努力下去就能走出大山，去到外面的世界，然而现在才明白，当时自己真的很幼稚。

现在回忆起来，他没有一点欣慰，只有辛酸。六年啊，他甚至不敢相信当时幼小的他是怎么坚持下来的。他还是没有走出这片天地，只是在外面转了一圈又回到了这里。也许这条河川小道才属于他自己，他没得选择，他只有被迫接受！

深秋的季节，飒飒的山风顺着河道吹来，吹得人从头到脚都是冰凉的。他抬头望望灰蒙蒙的天空和远处飘着红旗的地方，他不知道这条路还要走多久，能不能坚持下去……

时间不可以倒流，如果可以，刘宇宁愿重新选择自己的路。想想自己这么多年的付出，再看看自己可怜的收获，不由得心酸。世界永远比想象变化得快。

书中自有黄金屋，书中自有颜如玉……可是念了这么多年的书，他还是一穷二白，穷得只剩下自己。那些很早就到外面闯世界的儿时的伙伴，在城里买了房子，娶了娇妻，日子过得有滋有味，即使再努力十年，他也未必赶得上，这难免使刘宇心里有些不平衡。

他不禁要问，这是一个什么样的世界，他可一直都以社会认同的准则在规划自己的人生之路，就像老师说过的一样，只有通过读书才能改变自身的命运，实现我们的理想。他一直也朝着这个方向努力，而且坚定不移地走了下去，然而却没有达到所预期的愿望，他不明白，究竟是老师错了还是自己错了，这似乎是一个很深奥的问题，永远都无法让人想明白。

本是收获的季节，道路两旁的田地却长满了杂草，一片荒芜的景象。是田地的主人外出打工荒废了土地，还是种了庄稼，却没有小心侍弄，到了收获的季节便阴差阳错地收获了杂草？

也许，搁浅的青春，最终也将杂草丛生。

天空飘着蒙蒙细雨，浸湿了他的发梢，遮住了他的视线。

本来不长的道路，他却走得异常吃力，走走停停，歇了好几次。回头看看身后泥泞的道路，一行行歪歪扭扭的脚印，凌乱而又深浅不一。

他不停地问自己，这是他想要的生活吗？不，绝不是！

前方的道路在烟雨迷蒙中显得很凄迷，他的内心更是一片迷茫，有一种难言的感触。不明白是风萧萧兮易水寒的凄凉，还是无边落木萧萧下的伤感？

他茫茫然向前走，本来不长的路，却走了好长时间。学校就在前面不远的地方，却迟迟不能到达。

有些路是看起来近，走起来远。

近了，学校渐渐地向眼前逼近，远处似乎隐隐约约飘来了朗朗的读书声，以及小孩子们嘈杂的吵闹声。他竖起了衣领，在泥泞的道路上，一步一个脚印地向学校挪动而去。

03

这是中国大西北的一个小县，这里山大沟深，因贫困而著名，曾被评为全国百名贫困县之一；这里也因历史悠久而驰名，被誉为“先秦故里”；这里盛产黄金，同时也盛产贪官，每次查处的贪官串成一串就是一个中国足球队，撬开贪官家里的地板全是黄金；这里遍地都是文物，盗墓贼也从未间断；这里是罪恶的温床，这里也是丑闻的发祥地；这里有自东向西流淌的西汉水，几千年间却从未清澈过一回；这里有着贫瘠的土地，然而人们的心灵比土地更贫瘠；这是一个让人一听到名字就产生罪恶感的地方。也许它本就不应该在中国的历史或者版图中存在。

刘宇从小就在这个地方长大，祖先也世世代代生活在这里，按说他不该恨这个生他养他的地方，然而他却永远恨这个地方，甚至打心眼里就从来没有承认过它就是自己家乡的事实，但是这一切又不是他所能改变的。

刘宇即将任教的小学就在这个县的一个小镇的一个小山村。此刻他已站在了这所山村小学的大门前，他仔细环顾着周围的一切，有一两百户的人家，村子四面环山，学校北面依山而建，门前有一条小河清澈见底。走进门去，对面有两排砖瓦教室，一共六间，里面传出乱七八糟的读书的声音。左右两边还有两列房子相向而建，大概总共七八间的样子，猜想可能是办公兼教师住宿用吧！院子的正中央有一花园，里面却空空如也，不见一株花草。花园的前面竖着一面红旗，旗面早已褪红，不再鲜艳，边缘被风撕成了无数道口子。他看着眼前的一切，有一种说不出的感觉。

在左面一排房子的最顶端，他找到了校长室。校长是一位中年男人，鬓角已有些斑白。当刘宇说明了情况，校长表现得很热情，非常和蔼地笑着，让人有一种温暖的感觉。一阵寒暄之后，校长开始把话题转到了正题上。

“我们整个学校早就盼望你来了，课都给你安排好一周了，就等你来，我还想着我这里庙小容不下你这个大神呢，来了就放心了，呵呵!”说着又夸张地笑了起来。

刘宇总感觉这话里有话，莫非是暗暗责怪他报道来得太迟？忙说：“没有的事，现在有份工作干就已经是万幸了，我求之不得呢，有点事一忙完就马上来报道了，不知给我安排了哪个年级的课程?”

“六年级的，你是本科毕业的高材生，大家一致推荐你带毕业班，学校的声誉就全寄托在你身上了!”

“哦!”他不知道该说什么。

接着，校长就叫主任给他拿来了教材和课程表，一看，给他安排了语文，便忙说：“主任，是不是搞错了呀？我专业是数学。”

这回又轮到他们笑了，校长说：“我们这是小学校，还分什么专业对口不对口，当然是哪儿缺补哪儿了，我初中毕业有啥专业，还不照样语文数学都带，三十年也都这样过来了，你还怕啥？现在不是流行公鸡下蛋吗?”说完又哈哈大笑起来。

刘宇只是应了一声：“嗯!”勉强笑笑，觉得校长的话一点也不好笑，他还能说什么。

“下一节是你的课，准备一下吧，和学生互相认识一下。”主任拍拍他的肩膀说。

这是一个不大的教室，有 27 个学生，见了他不敢说话，更不说普通话。他放眼扫了一下教室四周，斑驳的墙面污秽不堪，黑板坑坑洼洼凹凸不平，桌椅板凳更是残缺不全，屋顶上还挂着年久的蜘蛛网。

他照例向学生进行了自我介绍，又挨个认识了一遍，就觉得无话可说了。于是他寻思着应该给他们讲点什么，他就这样有一搭没一搭地说着，他对学生说，要从小树立远大的理想，要有坚定的信念之类的，却发现他们根本就没有听进去。他讲得没意思，他们听得更没意思，于是他问他们，有什么问题要问自己？

忽然，坐在最后面的一个男孩大声问："什么是理想？"

是啊，什么是理想，我们经常把理想挂在嘴边，谁又真正想过理想是什么。他思索了半天，想要用概念的形式概括出它的含义还真不那么容易，读数学专业的人总是喜欢用这种方式来思考问题。

"理想就是一种追求。"他随口说道。

"老师，你有理想吗？"不知谁又问了一句，他看看下面，27 双眼睛齐刷刷地盯着他，期待着他的回答。

过了好一阵子，刘宇才说："曾经有过。"他回答的声音很小，几乎连他自己都很难听见。

他也曾不止一次地问过自己。

记得上小学的时候，特别崇拜解放军叔叔，长大以后要穿上绿军装，做一名光荣的人民战士。后来再长大一些，迷上了武侠小说，什么金庸、古龙的作品看了个遍，于是幻想着自己能成为一名武功高强的侠客，仗剑天涯，行侠仗义，好不痛快！上了初中，渐渐喜欢上了文学，当时所有他能找到的文学作品他都找来读了，于是他立志要做一名作家，为灵魂而写作，批判与揭示现实中的丑恶，赞扬人性的光辉。至今他还记得读路遥的

《人生》一书时激动的心情，那时他最崇拜的人是路遥。作家，一个听起来多么高尚的名词啊，令他魂牵梦萦！

再后来，他又喜欢上了诗歌，喜欢他们那种诗酒人生的洒脱，更喜欢他们那种浪迹天涯的浪漫，于是他又暗暗下定决心要做一名流浪诗人，走遍大江南北，写尽祖国的风光美景，唱尽人间的疾苦冷暖与悲欢离合。

再后来，他上了高中，离家太远，一个人住校。当时正在流行古惑仔电影，他像那些狂热的少年一样也迷上了打打杀杀。总以为能和一帮狐朋狗友混出一片天地来，没想到却把自个混了进去，浪费了三年的美好时光，最终的结果是三年后高考落榜。

那是2004年的夏天，一个燥热难捱的夏天，那是他一生中第一次遇到的最为黑暗的日子。那一刻他没有了理想，他也不知道自己想要什么，他第一次感到迷茫，整天把自己喝得不省人事。暑假过后，他选择了复读，复读的那一年，他断绝了以前所有的关系，他依然迷茫，依然没有理想。第二年高考，第一志愿滑档，他最终被一所末流的本科院校录取。收到录取通知书的那天，他心里依然觉得无比的失落，他想过放弃，从此亡命天涯。但他看见父母那双充满哀求的眼睛却始终狠不下心来，原来他内心还是那么的柔软。最后他想通了，这就是命，有些事情是注定的，他是没有选择的，只有接受，所以他认了。

上了大学，他依然迷茫着，整天浑浑噩噩地混着日子，从来分不清白天黑夜。当时的他，用醉生梦死来形容是最恰当不过了。直到有一天遇见了倩，直到一次偶然在电视上看了一段俞敏洪的演讲，他终于如梦初醒——人要像大树一样傲然挺立，青春更要绚如夏花，决不能如草芥般荒芜。于是，青春的激流终被唤醒，变得一发不可收拾……

“老师，那你的理想都实现了吗？”一个学生正在一处角落里期待着他的回答，这突如其来的问题打断了他的思路。

他不知道如何回答这个问题，如实回答不好，撒谎也不好，正当他不知如何是好的时候，叮铃铃下课铃就响了。

“好了，下课，剩下的问题你们慢慢思考，下节课我们再讨论！”他如释重负地长舒了一口气，像逃跑似的出了教室，只听见身后一片嘘声。

小时候，总以为老师说的话都是正确的，长大以后，觉得世界根本就不是老师讲的那个样子。到底是老师欺骗了我们，还是世界本就如此荒唐？

他没有理会身后发生的一切，这段时间发生的一切已经使他变得麻木。

他做过很多梦，但从来没有想过做老师，最终却阴差阳错地做了老师，他没有理由不相信这是命。以前他一直不相信命，这一刻他真的信了，也认了。

下课了，大家聚在一起闲聊，他跟他们一一打了招呼。这个学校一共八位老师，而且严重老年化，其中老教师就占了四个，其他的最年轻的也有三十来岁。还好，他们都还算客气。也许，在他们眼里，他就是一个孩子而已。

校长把他和一个较年轻的名叫小刚的老师安排在了一个房子里，用校长的话说，就是你们年轻人在一起有共同语言。这是一间不足十平米的房子，里面已经靠墙摆好了两张床，有两张简易的写字桌、两把椅子，门头上的玻璃已经破了一面，凉风直往进吹，这就是他的办公室兼宿舍。

校长问他：“学校条件就这样，有什么需要尽管说，我们尽量解决。”说完还是很夸张的笑，那种笑让他极不自在。

他忙说：“可以了，什么都有。”

“那就好，我还生怕怠慢了你。”说完又是夸张的笑。

他也极不自在地笑了笑。

刚到十一点就放学了，孩子们叽叽喳喳地不一会儿就出了大门，如同出笼的小鸟，学校一下子清静了许多。

同屋的小刚在做饭，他却丝毫没有饿的感觉。

他直直地躺在刚刚安设好的硬板床上，望着黑洞洞的屋顶，想起课堂上学生们的问题，一遍一遍地回味着：这么多年的努力，究竟是为了什么，他的理想实现了吗？他怎么想也想不明白。

父亲的话一直萦绕在他的耳际：孩子，这就是你的命，也是咱老百姓的命，你再犟也不能跟命犟啊！

"安心去吧！"母亲在一旁附和着安慰道。

他矢志不渝追逐的青春梦想就这样被搁置在一片杂草丛生的天地，也许生活就是一个黑色的漩涡，在我们不经意掉下去的那一刻就注定永远不会爬出来。

下一刻，命运开始变得毫无悬念，似乎又不可预见。

04

年少的我们终归有太多的梦经不起无数的现实而破灭消失，又有太多的行囊像自生自长般裹覆在我们的身上，无法逃离亦无法摆脱。

刘宇一直很努力地改变着自己，总以为凭着自己的努力可以改变命运，改变境遇，创造出属于自己的一片天地。然而他错了，当真正面对残酷的现实时，个人的力量总是那么苍白无力。一切挣扎都变得无谓，如此地不堪一击。理想的泡沫一下子被击得粉碎，几乎连喊痛的权利都没有。

他什么也改变不了，社会、父母、家庭，哪一样他都无法对抗，在这一切面前，他显得是那样的软弱，不得不一次次屈服，或者有意无意间就做了他们的俘虏。他们容不得他有选择，他只能被迫接受！

两个月前，他还在天水，在那个曾给他第二次生命的城市，和他心爱的人为了梦想而打拼着。两个月后的今天，他却孑然一身，在山村小学的三尺讲台上惶恐彷徨。他从来没有想到过这样的结局，更没有想到过这一切变化得如此之快。

真是世事无常，人生飘忽啊！

他不止一次地问自己，命运是什么，但每次都无法找到答案。他默默地回顾二十四年的人生，有太多的悲喜，有时候就要看到希望了，感到快要接近目标了，倏忽间却又没了。

刚上大学的时候，他很消沉，直到遇到了倩，才使他死灰般的心渐渐复活。他觉得是应该改变改变自己了，不能再这样浑浑噩噩下去了。

他和倩邂逅在一个白雪飘飘的午后，当她清脆的声音在他耳际响起时，他便认定，那是上帝派来的天使，专程来唤醒他沉睡的生命。

他冰封的内心在那个冬天彻底地消融、燃烧。她的美丽，她的善良，以及他的忧郁，两颗年轻悸动的心彼此吸引着。在那个冬天，他们的爱情就像雪花一样绽放。

多少个躁动不安的夜晚，他躲在被窝里为她发那种是诗非诗的短信，她也在电话的那一端内心狂跳不已。

爱情就像火焰一样熊熊燃烧，燃烧了整个冬天，也燃烧了他们自己。当把彼此交给对方的那一刻时，他们便已成了对方生命中的一部分，我中有你，你中有我。

拥有就应该为她负责，拥有就应该给她幸福，让他快乐，刘宇开始憧憬未来。

他开始为她戒烟，为她的快乐而快乐着！

一次偶然的机会，他在电视里听了俞敏洪的演讲，直听得他热血沸腾。讲得太好了，人就应该做一棵大树，不应该像小草一般，被人踩在脚下卑贱地活着，青春更不能如此荒芜苍白。他梦想的火种再一次被点燃，一种从未有过的要改变自己的强烈愿望在心底喷涌。

像许多怀揣梦想的热血青年一样，他开始了艰难的创业之旅。他在校园内做各种商家代理，虽然开始时很辛苦，却收获了许多喜悦。他渐渐地清晰自己真正想要什么，也开始懵懵懂懂地憧憬未来。后来，他又和一帮同样有着梦想的年轻人组成了创业团队，开始做网络，做培训，并且有着不小的收获，在那个城市曾引起广泛轰动，他和他的团队也被当地媒体争相报道。那一刻，他相信他可以创造自己的未来。

后来，团队成员有的去了别的城市发展，给人打工，有的通过关系谋了一份稳定的职业，有的选择了考研。只有他依然坚持着原来的梦想，做他想做的事。但很多时候，事情的发展总是不会遂人心愿——他的父母坚决要他回乡教书。

刚开始，他死活也不愿意回老家去做老师，无论亲人朋友怎么劝说，他都无动于衷，他只想做自己想做的事。

这么多年的努力就是为了有朝一日走出家乡那片狭小的天空，现在，好不容易走出来了，怎么能轻易再回去？

那一段时间，父母不停地打电话催他回家，到了最后竟变成了声泪俱下的哀求。想着年过半百的父亲，他开始思考，这样做是否有些过于自私，他开始动摇了。

他们是他的父母，曾把他辛苦养大，但毕竟有些东西不是说放弃就能够放弃的，他变得彷徨，犹豫不决。

父亲老泪纵横地说："娃呀，我们祖祖辈辈就出了你这样一个大学生，你也是我们村唯一走出去的一个大学生，你不回来，让我们咋活呀！"

他的泪哗哗地流，内心万分纠结。

也许在父母的心里，并不指望他能有多大的作为，也不奢望他能够荣华富贵，他们只希望他能够有一份安稳的工作，一份稳定的收入，踏踏实实地过日子就好，仅此而已。然而父母毕竟是父母，并不代表他的想法。

他还在犹豫着，彷徨着，艰难地做着抉择。

就在他徘徊之际，女友倩却在那天突然对他说："我们分手吧！"

"为什么？"他很诧异地看着曾经带给他希望，让他改变很多的女友。

"我不爱你了，我累了！"她每一字都说得那样决绝。

"其实我早就不爱你了，只是一时难以割舍对你的依赖，在这一两年里，我下了好多次决心，直到这一刻，我才真正有了勇气说出口，我不想欺骗你，也不想再欺骗自己，对不起！"倩又轻松地补充道 。

四年的感情难道说散就散了吗？他曾对她说过：在未来的日子里，我只想爱你少一点，爱你久一点，直到地老天荒；等我们老了，我要用我牙齿脱落的嘴诉说我们年轻时的故事。

当时她感动得泪流满面，然而一切的美好就变得如此短暂吗？那些海枯石烂、地老天荒的誓言难道只是随口说说的戏言？

他冰凉的泪水不争气地掉下来，顺着脸颊，流进嘴里，咸咸的、涩涩的。

"放手吧，宇，我们只是有缘无分！"

他多想祈求她留下来，但是他很清楚地知道，一切挽留又显得那么无力。

也许，这本就不是她想要的生活，她有追求自己幸福的权利。他爱她，所以他宁愿放她走。

一时，他的心冰到了极点，他再也没有勇气独自留下来苦苦挣扎。他选择了放弃，他把自己几年来辛苦经营的一切低价转给了别人。那一刻，他的心如刀绞般疼痛。

那晚，他喝了好多酒，醉得一塌糊涂，迷迷糊糊中大喊大叫。

离别那天，他们同时向后转身，没有拥抱，没有祝福，没有再见，也没有回头。

叮铃铃，上课的铃声响起，他匆忙地夹起课本就往教室走去，虽然心里是那样地不情愿。

就像这铃声，铃响，你就得上课，再响起，你就得下课，由不得你。

记得开上岗培训大会的时候，教育局局长让他发言，指明让他说自愿要求到最艰苦的地方去，请组织批准！他没有说，也没有表态，他清楚说不说都没有多大的意义，等待他的依然是最艰苦的地方，依然是啃被别人挑剩的骨头，根本无法抗拒，每每想到这一幕，他就觉得恶心。他在心里不止一次地骂他流氓，明明在肆无忌惮地收礼受贿，却在这里故作清高，大唱高调。

到学区报到的那天，学区校长就更加露骨了。他腆着个大肚子，轻蔑地对他说："也不早打招呼，先到下面的小学去锻炼锻炼吧，以后看表现了，表现好的话调到中学教书也不是不可能。"

他明白"招呼"的深刻含义，也清楚"表现"背后所隐含的潜台词，当然绝对不是指个人能力或者工作成绩之类。因为从始至终他都没有给任何人拜过"码头"，他从来也没有想过要回乡做一名老师，所以他就这样被分到了这所山村小学，和他同来的一专科生却留在了中学，当然肯定是打过"招呼"了。

这一段时间，他经常想这份工作的意义，他甚至不明白，为什么好多人都要不惜一切挤破头去谋这一份吃不饱又饿不死的工作。在他看来，现在的工作从某种意义上来讲已经变成了鸡肋——食之无肉，弃之却有味。

就像中国的大部分财富都集中在少数人手中的事实一样，真正的机会早就被少数人预定了，大多数人只能讨到别人吃剩的残羹剩菜，偶尔在途中捡到一点废铜烂铁而已。

时间过得好慢，就像静止了一样。他每天看着太阳从东方升起来，又从西方落下，觉得无比煎熬。他现在更喜欢黑夜，夜幕降临，就可以沉沉睡去，停止思想。

课余的时候，他站在高高的山顶，家乡的一切尽收眼底，望着远处滚滚的秦皇湖，有一种别样的感触。

时候已到了深秋，西风瑟瑟，落叶飘零，空山寂寂，满目苍凉。

秋天来了
树叶黄了
大雁南飞了

秋天到了
秋风起了
伊人离开了

秋天去了
冬天就要来了
春天还很遥远

自从来到学校，他开始变得无所适从，除了上课，他不知道自己还将干些什么。他只是不停地来回出出进进地走动，几乎就没有停下过。

他一会儿看看天，一会儿看看地，一天下来，甚至可以在整个学校的院子里走几百个来回，但是从来没有觉得累。他想，是不是自己现在变得麻木了？

同室的小刚见他举动怪异，问道：“不适应呀？”

是不适应吗？其实他也搞不清楚，对于陌生的环境，他是一个适应能力很强的人，也许可能吧。

“有点儿！”他强装着笑了笑，他自己都感觉比哭还要难看。

“呵呵，刚开始都那样，慢慢就习惯了。”

“嗯，也许吧！”

是的，他也相信，慢慢会适应，会习惯的。

时间就这样一点点地像爬似的，一天又一天地重复着上课，下课，放学……

05

他也希望会有那么一天，去完成没有完成的事，去挥霍青春，去实现那些沉睡在自己体内深处的梦想，然而，这一切已经变得遥不可期。

最近老做噩梦，而且经常重复着同样的梦境，冥冥之中好像又在预示着什么。本不该在现实中聚到一起的一些人，一些事，在梦中都阴差阳错般地相遇了。

在梦里，他领略了另一种现实，另一种彷徨与不安。

在梦中，他梦见初中时的老教室，初中时的班主任。斑驳的墙面，破败不堪的门窗和桌椅，一切都和十年前一模一样。

教室里的学生却很奇特，有初中时的同学，又有高中同学和大学同学，也有一些素不相识的人，他们在一起忙碌而又紧张地在为高考做最后的冲刺。忽又梦见在讲台上课，下面坐着的，忽而是以前做培训时的学生，忽而是现在的学生。

倏然，一切都消失得无影无踪，教室里只剩下了他一个人，他正在纳闷，却发现院子里全是水，破败不堪的教室就像一艘破船孤零零地漂在水中。

他感到害怕，前所未有的恐惧。

于是他大喊，一个个呼唤他们的名字，却没有人应答。

他拿出电话拼命地拨打，可是怎么也拨不出去。

他绝望了，放弃了，他呆呆地看着水一点点地侵袭着教室的墙脚，内心充满了无尽的恐惧。就在这时，他却发现他们一个个在围墙外探着头看着里面发生的一切，他看到了他最要好的朋友，还有他最爱的人。于是他拼命地向他们招手，嘶声力竭地呼喊，然而他们似乎根本看不到也听不到。渐渐地，渐渐地，一个一个都消失了，还有他最爱的人最后留给他的背影也越来越模糊……

梦醒时已是泪湿枕巾，摸摸身边，不是冰凉的洪水，而是被窝残留的温暖。

岁月在流逝，记忆在淡尽，很多人、很多事像梦一般在逐渐消失。似乎在迈出他的世界的那一刻就没有想到有一天再迈进来。

也许，人一辈子最恐惧的并不是贫穷，而是对未来的恐慌。未来充满了太多的不可预知，我们永远不知道下一刻将要发生什么，特别是在看不到出路，眼前一片迷茫的时候。

也许，生活本就是一个让人永远无法清醒的梦魇。

夜凉如水。

窗外，月色皎洁，树影婆娑。

这注定又是一个让人无法入睡的夜晚，他怕，怕一睡着又回到梦境。

快乐总是短暂而易逝的，当岁月了无痕迹地走过，唯有伤痛留在了内心深处，刻骨铭心。

有时候，我们刻意地去忘记一些人，一些事，然而，在这月夜的残梦里，那些人，那些事却愈加清晰了。

转身，只需一秒
我却用一生去忘记
离开了我的世界
却住进我的心里
你不曾带走什么
我却失去所有

伫立窗前，仰望明月，黑魆魆的房屋，静默的树木，苍茫的远山，都沐浴在如水的月华中。千百年来不变的是这一轮皓月，而人世间已经历了无数沧桑。明月年年望相似，年年岁岁人不同。

他彻底厌烦了这种上课下课的工作，每天走重复的路，听重复的歌，说重复的话，做重复的事。渐渐地，他发觉日子竟如此单调，如此冷清，了无痕迹，他不记得一天中自己曾经历过什么。每一天，每一月都一个样，生活就像一潭死水。一下课，老师们就坐在一起闲扯，他们经常会说起周围某个人的风流韵事，或者骂几句腐败的狗官来排遣心中的郁闷。

时间长了，他和大家便熟络起来。其中有一个老教师，头发都白了，人却很精神，由于名字里有“富贵”两字，久而久之，人们都叫他富老师，却很少有人称呼他的姓了。听其他老师说，富老师是整整做了二十几年的民办教师才转正的。他总是一副很和蔼的样子，尤其对刘宇。

富老师见他一天总是垂头丧气的样子，就会语重心长地对他说：“人生的道路是很漫长的，但紧要处往往只有几步，特别是当人年轻的时候……”

听富老师这么说，刘宇心里总有怪怪的感觉，为了以示尊重，他会装作听得很认真的样子。

说完，富老师会拉过他的左手一边看一边说：“年轻人近期不顺，晚年将宏图大展。”旁边的其他老师都会哈哈大笑说：“不准，不准!”这时，他也会附和着众人笑上几声。

还有一个年轻人，很精明的样子，听说是学音乐的，每天都能听见他嘹亮的歌声。但这里根本就没有开设音乐课程。

很快又到中午，一放学大家就忙着做午饭，学校没有食堂，伙食需要自理。同屋的小刚对他很照顾，一开始就和他一起合伙做饭，说是合伙，其实他只负责吃而已，偶尔打打下手。伙食的质量自不用说了，由于远离市场，很难买到菜蔬，所谓的菜不是土豆炒白菜，就是白菜炒土豆。

“现在还不习惯吗?”小刚一边吸着面条一边问他。

他只是笑而不答。

“其实你和隔壁的李泉比起来已经幸运多了，他学的是音乐，毕业后找工作又没人要，考教师考了三年了还没有考上，书念到这份上，唉，上不去又下不来。”

“那他现在是?”

“他和校长是亲戚，学校缺老师，就临时雇用来了，一个月就三百块钱。”

“哦。”

“看开一些，没什么，其实有多少人在做他们喜欢做的事呢？为了生存，还不一样干到了老，慢慢地，你就什么也不想了。”

“也许吧!”

也许他说得对，是应该感到幸运，最起码还有一份赖以糊口的工作，有多少人大学一毕业就面临失业，为了生存在苦苦挣扎。

是什么造成了他们如此尴尬的境遇，仅仅是他们自身的问题吗？当一两个人遇到这样的问题的时候，也许是自身的问题，有一大批甚至一个群体出现这样的情况，恐怕就变成了社会问题。

这是一个什么样的时代呢？难道注定就是一个让人迷茫、彷徨的时代吗？他无法明白，又有谁能够明白？

也许时间会改变一切，慢慢地就会把一些事看惯，看淡，甚至麻木。

“给我支烟!”他对小刚说，突然间他很想抽烟。

“你不是不抽烟吗?”小刚疑惑地看着他，但还是抽出了一支给他，并且帮他点燃。

他猛地吸了一口，却没想到吸得太猛，呛得他不停咳嗽，最后眼泪都出来了。

在一旁的小刚哈哈大笑。

感觉无聊的时候，刘宇就一个人走出校门，凝视着蹲在小河边上洗衣服的妇女，或者绕过学校的围墙，到后面的神庙中去焚一炷香，看着青烟在庙宇间袅袅升腾，叩问大慈大悲、洞察一切的神，命运到底是什么。

他不知道自己下一刻路该怎么样走，他发现自己早已在风浪与迷雾中迷失了方向。

这样一坐就是整整一个下午，直到太阳西沉，鸟雀归巢，学校放学的铃声响起，他才恍如梦醒一般，起身向外走去。

有许多东西总是太遥远，遥远到我们无法触摸。我们终于都脱离了彼此的生活，各自奔跑在未知的航程上。

06

日子就这样不咸不淡、波澜不惊地一点一点向前挪移。

刘宇开始怀念以前和兄弟们在一起的日子，他们曾经有着共同的梦想，曾经一起拼搏过，奋斗过，也曾经一起吵过，一起闹过，但更多的是喜悦与快乐。

在天水这个西北小城，他们有着太多的回忆。此刻，他比任何时候都要想念他们，小胖、华子、大飞、小凡、阿虎他们还好吗，此刻他们又在干什么呢？

于是他挨个给他们电话，先打给华子吧。“喂，我现在开会，忙，过会打给你好吗？”

“哦，好的。”

“好，就这样。”

再打给小胖。“刘哥，我正和顾客谈生意呢，关键时刻，不好意思，有空打给你，就这样，拜拜！”他还没来得及说一句话，那边电话就挂了。

他再打别的，不是忙就是无人接听，或者号码已过期。他心里真不是滋味：你们都忙，就我一个人闲着。外面的世界很精彩是吧，你们都飞走了，就我像折了翅膀的小鸟，永远飞不出去，只能远远地祝福你们一帆风顺。

他感到一种可怕的东西正悄悄爬上他的心头，就像一条虫子，又像水一样在他的血液中游走，流遍他的全身，这种东西叫做寂寞，或者孤独。

是的，他感到前所未有的孤独。

习惯了往日的喧哗与热闹，现在让他孑然一身来到这里，整天面对的只有自己的影子，他怎能不孤独呢。他深深地体会到原来孤独也这么可怕，自己是耐不住寂寞的。尤其在夜深人静的时候这种感觉尤为强烈，在黑暗中望着黑洞洞的四周，只听得见自己的呼吸，偶尔听见窗外寒风呼啸而过的声响，他感觉世界好像就他一个人。

多少个寂静的夜晚，他就这样双眼圆睁着，黑暗包围着他的世界，直到启明星升起的那一刻。时光在孤寂中变成煎熬，灵魂在孤独中漂泊。他随手抓起一枝笔，在日记中写到：

有些事淡了，远了；有些人爱了，散了；有些东西正在变化，有些东西却一成不变；有些记忆让人念念不忘，有些记忆却在不经意间淡忘；有些事注定要发生，有些事却迟迟等不来；原来生命如此飘忽，人生这般无常！

一个人的呼吸，一个人的脚步，一个人的烟火，品味一个人的孤独：寂寞是红泥小火炉中跳动的火焰，寂寞是深夜懒懒的犬吠，寂寞是远处村落的点点星光，寂寞是觅食的麻雀们叽叽的歌唱，寂寞是被窝里捂热的啤酒，寂寞还是白天晒太阳，晚上数星星的那份悠闲！

我从十指的缝隙间偷窥世界，飞舞的雪花忽明忽暗。远处的大山苍茫，窗前的老槐树，挂着满身洁白的流苏。觅食的山鸡扑腾一下从树梢飞向远方，摇落满地的忧伤。

寂静的夜，寂静的世界，只想点一支烟燃尽这份哀愁，但不曾想到自己已戒烟多年。好想就此沉沦，一个声音却隐隐地高叫着：别堕落！你没有资格。这个世界真悲哀，我连堕落的资格都没了。又有谁知道，哥抽的不是烟，哥抽的是寂寞！

深夜无眠，我摸摸自己冰凉的鼻尖，如同摸到了自己冰冷的命运，远处是谁拉着二胡，学着阿炳，又是谁在深夜卖弄忧伤！

寂静的村庄，寂静的世界，寂静的夜空凉如水。

以前，他觉得夜晚是一种享受，在辛苦奔波了一天后，带着一种疲惫的惬意，开一瓶啤酒，或泡一杯清茶，翻几页杂志，之后带着软绵绵的感觉进入梦乡。

或者，这个时候他正拉着她的手，在河边悠闲地享受着二人世界的惬意；或者，和一帮朋友喝着小酒，唱着歌儿。

他每每想到这里，就有一种凄凉的感觉。

现在，他最怕这黑夜了。

当太阳的最后一抹余晖抹过西边的山头，房间里渐渐地黯淡下来，无边的落寞便涌上心头。

黑夜让他无所适从。多少个寂静的夜晚，他就在双目圆睁中等着第一声鸡鸣。

黑夜给了他黑色的眼睛，他却找不到心底的光明。

夜很静，夜很凉。他默默地忍受着孤独的煎熬。

于是，他不停地抽烟，只为了眼前能够看到一点点亮光。

酒，他想喝酒。

也许，喝醉了就什么都不想了。何以解忧，唯有杜康！

正好李泉过来了，刘宇提议：“明天周末，咱们喝两杯，解解闷？”

没想到，李泉和小刚二人当即赞成，不一会儿，两箱啤酒就放在了他们面前。

酒，让人消愁的酒，让人兴奋的酒，让人糊涂的酒！

人生假如没有酒，痛苦便翻了一番。

他们放开肚皮地喝，肆无忌惮地大声撸拳。

他们此刻已经完全忘记了自己人民教师的角色，文弱书生的形象已经荡然无存。

正当他们恣意放纵时，主任推门而入，整个屋子充满了浓浓的烟雾，他下意识地皱了皱眉头。

原本以为主任要指责他们，他一向清高，而且原则性很强，所以大家平时都是敬而远之。

没想到，主任一开口就说："真不够意思，大家一起喝酒也不叫我，我不请自到，大家不介意吧？"

"哪里呀，主任驾到，欢迎都来不及呢！"

"呵呵，那我就不客气了。"说着便坐了了下来。

他们又开始拼命地喝，拼命地让酒，拼命地胡侃。他们骂社会，骂当官的，最后甚至骂自己。

高了，他们开始高了。

"你他妈的怎么会跑到这兔子不拉屎的地方来，别人都往出去走，你倒好。"小刚对他说。

"我他妈的愿意来吗，不是迫不得已嘛。"刘宇抓起一杯酒一饮而尽。

"你他妈的比我好多了，我都考了三年了，到如今还是一无所有。"李泉抓起一杯也见了底。

"你们那都算个屁，我比你们惨多了，我高三八年抗战，才考上一专科，毕业时就三十多岁了，等了两年都没工作，最后拿三万块钱才买了这个岗位，你们说谁惨？"

沉默，令人窒息的沉默。

醉眼朦胧中，他看到了主任眼镜背后红红的眼睛和闪烁的泪花，不知道这个其貌不扬的男人背后，有多少鲜为人知的辛酸。

他们谁也不做声，只是不停地干杯，不停地喝酒，咣，然后一饮而尽。

不知道是谁先醉了，大家都嚎啕大哭起来，哭得一塌糊涂，各自哭各自的悲哀，最后不知道怎样散场都无人再记起。

酒真是好东西，他从来没有像昨晚睡得这么踏实。日上三竿了，还在沉睡，如果这样一直睡下去多好，什么也不想。

可是最终还是要醒的，由不得你，世界本来就是嘈杂的，容不得你永远装糊涂。

手机的铃声响个没完没了，他迷迷糊糊中按了接听键，“喂，谁呀？”

“我你都听不出来了吗？小胖啊！”

“哦。”他迷迷糊糊地答应。

“还没起床吧？哇，刘哥你真幸福，天天有得懒觉睡！”

“是吗，你羡慕吗？”他渐渐地清醒过来。

“呵呵，我可消受不起，刘哥，工资待遇如何？”

这小子不怀好意，哪壶不开提哪壶，是要成心奚落他，不能让他得逞。

“月薪三千，每周双休，寒暑假工资照发，免费住房，如何？”他故意说得很夸张，也很随意。

“嘿嘿，那就好，那到时候一定请兄弟们吃饭唱歌了。”

“那还用说吗？”

“那说定了啊，你再睡一会儿吧，我就看你活着还是死了。”

“放心吧，一时半会儿死不了，好吧，再见！”

“嗯，再见！”

听电话里的口气，这小子准是发了，也好，兄弟们混得好就行。对刚才自己的话，他自己都感觉脸红，哪有月薪三千啊，一年也只不过两万而已。想当初小胖还是跟着他混的。

唉，不想了，时间还早，再睡一会儿吧，反正起来也没事干，免得无聊，发呆。

还没睡着，电话又响起来。

他一接上就没好气地说："你小子又来奚落我，有屁快放！"

电话里却不是小胖的声音，而是她最熟悉的声音，还是让人那么心动。

"你还好吗？"

他猛地从床上坐起来，停顿了片刻，才慢慢地说："我很好，你呢？"

"我也很好！"

"好就好，我也希望你好。"

"谢谢，我看了你QQ空间的日志，是我对不起你，想开一些吧！"

"嗯，是我不够好。"

"也许是有缘无分吧，珍重！"

"珍重！"

这是分手以来她第一次打电话给他，听到她熟悉的声音，他一时竟不知道还能说些什么，只是简简单单的问候罢了，是否每一对恋人分手后都会变得如此尴尬。

曾经刻骨铭心相爱的人，到最后也只能以如此苍白的对白来互相问候。

但是她毕竟是他曾经最爱的人，怎能心如止水，他只能强忍着眼泪，他不愿在别人面前暴露他的脆弱。就像他空间日志中写到的一样：

忍着泪说再见

脆弱不愿你看

温存留在昨天
今天无法重演

忍着泪说再见
难以忘记誓言
曾经沧海桑田
今生无法兑现

忍着泪说再见
时光改变容颜
再见也许永远
任凭记忆思念

他只能借助这样的文字来发泄心中压抑已久的情绪。

流淌的小河和觅食的山鸡是不懂得人的苦楚的，他也不能把自己的心绪倾诉给自己的学生听。

他需要倾诉，也渴望得到别人的慰藉。

男人的伤痛需要女人来抚慰。

他多么渴望有一个人能够陪在他的身边，能够整天看到她甜甜的笑容，用她充满热情的双眸注视着他，静静地倾听他内心的纠结与喜怒哀乐。

他渴望得到她的安慰与鼓励，甚至一句淡淡的问候。

望着窗外的天空，他无奈地摇摇头，长长地叹了口气。

他现在能够和外界联系的只有一部手机，用手机上网，几乎用去了他大半的空闲时间。

手机挂着 QQ 却从来不主动和别人说话，只是默默地注视着他们，一遍又一遍地查看他们更新的空间状态，知道天南海北的他们在干什么，快乐还是郁闷着。

一天，华子突然给他QQ发了条信息：你和小凡一直在联系吗？

刘宇：她电话停机了，一直没有联系上。

华子：我听说她……

刘宇：怎么了，别拐弯了。

华子：我听说她做了别人“小三”，她老板。

刘宇：我不相信，胡扯！

华子：开始我也不相信，但是事实。

他真的无法相信，难怪她电话停机了，她一定是在逃避。

刘宇：她可能有自己的难言之隐，也许是迫不得已……

华子：也许吧！

他相信小凡，他所认识的小凡绝不是那种为了金钱而不顾廉耻去做人家“小三”的女孩。但是华子的话却又像针一样，刺痛了他脆弱的神经。

他无法接受这个结果，虽然华子的话还未证实，但是他隐隐地感到，在小凡的身边，一些不为人知的事情正在悄然发生。

秋天注定是一个伤感的季节，他的心情非常沉重。往日与小凡的种种，都清晰地再现在眼前。小凡啊小凡，你到底怎么了！

07

刘宇从来没有想到小凡会做“小三”。

他觉得小凡没有做“小三”的资质。虽然美丽，但不风骚，也不性感，更不会调情，她也不是那么一个随随便便的女孩，只是一个单纯善良的女孩，偶尔有一点多愁善感。

上大学时她是他的崇拜者。那年学校的篮球赛，他是所在队的主力，比赛时她在一旁大喊他的名字，使劲为他加油。

她那疯狂而又夸张的呐喊声惹得全场的人另眼相看，她才不管这些，依然我行我素。

更让他想不到的是，比赛完了她竟然找他签名，这确实让他尴尬了一会，很是不好意思。

平时经常玩篮球但是从来没有遇到过这样的待遇。队友们都在旁边坏坏地笑，“看来这小妹妹对你有意思哦……”

“谁是小妹妹，我和你们同级的！”她很倔地说。

他实在没有经历过这样的事情，不知道如何处理。他虽然从小就练习书法，但是像签名这种不是字的字他还真应付不来。

“我看还是免了吧？”他试探性地问。

“不行。”她表现得很坚决，一副不容商量的样子。

他望着她清澈的双眸，充满了期待，怎么能忍心再拒绝。

每个男人天生都有一颗怜香惜玉的心。

他接过纸和笔，勉为其难地在上面画上了他的名字。

他把本子递给她，但是她却丝毫没有要接的意思，只是用她那双忽闪忽闪的大眼睛望着他，这让他感到有点捉摸不透。

“顺便把你电话号码也写上嘛，不会这么吝啬吧？”

每个正常的男人遇到这么可爱的女孩也许都不会拒绝，他只好乖乖地又加上了他的手机号码。

她接过纸，莞尔一笑，诡秘地说：“嘿嘿，有空儿教我打篮球，你可不要拒绝哦，等我电话！”

她那可爱的一幕，至今还历历在目，她怎么也不能和“小三”两个字联系在一起。

从那以后，她有事没事就经常给他电话，教她打篮球的时间倒是少数。大多的时间往往被她拉着去大街小巷一家一家地吃她喜欢的麻辣烫，或者陪她一起去淘她喜欢听的 CD，当然这些都是背着他的女朋友倩干的。

为此，他和女友闹过不少的矛盾。但是他始终对她像小妹妹一样看待，或者他已经从心底认她做了妹妹。

她是学营销的，她希望以后有自己的公司。

她天真地说，女人并不比男人差，也可以撑起半边天的。

她有时候会傻傻地问他：“你觉得我可爱吗？”

他说：“可爱，不是一般的可爱。”这是发自他内心的话。

“那你喜欢我吗？”她似乎表现得很认真。

他一时语塞，不知道怎么回答这突如其来的问题。半天才说：“你是我妹妹，又这么可爱，我怎么会不喜欢呢？”

“哈哈……”她那个得意地笑，“看把你吓得，开玩笑的。”

“呵呵，我知道。”他尽量说得若无其事。

从此以后，他们之间的联系变得少了起来，她再不像从前那样隔三差五地给他打电话，只是偶尔有聚会时才会到一起。

转眼就毕业了，她应聘去了西安的一家房地产公司做了售楼小姐。

临走那天晚上，他们一帮人为她送行，她也不再像以前那样活泼好动，而是一副忧郁的样子。他们喝了好多酒，也对他她说了好多祝福的话。她似乎对这些并不放在心上。

末了，她很深情地唱了一首张震岳的《再见》：

我怕我没有机会

跟你说一声再见

因为也许就再也见不到你

明天我要离开

熟悉的地方和你

要分离

我眼泪就掉下去

……

当熟悉的旋律响起时，每个人心情都变得格外沉重，四年的美好时光就这样结束了，天亮以后大家就要各奔东西，怎么能不让人惆怅？唱到最后，她的眼睛里飘满了泪花。

其他人都不明所以，都以为小凡大概是舍不得这帮朝夕相处的朋友吧，他们一边把她按回座位上，一边安慰她，一边说着一些祝福的话。

也许只有他真正懂得她唱这首歌所要表达的情意，但是他不能当着这么多人的面对她说些什么，况且他还能说些什么，她的心意他怎么会不明白？

他只是默默地拿起话筒，用同样的深情唱了一首《祝你一路顺风》，也许只有以这样的方式来诉说对她想说的话。

至此，大家似乎明白了些什么，又似乎什么都不明白。

夏日的午夜，习习的清风，散场的青春，怎不让人感怀万千？

第二天清晨，送小凡到车站，上车以后，小凡给他发了条短信：其实我真的很喜欢你，如果你现在愿意让我留下来，我会立马下火车，如果不愿意就别回信息！

他选择了后者，选择了沉默，然后目送着火车启动，又一点点地远去……

在他的脑海中，这一切就像昨天刚发生的一般，而短暂的离别之后，又在各自经历着几多不为人知的沉浮。

听说小凡做了“小三”，他既感到惋惜，又感到内疚。惋惜的是她还那么年轻，那么可爱，不该走这条路。内疚的是，如果当初他让她留下来，就不会发生现在的一切。

但至此，他还不能完全接受小凡是“小三”的事实，或者不愿意相信，无论如何，他也要让小凡亲口告诉他事实的真相。

即便是真的，他也相信小凡是情非得已。

现在最重要的是能联系上小凡，电话依然无法接通，QQ 上也留言了无数次，依然不见她回复，最后他通过手机给她发了一封简短的邮件：

小凡：

你还好吗？请先允许我对你说声对不起。你是个好姑娘，是我辜负了你的一片深情。离别后不久，我去了一所农村小学教书，每每想起我们在一起的时光，好几次打你电话都无法接通，QQ 上也不见你上线，不知道你现在过得怎么样。

听华子说，你做了……我真的不相信，我只想问一下，这是真的吗？

你不是还有自己的梦想吗，我知道你不会是这样的人，对吗？我想让你亲口告诉我真相。但是，无论如何，我们都是最好的朋友，期待你的回音。

宇

他每天都查看邮件，看看小凡是否回复。

终于有一天，他收到了小凡的回复：

宇：

我知道终有一天，你们都会知道我的一切，请原谅我的堕落。当走入了社会，才真正明白这个世界太复杂了，是我们在大学里难以想象的，每个人都有迫不得已的时候。这几个月以来，生活让我改变了许多，我也不再是那个单纯的小女孩了，也许你们现在都认为我很肮脏、下贱，但是当你们真正了解我当时的处境时，也许你们才会明白“存在的就是合理的”这句话真正的内涵，我真的没得选择。

理想？什么是理想，它有可能是现在这个世界上最卑贱的东西了，如果论斤卖的话，一斤大学生的价格还抵不上一斤猪肉。在这个弱肉强食的社会，我一个小女子还能怎么样，我什么都改变不了，我只能被迫接受，然后适应，我们的力量实在是太渺小了！

不管以后你们怎么看待我，这都是事实，也许我们现在已经是两路人，请你们慢慢忘记不曾有过我这样的朋友，不要再管我，就当以前的小凡已经死了！

珍重！

寒风卷着落叶在空中肆虐，他不禁打了个寒颤。

一切都是事实。他不愿意相信，也只能接受事实。小凡是“小三”，小凡是“小三”，他呓语般喃喃不已。

我们到底怎么了，有多少人还能坚持最初的梦想，又有多少人的心还温热如初，他不断地问自己。

也许，各人有各人的宿命，每个人都有属于自己的人生轨迹，就像他的宿命是老师，小凡是“小三”。

他努力使自己不再想这些令人感怀的事情。

他原以为，小凡和他这辈子不会再有任何瓜葛了，谁曾料，一年多以后她却又出乎意料地出现在了他的生命里。

事情往往是令人意想不到的。

08

天气是一天比一天冷了，时间如水般流走，刘宇始终重复着上课、下课、吃饭、睡觉的咏叹调。

院子里，一年级的小学生玩弹珠游戏，刘宇看着看着，也加入了他们的行列，和他们一起玩。说实话，他小的时候，根本就没有玩过现在这种游戏，哪儿能是这帮小家伙的对手。他输了就要赖，抓起弹珠就跑，惹得一帮孩子一边追在屁股后面跑，一边大喊着：“老师赖账了，老师赖账了……”

校长看见此情形，只是唉声叹气地摇头。他才不管这些。也许，他觉得这样才能给他死水般的生活带来一点生气。

天空已然飘起了雪花，这是入冬以来的第一场雪。这样的时节，这样的场景，总是会让人想起一些以往的事。

她还好吗？就在这样的季节，他和她之间有着太多的回忆，每每想起，都会使他有一种凄凉的美好，有人说分手后还念念不忘，那不叫思念，而是犯贱，他不知道这样算不算是犯贱。

可是，他就是无法克制自己去想。

这样的日子虽然过得像白开水一样清淡，却倒也清闲。每到星期天天气好的时候，他们几个老师总是会一人搬一把椅子，掌一杯清茶，胡拉八扯地乱侃一番。

这天中午，刘宇与小刚、李泉在院子里悠闲地抽着烟卷，晒着冬日暖暖的太阳，有一搭没一搭地胡侃。哪个班的某某男生给某女生写了情书，或者谁谁谁又把屎拉在了同学的抽屉里，等等，只要是他们认为有点意思的事情，都拿出来晒了。

不知什么时候院子里来了一只鸡，他们仨都睁大了眼睛，像是发现了猎物似的，眼睛里放出贼亮贼亮的光芒，三双眼睛死死地盯在了这只鸡的身上，每个人的嘴唇都不停地翕动着。

他们想到了同一个字，肉！

是的，算起来他已经一个多月没有见到肉味了，怎能不让人心动。

他们仨互相间会意地笑了笑，很快就心领神会了。于是他们迅速关闭了学校大门，干起了真正使他们“鸡动不已”的事情。

都说读书人手无缚鸡之力，还真不假，就像电影里鬼子进村一样，他们仨把一只鸡从花园追到操场，又从操场追到花园，终于搞定，累得他们气喘吁吁。

于是他们三下五除二大刀阔斧地干了起来，杀鸡，拔毛，开肠破肚……这会儿一个比一个勤快。烹饪是李泉的拿手好戏，不一会，就闻到了香味，那个激动的心情啊，更是无以言表！

有肉没酒不成，这酒该谁出呢？李泉提议：“一拳定输赢，谁输了谁买酒？”

他和小刚赞成：“行！”

于是他们开始单循环搳拳赛，结果：刘宇惨败！

不一会儿，他就从外面的小卖部抱进来了一箱啤酒，刚好肉也熟了。

这顿吃喝，简直比山珍海味还惬意。

不知不觉，一箱啤酒已经进了肚，他们却刚好到兴头上，李泉说："这回我出！"

又一箱啤酒摆在了面前，他们又开始了声嘶力竭地猜拳，推杯换盏，胡侃，耍赖！

当箱子再次变空的时候，他们都有些醉意了，但是酒一喝高，人是很难刹住车的，别看小刚平时很斯文，这会儿却像一头倔驴似的，非要跟他见个高低。他知道这样下去非有人大醉不可！

他和李泉劝道："今儿恰到好处，改天我们再喝！"

"不行，今天咱就见个底，不醉不休，你们是嫌我买不起酒吗？"

他不由分说就往外走，酒喝高了谁也不听谁的，很快就见他踉踉跄跄的抱着一箱酒进来。

第三箱酒只喝了少数，他们都酩酊大醉了，小刚更是"现场直播"，直喷了他一身，他一见那污秽物，也忍不住跑出去吐了个肝肠寸断。

刘宇吐完进来时，他们两个早已趴在桌上不省人事。

他看着满桌杯盘狼藉，一如他的人生。

他点了一支烟，狠狠地吸了几口，慢慢地吐着烟圈。此刻，他反而比任何时候都要清醒，只是感到一阵隔一阵的头痛。

冬天的夜晚总是来得很早，天已经完全黑了下来，他望着昏黄的电灯，他们睡得像死人一般，整个院子死一般沉寂，他感到全身上下被莫名的孤独所包围。

有时候清醒比醉更难受，醉了什么都不会想，至少可以求得内心片刻的安宁。他打开剩下的酒一个人喝了起来，这会，他只想醉！

就这样一个人，一瓶又一瓶地喝，也不知道什么时候醉了，连他自己都不知道，他只知道，第二天醒来的时候他们三都趴在桌子上。

醒来时一地狼藉，满身污秽，他们都感觉不好意思，尤其小刚更是感觉不好意思，昨天晚上的事他还隐约有些记起，是他硬要坚持一较高低的，没想到他第一个先倒下。

“我们都大了，真丢人。”

“没事，喝酒就为了醉嘛!”

“英雄所见略同，难道喝酒为解渴吗?”

“哈哈哈……”他们自我解嘲地大笑一通。

满屋子都是酒气，他们七手八脚地开始清理，走起路来都还不太稳当，好不容易才搞定。由于酒精的作用他这会儿感觉头痛欲裂，胃里面翻江倒海一样，他想好好睡上一觉，于是只脱了外衣就躺倒在床上。

星期天的校园格外的寂静，没有任何人打扰，直到太阳西沉他才清醒，突然感觉到好饿。

他能不饿吗？昨晚吃的东西全都吐出来了。他在饿的同时也感觉到浑身酥软，找不到任何可以吃的东西，只好到外面的小卖部买了一桶方便面，一桶面下肚以后感觉渐渐地恢复了元气。

昨天的事情很清晰地在刘宇的脑中浮现，他怎么也想不到自己竟然会沦落到这种地步，竟然以鸡鸣狗盗之事来消遣，以往，这是最令他不齿的事情。

也许，人在落魄的时候是没有道德可言的，没有追求，没有精神寄托的时候，生活也是毫无意义的，所以他每时每刻都感到空虚失落。

周末一过，他的生活又归于平静，上课，下课，放学……

然而，他渐渐地发现，这个学校原来也是藏龙卧虎之地。

学校的老刘总是行为孤僻，一个人独来独往，刘宇来到学校，还从来没有和他说过一句话。但学校里的老师一提起他，却无不充满了敬佩之情。

时间久了，他才发现，此人不但长于诗词，而且精于书法，正所谓不合群者必有过人之处。经常有到学校来求字的人，甚至县里面当官的也有。但他有一怪癖，就是山野村民来求字他非常爽快，不收一分一毫润笔费，而每遇当官的来求字，他却推三阻四，实在不得已才草草写一幅以应付之。

他还听人说，老刘上世纪八十年代毕业于某名牌大学物理系，先留校，后到了县里一中，没多久就到了某乡里初中，再后来就被贬到了这所山村小学。

富老师说："老刘性格太犟，不会逢迎领导，看不惯一些事，经常和领导对着干，所以才一贬再贬，要不早就干大了。"

更巧的是，和老刘同是校友的老张，最终也到了这所学校，这倒不是他和老刘一样，而是人一老，感觉整天忙于应付领导实在感觉太累。而且那些领导在他看来都是和他儿子一般的年纪，再让他低声下气，感觉实在有些困难，所以他主动要求来到了这所学校，因为这里山高皇帝远，相对来说，还是比较宽松的。他教的是学前班，整天带了一帮小孩当孩子王，乐得自在。

用他的话说就是："都老了，再教上一两年也就退休了，一辈子也没有干出个啥名堂，现在了还图个啥呢!"

他现在突然觉得，社会似乎就是这个样子，有才的人被埋没才是正常的，不埋没反倒不正常，而且是古已有之。

至此，刘宇的心里稍稍有些平衡，被埋没的感觉不再那么强烈，他也似乎找到了某些问题的答案。

他忽然想起了上岗培训时教育局长的讲话："学而不思则罔，思而不学则贻（殆）。"当时下面的人偷偷地笑，心里想像这样连字都念不正确的人怎么会当上局长？

现在他明白了，也许这正是他当上局长的资本。

周一早上，刚上完早操，就见校长出了一则通知：

通 知

各位老师：

昨日学区校长丈母娘不幸逝世，明日下午出殡，愿吊唁者到总务处登记。

校务会

2009 年某月某日

“学区校长丈母娘去世，关我们何事啊？”刘宇不解地问。

“这你就不懂了，多少人盼望着有这样的机会呢，要是领导家里多死几个人，事情不就好办了吗？也用不着处心积虑去迎合巴结领导了！”李泉很娴熟地说。

他心里想，真是一个马屁精！

“那你们都去吗？”刘宇朝着他们问。

“去啊，干吗不去！”李泉道。

“不去也不行啊，你去了可能没人能记住你，但是不去的话，你肯定会被列入黑名单，这就是官场‘红黑账’，听说过吗？”

“‘红黑账’？还有这回事，我还真没听说过。”他感到既好笑又新鲜。

“你没听说过的事情还多呢，以后慢慢学！”李泉故弄玄虚地说。

“哦，那就是非去不可了？”

“你以为呢！”这回李泉和小刚保持了高度的统一。

下午，他们到总务那里进行了登记，其实就是交银子，除了老刘没有参加外，其他的都登记了。最后商定一人五百，大家一时身上都没带那么多钱，最后校长说：“情况紧急，学校先垫付，事后大家再还给学校！”

大家一致赞成，从来没有这样意见统一过，大家也觉得这是校长有史以来最正确英明的决定。

时间确实紧张，校长嫌镇上的东西不好，就决定到县里面去采购。于是包了一辆面包车，与总务匆匆忙忙地去了县上。

“难得校长这么慷慨，还包车去，平时我到县里办事出差都不报饭钱的。”主任说。

校长临走时又吩咐主任：“明天给学生放假，就说学校有重大事件。”

“明白！”主任说。

校长这才放心地走了。

校长回来时已经天擦黑了，大家看着买回来的一堆东西都啧啧赞叹，都是他们这些活人这辈子都不敢奢望的东西，简直是应有尽有，高级跑车，海岸别墅，私人游艇，飞机，还有各色帅哥美女，模样个个像时下最红的男女明星。

校长郑重其事地吩咐大家：“明天大家把头发剪短，务必穿深色的衣服。”

“明白！”大家异口同声地答道。

事出突然，衣服好办，在哪去找理发师呢，刘宇他们仨晚上就找了一把剪刀互相剪了头发，剪完以后都像老鼠咬过的一样。

第二天一早，校长又严肃地组织他们进行了彩排，包括谁拿什么东西，谁在前，谁在后，保持怎么样的表情，动作快慢节奏都进行了严密的规定，整整排练了一个上午。

中午一吃完饭，校长已经租好了面的车，把他们一路载到了学区校长丈母娘家，那个激动的心情啊，不亚于古代秀才上京赶考。

吊唁的人真是多，有人甚至是还没进门哭声就先起来了，也不乏披麻戴孝者。刘宇感觉到很好笑，至于吗？但是一想，这年头流行自我炒作，说不定这样一哭一闹，领导还真就记住他了，不禁心里暗暗佩服起来，高，高啊！可是让他这样去秀一场的话，他还真做不到！

做好了准备，快进门时，校长又吩咐他们："注意！尽量保持悲伤一点，还有注意节奏，步伐！"

大家都郑重地点点头。

进去的时候，刘宇扛着那些美女帅哥，他老觉得别扭，心想这不是给死人拉皮条吗？

进去以后，又是烧香又是鞠躬的，有些人甚至下跪，好不容易出来了，大家才长长地舒了一口气，他甚至看见校长的额头汗都渗出来了。

回来以后，李泉很神秘地说："你们俩今天没发现什么吗？"

"发现什么？"他俩疑惑地问。

"别装了，明眼人都看出来了，你们不觉得学区校长的儿子长得像教育局长吗？"

他俩一时惊得目瞪口呆。

09

刘宇过后仔细一想李泉的话，还真有些像。

但是，他又听人说，学区校长和好几个女教师都有瓜葛，这些事情谁又能说得清楚，想得明白。他也不再去想。

天气是越来越冷了，气候又特别的干燥，这样的条件正是流行性感冒滋生的最佳时机，他所在的班上，学生倒了一大片。本来学生就不多，这一下子显得更加空落了。

剩下的学生，也是咳嗽声此起彼伏，根本没法进行正常的教学活动。再加上请假的人又这么多，上了新课他们回来又会跟不上，他最后一想还是算了吧。

“同学们自己先复习吧，等人到齐了我们再讲新课!”

他无所事事地在教室里踱着步子转了几圈，然后出了教室，随之一股强劲的冷空气扑面而来，他不禁打了个寒战。

由于风大，他好不容易才点燃了一支烟使劲地吸了几口，透过玻璃看着教室里孩子们的一举一动。

早上起床时他感觉鼻塞，嗓子疼，心想莫非感冒了，虽然是那么不想起床，但他还是硬挣扎着起来了。

早上有两节课，上完第一节课感觉实在难受，刘宇就向校长打了个招呼，又躺倒在床上休息了。他像许多在大自然面前没有抵抗力的人一样，还是没能抵挡住这次寒流的袭击，毫无悬念地感冒了。

人在生病的时候往往变得更脆弱。他一睡着就做起了梦，他梦见他的前女友倩远远地飘来，端着一杯水劝他吃药，给他盖好被子……

以前刘宇生病的时候，她总是无微不至地照顾他，给他端水送药。记得有一次他半夜发烧，以至于全身发抖，可吓坏了她，她不停地用湿毛巾敷着他的额头，抱着他守了整整一夜，天亮以后烧才渐渐地退去。他看着她熬得红红的眼睛既心疼又感动。后来她对他说，那次她担心死了。

他在梦中迷迷糊糊地喊着她的名字，她却笑着对他说了声保重，又远远地飘走了。

他猛地惊醒，原来是在做梦，伸手摸摸额头，这才发现烧得很厉害。

他感觉全身毫无力气，呼吸都很吃力，呼出的热气使他觉得口干舌燥。他强打着精神起来拿起水壶想喝杯开水，却发现壶里空空如也。他无奈地放下水壶，舀起一瓢凉水美美地喝了一气，一股冰凉通透全身，这才感觉好受了许多。

他慢慢地再爬上床，捂严了被子躺下，他想着出一身汗也许感冒就好了。

隐隐约约之中听见有人在敲门，敲了好长一阵子他才反应过来，才吃力地说："进来，门没有插！"

刘宇以为是老师或者哪个学生，没想到进来的却是一女子，看穿着打扮似乎不像山里的姑娘，这使他感到有点莫名其妙和尴尬。

她看着被窝里包得严严实实的刘宇，猛地一惊，幸好他穿着衣服。

"请问你是六年级的班主任吗？"女子一脸堆笑。

"是，我是，有什么事吗？"

"哦，是这样的，我弟弟张龙龙是你班上的学生，感冒严重了，我来给他请个假。"

"嗯，知道了，让他好好休息。"他本想说请假这事打个电话就行了，还干吗亲自跑来等等之类客套的话，但是实在吃力就没说。

"你也感冒了吗？"她关切地问。

"嗯，这样的天气我不感冒就不正常了。"他吃力地答应道。

"吃药了吗？"

"没有，还好，不太严重，睡一觉就好了。"

"还不太严重，说话嗓子都哑了。"

"没事的，出门的时候顺便把门给我带上！"

"嗯，好的，那你好好休息。"她微笑着出去带上了门，她的微笑让他感觉心里暖暖的。

令他没有想到的是，他刚刚要睡着时，那女子却第二次推门而入。

这回她手里面拎了一小塑料袋，进门就说："不好意思又来打扰你，我给我弟弟买的药，顺便给你分一些。"说着顺手扔在了桌子上。

"哦，谢谢，真用不着的！"他不好意思地推辞道。

"都这样了还用不着，你也不要不好意思，你这样下去死了都没人知道，呵呵，你不为自己着想，你也应该为孩子们着想啊，他们还等着你给上课呢。"她喋喋不休地说道，丝毫没有初次见面的生疏感。

"呵呵，知道啦。"他倒显得有些局促。

"嗯，那好，一定记得吃药哦。对了，你电话号码多少，省得以后请假还要跑来跑去？"她用热情地目光期待着。

这样的女孩总是让人无法拒绝，尤其在这个时候让他心里感觉很温暖。他微微一笑，把号码说给了她。

小刚烧了开水，刘宇吃了一顿药，又睡了一觉，到晚上时果然就好多了。

吃过晚饭，他正要上床睡觉，却收到了一条信息：吃药了吗？感冒好些了没？

他一看，是陌生号码，但是一看信息内容，马上就明白了是谁发来的，他回道：吃了，这会儿好多了，谢谢你的药。

她：呵呵，不用谢的，你是人民教师嘛，理应受到关心，再说还是我弟弟的班主任兼语文老师，应该的。

刘宇：呵呵，你真这么认为？

她：嗯，是的，时间不早了，你早点休息吧，再连着吃上两次就彻底好了。

刘宇：嗯，你也早点睡，晚安！

她：晚安。

放下电话，他还是有一点小小地感动。

第二天他仍然请假休息，早上起来又吃了一顿药，感觉精神多了。太阳一出来，整个房间里洒满了暖暖的阳光，这是冬天少有的好天气。

他的心情也不错，于是泡了一杯茶，坐在窗前，一边看着学生的作文，一边享受着冬日的阳光，院子里偶尔飞来一群觅食的麻雀，他看着这一切，觉得这一段时间以来，生活从来没有这样惬意过。

整个上午，他都在这样一种美好心情中度过，他望着窗外，却意外地看见昨日送药的女子向他房子的方向走来，桃红色的羽绒服在阳光的照耀下像一朵娇艳的花朵。很快，她已来到了他的房子门口，而他，早已为她打开了门等候。

这使她稍稍感到有些意外，刘宇也不明白，他是否也在期待着她的出现。

为了缓解一下尴尬的气氛，刘宇便说道："这么巧啊，我刚好准备出门的。"

"有急事吗？要不你先去忙，我就顺道过来看看你感冒好了没有。"

"也没啥事，请进，谢谢你的药，好多了。"

"嗯，我也看你比昨天精神多了，那就好啊。"她一边说一边带着甜甜的微笑。

"呵呵，有劳你费心了，真过意不去。"

"没事，哦，对了，顺便给你带了些水果，感冒的人要多吃水果，亲戚拿来的，太多，吃不完。"说着就把一大塑料袋东西搁在了桌子上。

"谢谢。我怎么好意思呢！"他不好意思地说道。

她只是莞尔一笑。

昨天烧得稀里糊涂，今天才得以看清，这女子原来生得肤白皮嫩，不长不短的头发恰到好处，没膝的皮靴更显得双腿修长，根本不像这山里的女孩子。

“哦，对了，还没有请教你的芳名呢?”他问道。

“我叫张小凤，你叫刘宇吧?”她淡淡地笑了笑。

“你怎么知道我的名字?”他诧异地问。

“当然是我弟弟告诉我的呀。”

“哦。”

“那我们现在算不算是朋友啊?”她开玩笑地说。

“算，当然算啦!”

他们后来又聊了好多，原来她一直在外面打工，很少回家，冬天天气冷了，她刚回来不久。不知不觉已经到了中午，直到小刚破门而入，她才起身说：“我该走了，我妈还等我做饭呢!”

“好吧，以后有空经常过来玩啊。”他也不知道怎么会说出这样的话来，简直没有一点水平。

他一直目送她出了校门，小刚在一旁用怪怪的眼神看着他问：“谁啊?”

“班上一个学生他姐。”

“是吗，她想泡你?”

这一句话让他哭笑不得，“不要把人都想得像你那样丑恶好不好?”

“那就是你想泡她了，呵呵。”

他随手从塑料袋里拿出一个苹果丢给他说：“塞上你的臭嘴!”

近日，就是星期天他也很少回家，不是不爱回家，而是害怕回家。因为一回家，家里人就会给他说媳妇的事，或者托人给他介绍对象，都被他一口拒绝了。为此，他和父母几近闹翻。

那天，父亲终于对他忍无可忍，便开口大骂：“小子，你到底想怎么的?”

“我也不知道想怎么的，反正就不想这么的。”他也没好气地顶道。

“你再不服气，再怎么折腾也就这命，还是放低一些。”

别人说这话，有可能他还能一笑了之，现在是他的父亲这样说他，他莫名其妙地火就往上窜。

“我就偏不信这命，我的事你以后少管！”他恶哄哄地说道。

父亲一下子也来了火，大吼道：“正因为我是你老子我才管你，你不是我儿子我才懒得管！”

他也嘴上不饶，“正因为你是我爸我才对你这么客气！”

这次父亲再没有说什么，直气得哆嗦。

不是他不考虑这方面的事，实在是考虑不起，他深知，在他们当地娶一媳妇太不容易了，娶媳妇都成了明码标价，彩礼都有讲究，且按文化程度收费，高中六万，大专八万，本科十万，当地人都把这戏称为“买断”。

如果讨一个有工作的老婆，还必须要在城里买一套房子，还要车子。现在的房子都是天价，如果他这样当一辈子老师的话，就算是不吃不喝，也很难实现，所以对他这样的人来说，婚姻就是一件很奢侈的事情，想了也是白想。

一气之下，他索性就不回家了，经常住在了学校。现在认识了张小凤，晚上无聊的时候，就和她短信聊聊天，来打发这无聊的时光，这姑娘倒是很善解人意。有时候她也会到学校来，甚至主动提出来帮他洗衣服，他感觉不好意思，都委婉地拒绝了。

他不知道这是一种什么心理，有时候他会想，这是在利用她来排解内心的空虚吗？是不是有些不道德？这样想的时候，总感觉自己很龌龊，但是又常常盼望她的出现。

一日，学校门口突然停了一辆黑色轿车，这穷山僻壤有小车光顾倒也是稀罕事，偶尔只有领导检查工作才会有轿车开进学校的大门，但那都是事先通知，这次却丝毫没有得到一点消息。

这时校长早已乱了手脚，赶忙迎上去，不料车上却下来一女子，三十岁左右，一身名牌装扮，看起来很时尚，却掩盖不了那不怎么苗条的身材和不怎么俊俏的面容。

校长仔细打量着这位女子，怎么看也不像领导，疑惑地问："你是……"

这女子并不直接回答校长的问题，而是淡淡一笑问道："请问李泉住哪个房间？"

这时，校长一颗悬着的心才放下，虽然不能断明来意，但一定不是领导，这一点可以确定。

"西面第二间。"校长指着那一排房子说。

"谢谢。"女子说着，径直向李泉的房子走去。

大家都猜测着这女子的来历，以及和李泉的关系。

10

后来，这女子又陆陆续续来过几次，大家从各个方面也能够猜出一二来，她肯定和李泉有着不同寻常的关系，这是毫无疑问的。

后来还是听李泉亲口说的，这是别人给他介绍的对象。

她叫方丽，是城里某高官的千金，什么都好，就是长得比较抽象了一点——这是李泉的原话。最重要的一点是，她答应让他爸给李泉安排工作。

刘宇高兴地说："恭喜你呀，爱情事业双丰收啊！"

李泉却没有半点高兴的样子，只是狠狠地抽烟，好像难以启齿的样子。

“可是……可是她还有一个三岁大的孩子啊。”李泉近似痛苦地说。

刘宇不知道怎么劝他才好，一时竟无语，只是陪着他默默地抽烟。

“她没有上大学，结婚比较早，前任老公是南方人，做生意的，实在受不了她暴躁的脾气，有一天不辞而别，他们之间原本也没有什么爱情，只不过是利用了他爸的关系。”

李泉又点燃了一支烟，猛吸了两口说：“她说过，如果我要和他好，必须能受得了她的脾气，必须听她的，否则的话免谈！”

“那你有什么想法？”他问。

“唉，人走到这一步还能有什么想法，你认为我还有选择的权利吗？也许你们会认为我没有男人的尊严，但是走到这一步，我的尊严早就没有了，这是一个强者的社会，草根的尊严往往被强奸！”

是的，每个人都有无法选择的时候，事情往往不是对与错的问题。刘宇是能够理解李泉的，无论他做出怎样的选择。他没有在心里瞧不起他。刘宇想，如果换做是自己会怎样，是否会做出和李泉同样的选择，他不敢再往下去想。

他们只是默默地一根接着一根地抽烟，房间里被烟雾笼罩着，散落了一地的烟蒂，房间里有一种腐烂的味道

人生有太多的无奈，当选择变得苍白无力时，我们都是游走在命运边缘的小人物。

冬天的白日，总是很短暂的，它总是有意或者无意地把漫长的黑夜留给失意的人们去酝酿空虚。

时光永远不以人的意志而改变，它不因你留恋或者缅怀过去而倒流，也不因你逃避现状或者憧憬未来而匆匆，它总是不紧不慢地向前走，走完

六十秒是一分，走完六十分是一小时……

又是一年的12月25日，这是个让人有无限回忆的日子。第一次给倩买的圣诞帽不知已丢到了何处，无数的充气棒打得他的记忆里噼里啪啦直响，圣诞节狂欢的情节一幕幕地浮现在他的眼前，然而这里却如往常一样的寂静，没有一点节日的气氛。

他正在为此情此景伤感，却意外地收到了小凤的短信：圣诞节快乐！

他没想到，在这里还有人会记起今天是圣诞，有人会祝福他，他心里有一点小小的感动。他回道：圣诞快乐，难得有人记起。

小凤：呵呵，心情还好吗？

刘宇：凄凄惨惨戚戚，没有一点节日气氛，高兴不起来。

沉默了好一阵子，她才回道：你先等一下！

他不知道这姑娘要干什么，不一会儿，她就站在了他的面前，她的脸上永远挂着可爱的笑容，说道："我们去放鞭炮吧！"

"好啊。"于是他们就在外面的小卖部里买了一些鞭炮，还有一些叫不上名字的炮在院子里放了起来，噼里啪啦的声音打破了沉寂的空气，闪闪的火花划破了夜的黑暗，还真有点过节的意思。

但是热闹只是暂时的，最终还得回到寂静的现实中来。周末了，其他人都回家了，学校里就剩了他一个人，他害怕这种寂静。

"怎么了，又不高兴了吗？"小凤问。

"我想喝酒！"他沉默了一会答道，欲言又止的样子。

"你这人就是多愁善感，好吧，我陪你喝。"

他到外面的小卖部买了一箱啤酒和一些袋装的花生米、锅巴之类的作为下酒物。开始的时候，他一个人喝，小凤只是象征性地抿上一口。

几杯酒下肚以后，他像找到了知己一样，讲述他自己这一段时间以来的种种遭遇和压抑的心情，他需要倾诉，她听得也很认真，也不时地安慰他几句。

或许是小凤被眼前这个人的遭遇所感动，后来他们一杯接着一杯地干杯。再后来他竟像一个小孩一样呜呜地哭起来，他再也不能保持他那看似坚强的外壳。

小凤揽过他的头抱在了怀里，让他尽情地哭。他感到了她那柔软的胸膛和久违的温暖，一股原始的冲动涌遍他的全身。他开始变得迷乱，由于酒精的作用他也不再想太多，思绪早已越过了道德的界限。小凤似乎也没有拒绝的意思，于是在这一刻，该发生的和不该发生的都毫无悬念地发生了。然而就在迷乱的这一刻，他却说出了让人百思不得其解的一句——“小凤，我喜欢你!”

以后的一两天里，小凤像一只快乐的小鸟，整天围着他飞来飞去，他才意识到自己似乎犯了个愚蠢的错误。他开始认真地想，他真的喜欢小凤吗？答案是否定的，他太空虚了，只不过是寻找一点慰藉罢了，然而这对小凤来说无疑是不公平的。说白了他是在利用小凤的善良，玩弄她的感情而已。

刘宇想，不能再这样下去了，他给不了小凤什么，甚至一个承诺！他不想再欺骗自己，也不想再欺骗小凤。也许早点结束这种没有结果的关系，才是真正地为小凤负责，但是她是那么一个善良的姑娘，他真不忍心伤害她。

他整日都在想着怎样对小凤开口，但实在难以启齿，他怎么也想不通，自己会做出这种龌龊的事来，他并不是一个随便的人。

当面说他实在没有勇气，他害怕小凤那双灼灼逼人的眼睛，以及她让人感到温暖的笑容，他想还是避免正面交流的好，那就只能用短信了。

刘宇不知道该从何说起，开始只是东一句，西一句说着一些不咸不淡的话。女孩子往往是敏感的，最后还是小凤忍不住地问：你有什么事想说吗？

但是小凤万万不会想到，他接下的话会使她全身冰凉。他终于鼓起勇气回道：小凤，对不起，我们到此为止吧！

此话一出，尽管不知道小凤的反应，但是心里的石头总算落地，轻松了许多，只是静静地等待着小凤的反应。

小凤过了好久才回道：为什么？

刘宇：其实你我都明白，我们这不叫爱，只是为了某种需要，或者说是我太空虚。对于爱情我是不能将就的，当然不是说你不好，你是一个非常好的姑娘，只是我没有这个福气，我们还是尽早结束这种关系，这样对谁都好，你说呢？

小凤：不，不，我不同意，你说过你喜欢我的。

他万万没有想到，小凤反应会如此强烈，一时不知如何应对，但是又一想，不能再让她对自己抱有一丝幻想，当断即断。否则的话，剪不断，理还乱，那样更痛苦。

于是他回道：喝醉酒以后的话你也信啊，你真是太天真了。

小凤终于被激怒了，连连说着：你混蛋，你混蛋……她可能是被气晕了，除了这一句话，不知道再怎么骂似的。

刘宇平静地说：你骂吧，我就是一个十足的混蛋，而且是一个失败的混蛋，我从来都没有喜欢过你，从来也没有对你心动过，现在明白了吗？只希望你以后不要再来找我，我们从此不要再联系。

发完这条短信，他觉得有些残忍，想必小凤已成带雨梨花，想着再安慰几句，但又一想，长痛不如短痛，不能这样优柔寡断的，狠就狠到底，他索性关机，钻进了被窝。

但是怎么也睡不着，刘宇也有点不明白，这次他怎么变得这么绝情，他对倩不是这样的，甚至她离开了自己还再三挽留，还念念不忘，而他对小凤怎么就能做出几乎残忍的举动来。

客观地说，他不是一个无情的人，但是要看对哪些人，哪些事。

不到晚上九点，学校院子就像往常一样，死一般的寂静，没有一点响动，甚至有时候让人忘记自己还活在这个世界。

不知谁在很用力地敲着学校大门，敲击的声音打破了校园的沉寂，他也从梦中惊醒一般，心扑通扑通跳个不停。然而声音一声比一声强烈，他打开房门，站在门口问："谁呀?"

"宇，是我!"是小凤熟悉的声音，他万万没有想到，这时她竟会来找他，别看她平时很温柔的样子，这时却真是倔。

他走近大门，透过铁栅栏，黑暗中他看见小凤闪闪的泪花，心里有一种隐隐的痛。他没有开门，只是在黑暗中互相注视着对方，小凤在外头，他在里头，久久没有说话。

一道铁栅栏，却是人间与地狱的分水岭，天使与恶魔的界限。

"这么晚了，你还来干什么?"他终于鼓起勇气问，然而声音小得似乎连自己都听不到。

"我不相信你说的话，你是不是有什么苦衷，我只想知道事情的真相，死也要死得明白。"

沉默，又是令人窒息的沉默。

"你回答我呀!"小凤略带哭腔的问道。

"真相就是我不喜欢你，你再问我一千遍，一万遍我还是这句话!"他的语气冰冷，让人全身发凉，就如同这冰凉的夜空，或者这是他有意伪装的冰凉。

小凤看似坚强的防线终于被击溃，在铁栅栏的那头已经泣不成声，泪眼婆娑了。然而他的心中也是万分纠结，他也没有自己想象中那么冷血，那么无情，甚至他在心里已经暗暗地责怪自己的残忍。

过了好长一阵子，他才安慰道：“小凤，对不起，忘掉我吧，你这么好的姑娘，肯定会找到一个真正爱你疼你的人……”

“我的事不用你操心！”她近乎声嘶力竭地哭喊道，他还没来得及做出任何地反应，她已转身在冰冷的夜里奔跑而去。

他望着小凤黑夜中奔跑的身影渐渐消失，终于落下了几滴冰凉的泪珠。他久久地伫立于铁栅门边，这一刻，他感到了深深的寒意。

11

小凤就这样和他断绝了联系，心里倒感觉空落落的，像是丢了什么东西一般。

近几日，李泉的婚事成了学校里面老师们议论的热点话题，大家都收到了李泉的请柬，他要在元旦结婚。

有人说他命好，白娶一媳妇不说，连房子、车子、工作都有了，甚至连儿子也有了，真是好福气。当然说这话的人大有吃不上葡萄说葡萄酸的嫌疑。

也有人表面上说恭喜恭喜，背地里却骂他吃软饭的，打心底里鄙视他。

刘宇倒觉得没什么，也顾不上想这么多，小凤的事搅得他心神不宁。只是觉得这未免太快了吧，从认识到结婚，前前后后还不到一个月，他不知道这是不是就是人们所说的“闪婚”。

用李泉的话说就是：“机会难得，万一溜了咋办，反正什么都不用我管，到时候我只要人过去就行了！”

刘宇本想说：“也许到时候你也只要走人就行了！”但是话到嘴边，他却忍住了，这样会伤他的自尊。

元旦，辞旧迎新，多好的日子啊。结婚那天，学校人人都去贺喜，婚礼的档次自不用说，是县里最豪华的酒店，来的客人也不乏在本地有头有脸的人物。相比较而言，他们这些老师就显得寒酸多了，就连接待的人见了，也是两种截然不同的态度。刘宇心里真是窝火，要不是李泉大婚，他早就拂袖而去了。

新娘子不算漂亮，但也光彩照人，李泉搀扶着，笑得像蜜一样甜，俨然一副幸福的样子。

他们挨个给每桌的客人敬酒，没想到，这也是有等级先后次序的，轮到刘宇他们的时候，虽不是最后一桌，但也绝对能算得上是倒数了。他想，都是娘养的，怎么一生下来就有三六九等之分了呢，不管这些了，想也想不明白，越想越不平衡。来这里就一个字：吃！刘宇像出气一般吃着桌上的鸡鸭鱼肉。

最后，李泉两口子给他们敬酒，他笑嘻嘻地说：“实在不好意思，人多，过来晚了。”而新娘却是一脸的高傲，压根儿就看不起他们这些乡下来的老师，这样的酒谁还会喝，都推说不能喝，倒弄得李泉不好意思。

看着眼前的这一对新人，不禁让他想起了倩、小凡，还有小凤这三个曾经和他有过关系的女孩，她们还好吗？虽然知道倩的去处，也有她的电话，但是只通过一次电话，是她对不起他，既然她那么无情，自己又何必那么自作多情呢？

小凡依然没有消息，也许，这一辈子再也不会有她的消息，也不会再见面。就像她说的一样，我们已经是两条路上的人，注定不会再相遇。

从小凤弟弟张龙龙口中得知，那晚后的第二天，小凤就收拾行李去了南方，也许过年都不回家。他觉得对不起小凤，伤了她的心，但是，他不能欺骗自己，也不能欺骗小凤。

再看看新娘，不管是倩、小凡，还是小凤，哪一个穿上婚纱，都要比新娘漂亮数倍。不知以后和自己步入婚姻殿堂的人又会是谁呢？从李泉的婚姻来看，最终与你携手步入婚姻殿堂的，或许并不是你爱得刻骨铭心的那个人。

婚姻有时候真的与爱情无关。

他又感到莫名的伤感，刚才还说不能喝酒，这会儿却一杯接着一杯往肚里灌，旁边的人看着都有点莫名奇妙。他也不管这些，反正自己随了礼，不喝白不喝，喝了也白喝，人家早已认定你是山野村夫，也就不必装得像谦谦君子。

他一个人表演，其他人看着也都忍不住了，都动起了筷子，不多时桌上已经是杯盘狼藉。他心里暗暗笑道，人啊，何必要那么虚伪呢？

菜也吃了，酒也喝了，自然话也就多了起来，有人说："小李真有福气，白捡媳妇又有了工作，一箭双雕啊！"

其他人也都附和道："是啊，好福气啊！"无不露出羡慕的神色。

他却说："不对，是一箭三雕吧？"大家恍然大悟，忍俊不禁，但都没敢大声笑出来。

也有人说："不管怎样，小李算是走了捷径，就说工作吧，不但考上不容易，就是考上了要想去一个好单位没有五六万也是不行的，小李这是一步到位啊！"

"是啊，现在真是太黑了，即使走后门也得有道，要不然也是扛着猪头找不着庙门，不是现在流行一句顺口溜吗，一万报个名，三万见个面，五万六万方见效。"

"唉，是啊，是啊！"

他从来不知道，还有这么多奥妙，再想想自己的处境，也就不那么奇怪了。

元旦放了三天假，他睡了三天懒觉，直睡得天昏地暗，除此之外，好像真没什么可干的。

有人说被窝是青春的坟墓，他现在算是躺在坟墓里了，而且躺了大半年了，也不在乎这么三天，谁让它是法定假日呢，想怎么睡就怎么睡，反正受法律保护呢。

元旦一过，这一学期也就到了尾声，剩下的就是期末考试以及扫尾工作了。

假期过后刚一上班，校长就火急火燎地组织大家开会，这在平时都很少见，几乎一学期也没有开上一两次会议，这令大家有点不知所以。

校长清了清嗓子说："这次期末考试，学区举行抽考，很不幸，我们学校被抽中!"

这么一说，大家也就基本上明白主要会议精神了，也知道下面的内容是什么了。

校长顿了顿接着说："上面的政策是前三名奖学校领导，后一名罚学校领导，这次抽中的一共有八所学校，所以是奖多罚少，大家加把劲千万别弄一个最后一名，这样谁都不光彩。"这时校长脸上那种平时极不自然的笑也没有了，一副严肃的样子。

其他老师都没有人吭声，似乎根本就没有放在心上，校长看了看大家的反应后又补充道："上有政策，下有对策，学校实行责任到人，前三名者奖，最后一名者罚，上面奖罚多少，我们也一样。"

大家还是没有反应，但是似乎又都听进去了，因为这关系到钱。

最后校长为了缓和气氛，又恢复了他那非常夸张的笑，"好了，今天的会议内容就这些，没什么事就大家各自忙去吧。”

会开完以后，大家都议论纷纷，至于奖罚制度而言，奖肯定是没什么意见，罚大家都不愿意，因为谁也没法保证自己不是最不幸的那一个。

小刚说：“羊毛出在羊身上，永远没有领导的事，干活的是我们，受罚的也是我们，什么世道啊。”

“还不一定呢，说不定还受到奖励呢。”他安慰小刚说。

小刚回过头来对他说：“那倒也是。”

接下来的一周，大家嘴上虽然说奖罚都无所谓，但是手底下却都忙开了，整个学校的节奏明显比以前快多了。每个人心里都打着自己的小算盘，谁也不想做那最后一名来垫底，罚款料想也罚不多，可是名声却不好听。

很快一周就过去了，学区的抽考如期举行。这一次学区组织的还像模像样，统一派人来监考，本校老师一概不得参与，校长一看这阵势急了，赶紧琢磨怎么办，又给人家塞烟又是好话，意思是让一条道，让我们的老师进考场做做手脚。无奈来人一点通融的意思都没有，校长一时来了气：“都是熟人了，还干吗整这一套啊！”

来人却说：“不是我们不给面子，是临走时领导专门吩咐过要看严，我们也没办法。”

一人又问道：“请问你到领导那去了没有？”

校长回答道：“没有。”

“那就只能怪您了！”那人显出一脸无奈的样子。

校长说：“好吧，好吧，随你们怎么整！”校长的气不打一处来，但也没有办法，自从进校以来还从来没有见到校长这么生气，经常看到的是他那很夸张的笑。

大家都骂监考的人不通情面，同时也都为各自的班级考场着急，但是急也是白急，他们现在连考场都进不去。

他原以为校园也许是如今这个社会中唯一一方净土，而这一段时间发生的种种，让他觉得即使教育事业也不像人们想象的那么崇高，教育行业同其他行业一样水很深，只不过表现不同而已。

在这样的一种环境下，有几次考试考出来的是真实成绩，他们的学校监考这么严，在其他学校说不定正放开抄呢。

很快，90分钟一过，学区派来的人收卷后扬长而去，学校的老师似乎都预料到了结果，也不发表任何意见，一副死猪不怕开水烫的样子，只等着最后的宣判。

学区为了表现公平，决定在每一所学校抽调一人组成阅卷组。学校每个人都不想去，刘宇是新来的，最终这个任务就毫无疑问地落在了他的身上。

临走时校长专门嘱咐他："去了以后机灵一些，见机行事吧！"

他木然地点点头表示明白，其实他并不知道这"见机行事"具体指的是什么。

阅卷组设在学区的大会议室，由学区领导担任阅卷组长，组员分别是每个学校抽调来的老师。首先由组长堂而皇之地宣读了阅卷准则，什么公平公正原则等等，该放在桌面上的话都有了。

紧接着阅卷工作正式开始，试卷一律密封，流水式阅卷，他负责的是作文。一人一道就这么传着阅。坐在他旁边的是另一个学校的戴眼镜的老师，三十来岁的样子，一坐下来就跟他套近乎，"你是新来的吧，怎么从来没有见过？"

"没有啊，都来半年了！"

"哦，是吗，是没见过。"他左右看了看，一只手在桌子底下捅了捅他的大腿压低声音说："我班上的学生都是一律用蓝色圆珠笔答的卷，还请多通融啊。”

此人一面说着一边使劲地捅他的大腿，他低头一看，手里正攥着一盒烟，一看就知道是当地流行的“黑兰州”，价格比较贵，一般老师是抽不起的。

他说：“别别别，这怎么行呢？”

“没事，大家互相照应嘛！”

他瞅瞅左右两边的人，生怕别人看见，迅速地接过烟，顺势就装在了裤兜里面，但是他的心却扑扑跳个不停。他在想，这算不算是受贿呢？

后一想，管他呢，人家好几万拿了也理直气壮的，他不就拿了一包烟而已，干吗这么紧张呢。

再看看阅卷的老师，一个个恨不得撕开密封线，无奈封得太严，到头来还是白费功夫，他看着心里倒有些好笑，就为了那一点点可怜的分数，至于吗？

经眼镜老师一提醒，他一想，他们班学生的字迹他倒能认得出来一些，毕竟阅了一学期的作文了。于是在阅卷的时候也就注意了一些，只要看着像他班上学生的字迹就多打几分，作文多几分少几分都能说得过去，这就是所谓的“感情分数”吧。当然可能也有一些误差，给别的学校的学生多打了分数，就算他们占了便宜吧。

至于学校其他老师班上学生的考卷，他实在是帮不上忙，毕竟那么多学生，他也认不得字迹，只能放弃了。他现在才真正明白校长临走时对他说得那番话，原来见机行事指的就是这些，这里面的勾当多了，看来他想要在这一亩三分地里混下去的话，还得多学习学习才行。

下午五点的时候，学区校长说：“大家辛苦了，晚饭学区管，犒劳犒劳大家！”

所有阅卷组的成员都喜形于色，这些普通老师还从来没有公费吃过饭，怎么会不激动呢？也许对那些当官的都是最平常不过的事了，但是对于这些普通老师就不一样了，也许三年五载也遇不上一次。

地点选在镇上最豪华的饭馆，说豪华，说白了也就是装修比较好一点，带几个雅座包厢的那种，在这个西北小镇，这也算是最高档次了。

菜上齐以后，大家同时起立举杯，领导又是一番感谢之类的讲话。等领导示意大家坐的时候方才一个个落座，但就是没有人动筷子。他早已肚子饿得咕咕直叫，别人不动筷子，他也不好意思先吃，他心想难道你们都不饿吗？

接着大家轮流给领导敬酒，态度绝对毕恭毕敬，学区校长一一饮下，满面红光，腆着的大肚子微微凸了起来，他不得不佩服校长确实酒量好。

他现在方明白，为什么大肚子的不一定是当官的，而当官的十有八九都是大肚子的缘故，原来是吃肉喝酒给撑大的，反正不花自己的钱，白吃白喝！

最后校长满面红光，高兴地说："大家尽管吃好喝好，我还有点事先走了。"说着站了起来，大家也一起站了起来，恭送校长出门。

领导一出门，大家就迫不及待地开吃了，他原以为他们不饿，没想到他们吃起来来势凶猛是他始料未及的。他哪儿是他们的对手，不一会儿，饭桌上就像风卷残云般杯盘狼藉，他肚里还感觉空空如也。人啊，何必要那么虚伪呢？

临走时，他们连剩下的饮料也不放过，都揣在兜里带走了。看来这个世界他没见识过的人情世故还多了去了。

他在学区阅卷，学校里面的老师却一个个干着急。校长已经连着打了好几个电话问他结果出来了没有。

他说："还没有。"

校长每次都不忘嘱咐他："多留神啊！"

他总是答应："嗯。"就挂了电话，他也知道，自己根本没法留神，平时不烧香，临时抱佛脚也许说的就是这回事吧。

历经两天的工作，阅卷工作终于结束。他们只负责阅卷，剩下的统计评比工作则由学区专人负责，最终的环节，也是最关键的环节他们也插不上手。

回到学校，校长就急切地问："结果出来了吗？罚不罚款？"

他说："我们只负责阅卷，具体统计评比工作人家学区自己才定呢。"

"那你估计一下嘛！"

他想了想就说："估计悬啊！"

校长一听这话，顿时脸阴了下来，好像这一切是他造成的一样，抱怨道："我不是教你多留个神，见机行事的嘛！"

他顿时一愣，怎么倒成了我的错的，一脸无辜的样子说："那我也没办法呀？人家的试卷都做了记号，我们的试卷我一份也不认识呀！"

校长摆摆手说："好了，好了，不用说了，我们就自认倒霉吧，他们是故意整我呢。"说着便头也不回地走了。

他一肚子的委屈，觉得特窝火，这算什么事。

小刚说："别想了，这本来就是个出力不讨好的活，当时抽调人的时候都不愿意去，也是由于这个原因，正好让你碰上了，弄不好就是里外不是人了。"

他越想越气，怎么倒霉的事尽让他碰上了，本命年应该过了呀，怎么还这么倒霉。反正想不通，这个社会许多事情都让他想不通，想着想着就头疼，索性不想了，包了被子就睡。

周一，校长去学区开会，一回来就拉着一张驴脸。大家也猜到了抽考的结果，肯定是受到批评了，也没人敢搭理。

下午召集老师开会，校长宣布了抽考结果，就像大家预料的一样惨不忍睹，学校老师一半受罚，一半不罚不奖，唯有刘宇的单科成绩勉强得了个第三，奖励200元人民币。

校长用怪怪的语气说："大家祝贺刘老师为学校争了光!"

可是话说过半天，却一点掌声都没有，反而都用异样的眼光看着他，似乎想要射杀他一样。

有人就更不客气了，在下面便窃窃私语起来："别人的试卷认不得，自己的怎么能认不得，不做手脚怎么会一枝独秀呢?"

"是啊，别看年纪轻轻，城府却很深，以后还是小心一点好!"

他万万没想到，这下可真是里外不是人了，有嘴说不清。他实在受不了他们这恶语中伤的言语，便逃一般出了会议室。

他听见身后有人说："你看，做贼心虚了吧?"

12

一次抽考弄得大家心里都很不愉快，照这样下去的话，以后在这个学校还怎么混呢，他从来没有想过要想在这个社会中混下去有这么难。这几天大家相见都感觉到有点尴尬了，这也是刘宇不曾想到的，他总得想个法子缓和一下与同事们的关系，要不这样下去，他就真的没有立身之地了。

刘宇这么想着，小刚见他情绪低落就缓缓地说道："你也别太在意了，遇上谁都一样，没有谁对不起谁。"

小刚顿了顿，欲言又止的样子，想说又不想说，但最终还是说："其实你不知道，六年级的语文是主任在带，但是成绩太差，已经是没有希望了，学校也打算就放弃了。主任怕来年会考时背黑锅，不想带了，但是又没有人愿意接，结果听说你来了，所以这个烂摊子就落在了你的身上。”

怪不得一来就让他带毕业班，按理说新人是不可能的，最起码也要锻炼锻炼再说。他以为学校真的器重他，这下刘宇总算明白了，原来还有这么一层内幕，他越想越不是滋味，整个把他当个傻子一样对待。

小刚接着说：“没想到主任这一次受罚，而你受奖，这下肠子都应该悔青了！”

他只是冷冷地笑了几声。

小刚又说：“还好我是不奖不罚，也没有那么多鸟气！”

听了小刚一番话，刘宇心里平衡多了，他没有对不起谁。如果要说对不起，也是他们先对不起自己，这叫搬起石头砸自己的脚，自作自受，关他什么事。

但是又一想，能有这一出，说不定以后还有哪出上演呢。想到这里后背就嗖嗖发凉，人心险恶啊！

又一日，校长通知他去学区参加表彰大会。刘宇作为学校唯一的受奖者理应去，但是一想，上一次就惹得大家很不高兴，这次又是唯一的受奖者，去了让大家以为还是显摆呢，指不定又会发生什么事呢，还是不去了，这样倒省心。

不去也不行啊，让上面以为年纪轻还摆架子，得罪了领导，以后的日子更不好混，他还指望能不能调到中学去教书呢。真是左右为难，奈何不得呀！

刘宇忽然想起了语文课上的情形，他让学生写比喻句，有学生站起来就说：“老师，我来一个！”

“好，你先来！”

没想到这学生张口就来：“生活就像老鼠夹子，你越挣扎，它就夹得越紧！”

刘宇一听，当堂就捧腹大笑，全班学生也大笑不止。

他戏谑道：“你就不能造得优美典雅一点吗？但也算正确！”刘宇很宽容地示意他坐下。

没想到这一开头就收不住了，有人说生活就像白纸，你越描越黑……这些令人捧腹的造句，简直就成了关于生活的研讨会。

现在想起来，一点都不俗，而且很富有哲理性。他现在不就是被夹住的老鼠吗？是的，越挣扎，可能就被夹得越紧，唯一的选择就是乖乖的，慢慢忍受，看能不能博得猎人的同情。

刘宇最终决定，还是参加学区的表彰大会。

表彰大会开得既隆重又简单，隆重的是虽然人不多，但是该有的程序都有了，领导讲话，获奖代表发言，最后颁奖等等。简单是因为会议很冷清，就连矿泉水也没有供应。但由于参加会议的都是受奖者，所以气氛也就热烈一些。

当他拿到为数不多的200元奖金的时候，不知为什么竟然有着一种喜悦的心情，竟然暂时忘记了之前的种种不快。人啊，到底是怎样一种动物呢？

领导也很高兴，会议结束后说：“为了答谢各位一年来做出的成绩，学区决定好好犒劳犒劳大家！”

于是，一行人又来到了上次来过的镇子上最豪华的饭馆。有了上一次的经历，这一次刘宇不觉得特别拘束了，由于心情也不错，也就放开了许多。

饭桌上大家又是向领导敬酒，因为大家都受奖的缘故，气氛也稍稍热烈了一些，领导也变得比平时随和一些。

轮到他敬酒的时候，领导有些兴奋地说：“刘宇，我记住你了，年轻人不错嘛，你们学校就你一人受奖了，呵呵。”

他听领导这么一说，心里美滋滋的，毕竟是他们学校唯一受奖的老师，还得到了领导的注意。刘宇便来了勇气说道：“还是领导知人善用，培养有方啊！”

这话说得领导高兴不已，一扬脖一杯酒干了。今天看来领导也没有要提前走的样子，可能是酒精的缘故，刘宇不停地向领导敬酒，而且妙语连珠，话说得极其漂亮，听得领导不高兴也难。

最后散席时，领导拍拍他的肩膀说：“行啊，小伙子，好好干，大有希望！”

刘宇也油腔滑嘴道：“谢谢领导赏识！”

出来以后，一个人走在大街上，一阵风吹来，他微微颤抖了一下，从刚才的燥热中清醒过来。刘宇开始思考，这下回去应该怎样面对学校的老师呢，一想就有点怕。

他开始漫无目的地在大街上晃荡，最后终于想明白，罪魁祸首都来源于受奖这件事，反正是奖励的，自己也是白拿，还不如为大家做点什么，这样一来，看是否能缓和一下与大家的关系。

于是，刘宇去商店给学校的老师每人买了一箱牛奶，200 块钱也就剩下十几块钱了，心一想，还不如一下花干净，又买了一包十几块钱的烟，最后把牛奶用绳子绑在摩托车上，一路颠簸着去了学校。

刘宇到了学校，挨个给每个老师送去了牛奶，恭恭敬敬地敬烟，装得简直就像一孙子，同事们收了牛奶，嘴上虽然说着“不合适、咋能这样呢”这样的客套话，但态度确是和蔼了许多。他暗自发笑，就别虚伪了，收就收下呗，比我还能装。

心里这么想，但是嘴上却不能这么说。他只能说：“还客气啥，反正花的不是我自己的钱，你们就心安理得地收下吧！”

“呵呵，那倒也是，小刘还真厚道啊。”主任眯着他那双小眼说。

刘宇心想，之前还说我做贼心虚，就一箱牛奶就说我厚道了，这些人的心思真是琢磨不透。

他不禁要感叹：天下熙熙，皆为利来，天下攘攘，皆为利往，一点都没错。

做人真难，不在山，不在水，难在人情反复间啊。还好，大家都还算给面子，收了他的牛奶，希望以后的日子大家相处顺气一些，比什么都好，不再给他使绊就行。

在学校教书，除了上课以外，平时基本没什么事情，但到了学期的扫尾工作，真还有点忙。刚刚忙完了抽考工作，紧接着年终考评就又开始了，每个学校都会根据老师这一学期的工作表现评出优秀、良好、称职和不称职等。按照标准是根据这一学期的出勤、工作认真程度、期末考试成绩等来评，其他的都不好把握，期末考试成绩就占了主要因素。

由于期末抽考成绩还算可以，在学校的讨论会上，大家一致推荐刘宇评为优秀。他虽嘴上再三推说不敢当，应该评给学校的资深老教师，但是心里却是美滋滋的。

最终校长说："大家一致推荐你优秀，你就是优秀，就别再推辞了！"

校长都把话说到这份上了，还要这么说，心里一想，自己本来就优秀嘛，便心安理得地接受了。

要说这一段时间高兴事还真不少，真是好事连连。又过了一天，校长把他叫到办公室说："你的工资下来了，半年的，整整一万。"

说着，校长就从皮包里掏出了一沓厚厚的鲜红的钞票，他心想怎么不是工资卡，如今还有这么发工资的。

校长把钱扔到桌上说："你点一下吧，号码都没乱。"

他拿起来，开始细心地数，没想刚过六十就乱了，一想还是算了，料想校长也不至于坑自己，就说："合适着哩。"脸上洋溢着微笑。

“嗯，那就在这上面签个字吧!”于是他认真地在工资条上签上了自己的名字。

拿到钱，虽然不多，还是让他兴奋了好一阵子，毕竟辛苦了大半年，没有白忙乎，有了一点收获。他开始思考应该怎么样来支配这微薄的工资，是不是悉数交给父母？

他心情真得很好，买了两罐啤酒一个人就喝了起来，还竟然有一点点晕了，真是酒不醉人人自醉。

好久没有联系那帮朋友了，今儿高兴，顺便问候一下兄弟们。于是挨个给他们打电话，但是最终还是令他失望，不是有事就是忙，忙！忙！忙！怎么会有那么多忙不完的事。

最后拨通了小胖的电话，“小胖，我发工资了，现在放寒假了，过几天到市里找你，请你吃饭。”

“好啊，早就盼望着这一天了，告诉你一好消息，我现在正在谈一个大的代理，做好了，一年就赚够了!”

“哈哈，是吗？那要提前庆祝了。”

“嗯，好啊。我还有点事，先挂了，等你来市里。”

“忙，你总是忙!”他有点不快地说道。

“哈哈，成功人士不是都这样吗？”

听着小胖意气风发、踌躇满志的话语，不知怎的，他倒有一种莫名的失落感。他应该为小胖高兴才对呀，怎么会有如此复杂的心情。之前一万块钱工资带给他的兴奋之感早就荡然无存了，他看着院子里贴地低飞、四处觅食的麻雀，不禁伤感起来。

快乐只是暂时的，对于刘宇来说，烦恼才是生活永恒的主题。

之前还为年终考评时评了个优秀高兴呢，但是刚刚才得到消息说，报到学区的名单上根本没有他的名字，他只是一个称职而已，肯定是在上报的过程中自己的名字被替换了。

他也太天真了，这种事情本来就是人面前一套，人后又是一套，这叫“中国式考评”，他弄不清楚这是不是人们经常说的“暗箱操作”呢。

想也想不明白，有些事情他现在要渐渐地看惯，慢慢地适应才行。还好，他不是对这些虚名看得太重的人。

刚刚放寒假，整个学校就显得极为冷清。由于要经过一个漫长的假期，老师们都在忙着整理自己的房间，他也随便整理了一下，把一些东西用报纸盖了起来，以免落上灰尘。

李泉的媳妇也在，只是在一旁看着李泉收拾东西，却不动手帮忙，还时不时的指点李泉说这个不要了，那个扔了之类的话。

李泉收拾得很费力，看样子是要把东西收拾起来拉走。刘宇也没什么收拾的了，也就过去帮忙，李泉媳妇只是冲他高傲地笑了笑，表示打了招呼。

他一边帮李泉收拾东西，一边随口问：“看样子是不来了？”

李泉抬头看了看他，随意的笑了笑说：“嗯，不来了。”

“那打算去哪个单位呢？”他试探性地问。

“还不定呢，正在联系。”李泉只是淡淡地说道，但是他能感觉出来，工作的事情还是比较棘手。因为李泉不是一个深沉的人，有事情，尤其是好事绝不会装在肚里不给人说。

他只是“哦”了一声，也就再没有问什么。

收拾好了几个大包小包，真还有点累着，也难怪平时都没干过活。李泉媳妇的车就停在学校门口，他又帮李泉把大包小包都拿到了车上。自始至终，李泉媳妇都没有帮一丁点的忙，似乎压根就和她没关系一样，这让刘宇心里感觉很不舒服。

一切收拾妥当，李泉感激地说：“真谢谢你啊，以后有机会我们再聚聚，喝两杯。”

他象征性地笑了笑说：“那是一定的！”

“现在走了，说不定还会怀念在这里的日子呢！”李泉幽幽地说道。

“走吧，这有什么怀念的，你怎么倒像个女人似的。”他取笑道，想不到李泉也有多愁善感的一面。

李泉还想说点什么，媳妇就在车里催了，“快走呀，大男人的怎么这么磨叽啊。”

李泉看了媳妇一眼，匆忙说道：“以后常联系，号码一时也不会变！”就上了车。

“一定！”他还没来得及说完这两个字，车子已经开出了几米开外，他看着车子后面扬起的尘土，伫立了好久。

人陆陆续续一走，学校变得更冷清了，刘宇点燃了一支烟，一边休息，一边轻轻地吐出烟圈。屋子里一收拾变得凌乱不堪，连一个人坐的地方都没有了，他便随手抓起收拾好的东西出门，骑上了摩托车，也一路颠簸着回了家。

儿子回家，父母自然很高兴，母亲便忙着给他张罗着做饭。看着年事已高的双亲，由于长年的辛苦劳作而变得弯腰驼背，他感到一阵的酸楚。

当他把准备好的五千块钱交给父亲让他收好时，父亲饱经沧桑的脸上露出了憨厚的笑容，一道道的皱纹更加深刻。

父亲用颤巍巍的双手数着一叠钞票，嘴里喃喃地说：“我儿出息了，我儿出息了……”

也许，在父母看来，吃上了国家饭就是莫大的幸福，有一份正式而稳定的工作就是无比的荣耀。他们不求你升官发财，不求你家财万贯，只求你能够安安稳稳地过日子就好。

看着父母高兴的样子，他的心情也好了许多，虽然他们不能够理解自己，并且曾经有过隔阂，但毕竟是一片好意，他怎么会一直怪他们呢？况且这半年的经历使他渐渐认识到，世界也不像他以前想象的那么单纯，以前自己的想法也有些过于偏激。

他们在一起吃了一顿温馨的晚饭，父母自然很高兴，他不想扫父母的兴，也就和他们多聊了一会。

其实，他只是在静静地听着，听着他们语重心长的话语，不时地点点头。

一放假，这下真的闲了下来，唯一可做的就是睡觉，睡他个日上三竿，睡他个天昏地暗，愉快的和不快的统统都放一边去。

可是往往是事与愿违，你不想睡时，偏偏一不留神就鼾声如雷，正当放开了睡时总是让你睡不踏实，总是在你梦中渐入佳境时把你拉回现实。

电话的铃声一遍又一遍地响个不停，他在迷迷糊糊中一遍又一遍地摁掉，但隔不了几分钟又会响起来，实在是讨厌。

他一接上电话就破口大骂："谁呀，这么早，让人觉都睡不好！"

"哇，还睡啊，太阳都老高了，连我的声音都听不出来吗？"

"听不出来！"他没好气地说。

"别这么火气大呀，我明辉啊！"

"哦，你小子也能想起我呀，说吧，有什么事？"

"嘿嘿，也没什么事，没事就不能打电话问问吗？就你的电话号码，我找得好苦哦，工资发了吧？"

一听到谈"钱"，他突然清醒了许多，忽地从床上坐了起来，顿时睡意全消，心想这小子不会在我工资上打什么主意吧。

他们是一起考的特岗教师，明辉在学校实习的时候连教案都不会写，老拿他的去抄，一站上讲台就紧张得两腿打颤，哆嗦得一句话也说不完整。可是，就这样一号角色，分配的时候却分配到了县里一中，这可是当地的最高学府，也是每个教师梦寐以求的学校。当时他怎么也想不通，后来才知道这小子家里有关系。

“是呀，我们不是一样吗，还问我。”

“呵呵，现在有钱了耶，你那工资不急着用吧?”

他好像预感到了什么，警惕地问：“你问这干吗?”

“是这样的，要是不急着用的话，先借我用用?”他吞吞吐吐地说道。

当今社会，人最害怕的就是借钱，不管是借出还是借入。刘宇也不例外，一听到这话，立马就证实了刚才的预感，一时不知道怎么答复。答应也不是，拒绝也不好，遇到钱的问题，他需要好好想一想。借钱的时候装得像孙子，钱借到手就立马变成了爷，你让他还钱，反而变成了你的不是，这样的事情多了去了，血的教训每天都在上演，不得不考虑。更何况，人生何处不上当?

一下子他实在不知道怎么说，于是故意伸了一个懒腰，打了个呵欠，装作很迷糊的样子说：“哎呀，就这事情，等觉睡醒了再说吧!”

那边明辉有点不情愿地说：“那好吧，完了我们再联系，不打扰你睡觉了!”说完便挂了电话。

但是，他却一点睡意都没有了，甚至比以往任何时候都清醒。

13

不是他不愿意借钱给明辉，主要是社会现实让他更加的清醒。如果要是以前的话，二话不说他就借了，也不会考虑以后能不能还上。可是现在不同了，经过这几个月的磨练，使他认识到，要想在这个社会上混下去而且还不至于吃亏，就得多留一个心眼，否则的话，后悔都来不及。

不借嘛，人家会说你不讲朋友情面，借给他么，以后能不能还上先不说，弄不好的话，连朋友关系都会搞砸了，真是左右为难。

还有一点最让人气的是，这小子自从工作了以后，就一直没有联系过，平时也不知道打个电话问候问候，联络联络感情。现在借钱的时候倒想起他了，平时不拜佛，临时抱佛脚，这让刘宇心里很不是滋味。

后面又打了几次电话，确实也是急需用钱，这倒也是事实。原来明辉早在上学的时候就追一女孩，和他俩都是老乡，苦苦追了三年都没有追上。但是明辉也确实执著，一直锲而不舍，等工作安稳了以后，终于追到了手。但是那女孩却提出了苛刻的条件：必须先要在县城买一套房子方能和明辉好。

这下可把明辉给难住了，现在的一套房子少说也得好几十万，虽然不能和北京、上海这些大城市的房价相提并论，但在西北这样的小县城也算很高了。对于一个刚刚上班不久的草根阶层来说，首付 11 万块钱也算是天文数字了。他就不明白，现在的女孩子谈恋爱，是看上你这个人了，还是看上房子了，没有房子难道就没有爱情了吗？

刘宇一想，谁能保证自己永远不求于人，还是决定帮帮明辉。但是不能多借，一两千块钱也就行了，他也没打算以后找明辉还钱。

于是，他拨通了明辉的电话，拐弯抹角说了半天，做好了铺垫，才转回到正题上来：“你看，明辉，我也确实有难处，也只能帮你两千块钱，你如果不嫌少，我就有空给你打到卡上，怎么样？”

没想到明辉一口说：“要，怎么会嫌少呢，真是太谢谢你了，我连我侄子的零花钱都给拿来了，两千块钱怎么还会嫌少呢。”

他一听这话就后悔，早知如此，还不如借给一千块呢。

挂了电话，他心想，也是堂堂爷们，连小侄子的零花钱也不会放过，都把人逼成啥样了。

他不敢再往下想了，是否有一天他也会逼成这样？

对于教师行业的人来说，最幸福的事莫过于一年当中有两个还算漫长的假期，而且是带薪休假，上班的时候整天掰着手指头算假期什么时候到来，但一旦真放假了，闲了下来，却总是感觉无所事事，无聊透顶。

他一连在家睡了好几天，就觉得没意思了，人在心情不好的时候，看着哪都不顺眼。家里的小猫一进门就围着他转，他想也没想就是一脚，小猫“喵”的一声就跑开了，躲在了墙角很委屈的样子，心想主人今天是怎么了，我又哪儿做错了吗？

刘宇心想，不能这样一直憋在家里头，时间久了会憋出病来的，反正现在有的是时间，还不如到外面出去走走，但何时出去他倒没有想好。

白天睡得时间太长，晚上自然就没有了瞌睡，正当他辗转反侧难以入眠的时候，电话却响了起来，心想这么晚了谁还会打电话，一看是小胖打来的。

“小胖呀，这么晚了还没有睡觉啊？”他有点惊奇地问道。

“不晚呀，太阳才刚下山嘛。”小胖说话时口齿不清，舌头也似乎已经僵硬了，一听就是酒喝多了。最让刘宇有点奇怪的是，他说话的时候情绪很是低落，这完全不像小胖平日的风格，他向来是一个高调的人。

“小胖你喝多了？”

“没有，才喝了一打算什么多，刘哥你不够意思，不陪我喝。”他真的醉了。

“好好好，等过两天我来了再陪你喝，你现在先去休息吧，不要再喝了。”他像哄小孩一样哄着小胖。

没想到小胖却大哭了起来，大喊道：“不！我没醉，我要喝，喝死算了！”

刘宇想，就让他发一会疯吧，只听着电话那头小胖大喊大叫，也不做声，没想到听着听着却没了，电话里却变成了嘟嘟嘟的忙音。

他喂喂地喊了几声没有应答，原来电话已经挂断了。

刘宇再打过去，电话始终处于无人接听的状态，看来真是喝大了，估计已经不省人事了。

本来就不瞌睡，这下一搅和，一点睡意都没有了，半夜他又给小胖打了几次电话，还是没人接听。快到天明的时候，他才迷迷糊糊地睡着了。

小胖的电话一直无人接听，又过了几日，再打竟然关机了。他心想莫非出了什么事不成？他心里暗暗骂自己，怎么会尽往不好的方面想呢，但是，心里却总是不踏实。

刘宇对父母说："我想出去找同学玩玩，反正现在家里也没什么事。"

父母表示默许。临走时说："玩几日就回家啊，不要时间太长，出门就要花钱哩！"

到市里其实也不算太远，坐上中巴车也就一个多小时的路程。由于打不通小胖的电话，他就直接到了小胖的店里头，让他没想的是店门紧闭，好像没有人。正在纳闷时，刘宇一眼瞥见了贴在店门旁边的一张打印的转让启事：

由于个人原因，此店低价转让，有意者请速与电话151×××联系。非诚勿扰！

仔细一看，这不是阿虎的电话号码吗？他有一种不祥的预感，到底发生了什么事呢。

他怀着忐忑的心情拨通了阿虎的电话。

"阿虎，我是刘宇，现在忙不？"

"刘哥，不忙，你还好吧？"

"还好，我现在在小胖的店门口，店门紧关着，还看见了你贴的转让启事，到底发生了什么事？”

“刘哥，小胖他……”还没有说完，阿虎已经泣不成声了。

他隐隐地感到，就在这短短的几日，可能发生了令他难以想象的事情，他极力平静着自己的心情。

“到底怎么了，你先别激动，慢慢说呀！”

“他……”阿虎还是没有说出来。

“好吧，我们见面再说吧！”

挂了电话，他的心情非常沉重，不知道阿虎会带给他一个怎样的消息。

见了面，阿虎的眼泪又簌簌地下来了。

他问：“到底发生了什么事？”

“小胖他……他……死了！”

“什么？”虽然在阿虎来之前，他已经做好了接受坏消息的准备，但是，万万没有想到，会是这样一个让人悲催的消息。看着大街上来来往往的人流，他感到一阵阵的头晕目眩。

刘宇仍然一时无法接受阿虎说出的事实，然而这确实是事实，小胖是真真切切的死了，永远地离开了这个世界，离开了他们这帮亲如兄弟的朋友，去了一个不为人知的地方。

小胖的一举一动都在他心中永远地定格了，他再也听不到小胖夸张的声音，看不到他行事高调的样子。眼泪不由自主地哗哗流下来，大街上熙熙攘攘的人群驻足观看。

等稍稍平静了下来，他问：“这到底是怎么回事？”

阿虎便一五一十地把最近发生的一些事情告诉了他。

“小胖前一段时间做了一个大买卖，是一个代理，但是加盟费要十万，小胖手头有一些钱，又向家里借了一些才凑足了。这几乎押上了小胖的身家性命，没想到却是一个加盟骗局。”

阿虎顿了顿又说：“小胖钱被骗以后想不开，那天晚上就去酒吧喝酒，喝得挺多，最后迷迷糊糊出去以后，在街上被一辆车撞了，本来只是撞伤了，送到医院也许还有救，但是那狠毒的司机竟然又倒回去碾了一次，直至小胖彻底断气，司机也溜了。”

“王八蛋！那还是人吗？”刘宇忍不住大骂道。

“那司机最终还是难逃法网，第二天就被抓住了，相信法律会惩罚他的，还小胖一个公道！”阿虎伤心地说道。

“法律？法律最多让那司机赔俩钱，能换来小胖吗？”他压抑不住心中的愤怒。

阿虎无语，沉默了好一阵子才说：“那我们还能怎么样？”

他叹了口气说：“是啊，我们还能怎么样。”

有时候，人的生命脆弱得就像鸡蛋，一不小心就碎了。

刘宇想想小胖出事的那天晚上，正是给他打电话的那个晚上，没想到那竟是他们最后一次通话，此时，他们已然阴阳相隔了。

是谁夺去了小胖正值青春年少的生命，是骗子？司机？还是这个世界？或者是他自己？

听阿虎说，小胖的父母知道消息以后伤心欲绝，晕过去了好几次，最后抱着小胖的骨灰回了老家，他没有办法体会白发人送黑发人的那种痛楚。

那晚，刘宇和阿虎去了小胖最后去过的那个酒吧，也是他们曾经经常去的酒吧，那里有他们太多的回忆，也许他们是以这种方式来表示对小胖的缅怀。

他俩摆了三个杯子，另外一个是留给小胖的。他们不断地干杯，把杯子碰得咣咣直响，还一边自言自语地说着一些莫名其妙的话，酒吧里的人都以为是两个疯子，只有他们自己清楚有太多的话要对小胖说。

“那晚，小胖就是在这里喝醉酒的，然后出去就……”阿虎指着旁边的桌子说，眼泪又流了出来。

刘宇默默不语，只是举起杯和阿虎碰了一下，一扬脖，闭着眼把一杯酒灌下了肚里，他感到痛彻心扉的痛楚和难以言说的苦涩。

他们想，小胖肯定是带着怨气离开这个世界的，因为他有自己的梦想还没有实现，所以他走得不甘心。或许小胖的灵魂还游荡在这个城市的上空，或者在此刻的酒吧。尽管不甘心，但终究还是抵抗不了命运的安排。

逝者已矣，生者还要继续面对现实生活。最后他们聊着聊着就聊到了自己。刘宇看着阿虎哭红的双眼问道：“阿虎，你考研准备得咋样了？”

阿虎喝下了一杯啤酒，忧郁地说：“我打算放弃！”

他看看阿虎略带颓废的表情，问道：“为什么？”

阿虎继续喝着酒，慢慢地说：“以前我打算考研其实也不是出于我的本心，只是在逃避现实罢了，只是不想太早面对社会的残酷，可是逃避三年，三年以后又逃避到哪，人总不能逃避一辈子吧，最终还是要面对残酷的现实，最终还是要融入到这个社会！”

“那总比现在好一点吧？”他也不知道该怎么说，或者这句话本身就是自欺欺人。

“那也未必，计划永远赶不上变化，等我三年研究生读下来，社会不知道又会变成一个什么样，谁敢保证未来就一定比现在要好，说不定到那时还不如现在呢！”阿虎唠唠叨叨地说着。

是啊，现在的就业形势是一年不如一年了，我们总是在不停地追赶梦想，但当我们满身疲惫地赶到目的地时，却发现，我们向往已久的所谓天堂，只不过是一片废墟而已。

刘宇默默地呷了一口酒说道：“我们要有信心，不光对现实，对自己都应该有信心。目前的不幸都是暂时的，一切都会好起来的。”他用这样毫无激情的话语安慰着万分失落的阿虎，同时也在安慰着自己。

阿虎苦笑笑说：“是啊，会好起来的，我们也只能相信会好起来的。”

从酒吧出来时，已经到了凌晨时分，天空飘起了雪花，路上已没有了行人，不一会儿，地上就已经全白了，在黑夜中显得格外显眼。阿虎一边拉着他去看小胖当晚出事的地方，一边说：“小胖还没有走，小胖有怨气呢，要不怎么会下这么大的雪呢？”

“别胡说，现在是冬天，下雪很正常！”他尽量说得平淡。

“那刘哥你说，小胖会去哪儿呢，应该是去了天堂吧？”阿虎像是在问刘宇，又像是在自言自语。

小胖是他们最好的朋友，仗义、豪爽，这样一个好兄弟，他们没有理由不相信小胖不会魂归天堂。

“应该是，小胖一定有他自己的去处！”刘宇忍着心痛，肯定地对阿虎说。

阿虎趔趔趄趄地走着，嘴里喃喃道：“是啊……是啊……。”

他搀扶着阿虎在寂静的夜空下肆意地漫游，发疯，似乎彻底忘记了风雪的严寒，深冬的冰冷。

任凭他俩怎样地肆无忌惮，黑夜却似乎保持了它一贯的姿态而沉默不语，没有声响，没有一丝亮光，甚至也没有他们狂吼乱叫的回音。

他们就这样被无尽的黑夜淹没，连上帝也无视他们的存在，看不到他们内心的撕裂。

也许，只有小胖在天上默默注视着他们的一切。

也不知道什么时候回去的，只记得一睡着就做了好多的梦，梦里面也尽是小胖的影子。

14

做了一晚上的噩梦，早上起来觉得头痛欲裂，四肢瘫软，浑身没有一点气力，肚子却咕咕直叫。

他睁开眼，半天才反应过来，原来是躺在阿虎租的房子里，没有在大街上，但是他死活想不起来昨晚是怎么回来的。

身旁的阿虎睡得像死人一般，他摇了半天都没有一点反应，于是他起来简单地洗涮了一下，心想出去弄一点早点回来。

外面整个一片银装素裹的世界，路上的行人依然稀少，汽车像蜗牛一样缓慢向前移动。

他来到街上一家很小的包子店，由于以前他们经常光顾，老板还认得，像见到了老朋友一样热情地问长问短，在这寒冷的严冬让他感到些许温暖。

对于刘宇来说，天水这个地方实在是太熟悉了，几乎每一条道路都曾经留有他的足迹，每一个地方都有着不可磨灭的回忆，只是现在物是人非，离开的已离开，逝去的已逝去。

短短的几个月时间，却发生了一连串令人意想不到的事情，这让刘宇更加觉得命运捉摸不透。就在这小小的城市里，一天不知道要发生多少悲欢离合的故事，也不知有多少年轻的生命离开这个世界，而岁月依然不慌不忙，了无声息，不留一点痕迹。

人的一生像什么？也许就如同这飘飞的雪花，随时可以被风吹走，或者随时消融，也不留一点痕迹。

朴树撕扯着忧伤哀怨的嗓音，唱着他那首《那些花儿》，在大雪纷飞的大街上显得格外凄凉空旷。

他回到了房子，阿虎依然没有醒来。他费了大半天时间才叫醒了阿虎，阿虎睁开眼睛，第一句话就说："我梦见小胖了！"

他一愣，说："我也梦到了，别想了，先吃包子吧！"他拿起塑料袋里打包好的包子朝阿虎晃了晃。

"我不想吃，你自己吃吧！"说完眼睛木木地盯着屋顶，直躺在床上，也不说话。

刘宇也只是默默地吃着包子，一句话也不说。

阿虎忽然说："我们给小胖烧点纸钱吧，也算是对小胖的纪念吧。"

"好吧！"刘宇偏过脑袋和阿虎对视了一下。

他们买了厚厚一沓冥票，阿虎问："这些够吗？"

"差不多吧！"他也不清楚这种东西到底顶不顶钱用。

听人说给死人烧钱要在十字路口，死者的灵魂才能收到，好在天气严寒，中午没人，他们俩像做贼一样用了好大的气力才点燃。燃烧完的灰烬在空中飞舞，阿虎说："你看，小胖已经取钱来了！"

"小胖，以后如果需要钱花，就给哥们儿托个梦言语一声，哥们儿给你多寄点，千万别客气！"阿虎一直在喃喃自语。

"安息吧，小胖，我最好的兄弟。我们只能以这样的方式纪念你，我们永远也不会忘记你。天堂里没有骗子，也没有车来车往，但愿你再也不要受到伤害……"刘宇心里默默念着。

狂风卷着漫天的雪花从四面吹来，他们在冷清的街头瑟瑟发抖。

转让店面的启事贴出去都好长时间了，一直无人问津。小胖的父母临走的时候把这件事托付给了阿虎，两个老人当时心灰意冷，只是对阿虎说，你自己看着随便转了就行，人都不在了，还要店有何用？

作为最好的朋友，这是他们义不容辞的责任，也是帮小胖的最后一次忙。然而，好几日了，电话一直开着，就是没有人打电话，他俩有些等不及了，便在当地的一些网站又发了一次广告。

中午时分，真的有人打来了电话，阿虎一听是关于店铺转让的事，就把电话递给了刘宇。对于这种事，刘宇要比阿虎娴熟老练得多。刘宇简单地介绍了一下店铺位置以及基本情况，其他的电话里也一时说不清楚，便约定下午在店里面谈。

下午他们按时到约，那人却迟迟不到，他们以为他不来了，正要离开时，那人却来了。此人姓梁，矮矮的个子，长着一颗看似精明的脑袋，经过简单的寒暄以后，刘宇说："就这店，您先仔细瞧瞧，我们再谈价钱。"

梁先生说："好！"便在店里来回看了几趟，露出满意的神色说："不错！不错！"

他俩一颗悬着的心稍稍安定了下来。梁先生又问："手续都是齐全的吧？"

阿虎忙答道："手续都有。"

"哦，那就好，那谈谈价钱吧。"

他俩一时也不知道要多少价才合适，于是刘宇便说："你能给多少？"

梁先生伸出三个手指头，很坚决地说："三万！"

"三万？也太少了吧？这么好的地理位置，装修又好，还带货，你也好意思给得出口？"阿虎有些生气地说。

梁先生说："也只能给这个价了，不行的话，可以再找下家。"

刘宇见气氛有些不对，便说："梁先生，你不知道，这店是我朋友的，当时是以大学生自主创业的名义开的，还得到了政府和媒体的大力支持，口碑一直很好，要不是出了点事，才舍不得转让呢！"

梁先生说："你们的事情我都知道，也很同情，所以才给你们给了这个价，要是遇上别人，不一定能给上这个价，现在是经济危机，好多店铺都亏本停业了。"

"那就是再不能多加一点？"

"是的，就这个价，三万。"

他俩互相对视了一下，都没有想转的意思，于是便说："那我们再考虑一下，等考虑好了再给你电话，行吗？"

"好吧！我等你们电话。"

梁先生走后，阿虎恨恨地说："我就不信高于三万就没人要，再等其他人吧！"

时代变了，你不得不佩服网络的力量，自从在网上发了转让广告，打电话的人一波接着一波，但是给的价钱却一个比一个低，甚至大多数只是随便电话里问问，连面都不见。一天下来，他俩差一点就崩溃了。

刘宇和阿虎都觉得很无语，只是一根接着一根地抽烟。

阿虎说："现在咋办？"

刘宇猛地抽了两口烟，吐出一大堆浓雾说："要不我们再给梁先生打电话？"

阿虎摇摇头说："不行不行，那多不好意思啊。"

"这会儿了，还有什么好意思不好意思的，做买卖就这样。"

"那你打！"

"我打就我打！"刘宇说。

电话打通以后，梁先生早就猜出了他们的情况，略带戏谑地说道："我早就说过，没有人给的价会比我高！"事实证明，他的那颗看似精明的脑袋的确精明。

"但是，梁先生，我们还有一个条件。"

"什么条件，说吧？"

"我们当时就要拿到钱，不能拖欠。"

"我还以为是什么条件，不就三万嘛，没问题！"梁先生很轻松地说。

"呵呵，那就好，对您来说是小意思，对我们来说那就不一样了。"

他们又到店里面谈了一次，等一切都交接清楚，梁先生倒是一个爽快人，做事很干脆。他从随身的皮包里拿出三沓钱递给刘宇说："你点一下吧！"

刘宇接过钱，虽然只有薄薄的三叠，却觉得沉甸甸的，这似乎是小胖整个生命的重量。他的手不禁颤抖起来，屏着气仔细地数着一张张鲜血般殷红的钞票，生怕数错了。

完了，他递给阿虎又数了一遍，本来不多的三万块钱，让他俩来回反复验证，很是花了些时间。

梁先生在一边说："慢慢来，仔细看好了。"

刘宇觉得有些不好意思，便说："不好意思，不是我们信不过你，只是帮朋友办事，还是已逝的朋友，不得不慎重些。"

"没事，这个我理解。"

终于一切都办好了，和梁先生握手告别以后，他俩就径直去了银行，把三万块钱打进了小胖父母留给阿虎的银行账户上，这时他俩才舒口气。

阿虎给小胖的父母打了电话说："实在不好意思，店铺只转让了三万块钱，钱已悉数打到您的账户上，随后会将转让合同邮寄给您。"

小胖的父亲说："实在是太感谢你们了，小胖有你们这样的朋友是他的造化，我相信你们，合同就不需要邮寄了。"电话那头，小胖的母亲又在抹着眼泪哭泣。

末了，阿虎说："您二老多保重身体。"便挂了电话。

最终，他们还是将合同邮寄给了小胖的父母。

办完了最后一件事，穿梭在熙熙攘攘的人流当中，他们在心里默念：小胖，你安息吧！我们永远都是最好的兄弟。

天空依然飘着雪花，似乎要把整个世界都要湮灭。离开家已有数日，刘宇想，现在事情都已办完，是该回家的时候了，于是和阿虎告了别，便匆匆搭上了回家去的最后一趟班车。

离开天水时，已是万家灯火。车子渐行渐远，身后的天水笼罩在夜色苍茫中，在大雪纷飞的季节显得更加忧郁，一种莫名的伤感涌上心头。

汽车在覆盖着冰雪的山路上缓缓前行，如同爬行的蜗牛，刘宇回想着近日来发生的种种，仿佛梦中一般。沿途经过的几个稀疏的村庄，发出几盏微弱的灯光，传来几声懒懒的狗叫，才让他觉得自己还活着，这突如其来的一切都是真实发生的。

汽车上的人都昏昏欲睡，没有人说话，静得没有一点声音。沿途又陆陆续续下了一些人，到了最后，除了司机就只有他一个人，这使得整个车内更加冷清。

汽车依然像蜗牛一样向前缓慢爬行。他在想，其实人的一生也像这旅途，有时在光明中行驶，有时也免不了要在黑暗中摸索。在途中，上上下下的旅客就如同我们一生遇到的形形色色的人们，不知道他们什么时候会出现在你的生命里，又不知道什么时候会悄然离去。来的尽管来着，去的自然而去，在来去之中，却似乎总是如此地匆匆。有些人错过了，下一班车也许还能再相遇，有些人错过了，一生也无法再次邂逅。在旅途中，有时候我们不得不面对嘈杂，有时候我们也不得不忍受寂寞与空虚。

汽车颠簸了两个小时终于到家了，他掏出手机一看，刚好九点钟，于是他快步朝家走去。

父亲一边抽着烟卷一边看电视，母亲在一旁陪着打盹。他一进家门，母亲似乎清醒了许多，忙说："回来了?"

"嗯。"他淡淡地答道。

"还没有吃饭吧？我做饭去!"一边说着，一边站了起来，准备着去做饭。

"妈，你别做了，我不饿。"他仍然毫无表情地答道。

"真不饿？也不麻烦，很快就好!"母亲依然张罗着，没有停下来的意思。

"你就别忙乎了，我吃过了，真不饿!"他提高声音说。

母亲这才解下了已经系好的围裙，若有所失地坐在了沙发上，嘴里低声说："那就好，那就好，千万别饿着就行!"

父亲依然抽着烟卷，半天才说："你如果今天还不回来，我就准备给你打电话哩，还好今天回来了，刚好!"

"我又丢不了，回来时自然就回来了，以后我的事你们也不要那么费心了，我也是大人了。"

父亲一口烟呛住了，咳嗽了好一阵子说："我们不操心，谁还操心呢。"

一句话刚说完，又是一阵的咳嗽。

父亲似乎还有什么话要说，但是他却起身说："我坐车累了，先去睡了。"便出了父亲的屋子。

回到自己的屋子，他一下子感到满身的疲惫，便和衣躺了下去，却一时难以入睡。隔壁屋子里不时传来父亲断断续续的咳嗽声，他不由得心里一阵阵酸楚。

他猛然间感觉父母老了，以前他从来没有听见过父亲如此强烈的咳嗽声，也许是以前他没有注意过。岁月总是在我们不经意间改变着一切，我们毫无觉察，毫无准备，当我们发现时，所有的变化似乎只是一夜间发生的一样。

虽然刘宇对父母的做法打心底里不满，但是回过头来想一想，他们也只能这么做，况且他们为了他辛苦了一辈子，现在老了，只能把所有的希望都寄托在他的身上。所以，当他这么想时，对父母之前的恨意也就少了几分。

刘宇又想到了小胖的父母，年龄和他的父母差不多，饱经沧桑的脸，斑白的头发，略微的驼背，这似乎是他们这一年龄段的人共有的特征。老年丧子，对谁来说都是一种沉重的打击。此刻，他们正在承受怎样的痛苦呢？他们的晚年又将怎样孤苦伶仃地度过？上帝为什么要赋予人类如此多的苦难与痛苦，这难道真是冥冥之中注定的？想到这里，他心里感到非常痛苦难受。

他总是这样地多愁善感，似乎是与生俱来的悲天悯人。

夜，贪婪地吞噬着世界的每一个角落，黑暗包裹着屋子的每一寸空间，在他的四周重重向他压来。冰冷钻进毛孔，流进血液，席卷全身。

他直直地躺在床上，静静地感受着夜晚带给他的黑暗与冰冷，似乎遥遥地听见神对命运的召唤。

15

转眼就到了腊月，一年又到了尾声，出外打工的、做事的、上学的都陆陆续续回家了，整个乡村似乎一下子变得热闹起来了。令人耳目一新的是，走在乡间的路上，偶尔之间还能看见三三两两打扮入时的姑娘，穿着城市里面时尚的衣服，蹬着长筒靴，扭动着花枝招展的身姿，颇引人注目。

时代变了，农村的妹子在城里溜达一回，回来也变得扬眉吐气了。但是，不变的始终没有改变，最终她们还是要回到这片土地来，找个可靠的男人嫁了，安安稳稳地过日子。当然也有嫁到外面的，毕竟是少数。因为外嫁会落一个不孝或者少于教养的名声，其父母也会在乡里乡邻面前丢尽颜面。

虽然现在提倡自由恋爱，但是在这里，大部分人依然遵从父母之言，而且彩礼数目之大更是惊人，况且又有一年胜似一年高的趋势。少则三四万，多则五六万，甚至七八万也并不罕见，乡里人取了一贴切的名字叫"买断"。

少男少女们外出打工都回家了，于是腊月变成了婚约的"旺季"，媒人跑东走西，张罗亲事。大家都想着趁这档子时间，谋一个合适的，把婚姻大事给定下来，要不然，过完年一走，又得耽搁一年。

这天吃早饭的时候，父亲突然问他："现在也老大不小了，给我们透个底，现在有没有对象?"

刘宇一听父亲的话，感觉有点莫名其妙，一边嚼着饭一边问："咋了?"

"我就问你有没有对象!"父亲很坚决地说。

"没有!"他如实回答。

"那好，既然你没有，我们可要为你张罗了。"父亲放下筷子，点了一支烟接着说，"前几天你不在，邻村有一家托人到家里来问，有意将他家姑娘许配给你，说如果合适的话，彩礼钱都不要!"

他一听就不是滋味，这不是包办婚姻吗?便说："爸，都什么年代了，你还给我包办婚姻，况且我还上过大学呢!"

父亲一听他这话就不高兴了，大声道："上大学怎么了?上大学就不结婚生子了吗？你不急，我和你妈还急着抱孙子呢。”

“我的事你们就不要操心了！”他没好气地说。

“人家的姑娘也是中专毕业，在大城市工厂里工作哩，配你绰绰有余，明天你就给我相亲去，和人家女方见个面，多好的事，打着灯笼都找不上！”

“我不去！”刘宇答道。

一旁的母亲看气氛有些紧张，便和气地说道：“先去看看，说不定人家姑娘还看不上你呢，要不会伤了媒人的面子。”

他看着父亲满脸千沟万壑的皱纹以及母亲混浊的双眸，心便软了下来，只是默默地不再做声。他不忍心去惹他们不高兴，他们为他付出了太多，他又报答了些什么呢？

母亲在一边不停地叹气，父亲一个劲地抽烟，他看着他们，又一次在他们面前妥协。

“好吧！明天我去，不过成不成，要看我们的意见。”刘宇很冷静地说道。

父亲默不作声，母亲便说：“好好好，只要你们合适我们没话可说，要是不合适就算了，我们做大人的也不勉强，你还担心人家姑娘黏上你不成！”

第二天，刘宇便和父亲备了一些水果礼品，和媒人一同去了女方家。一路上，媒人一遍又一遍地介绍女方及家里的情况，父亲也不时提醒他去了以后要机灵一些，他只是听在耳里，却没有放在心上。心想也只是去走走过场，了一了父母的心愿，也不必当真。

到了女方家里，大人们在堂屋说事，便安排了他和那姑娘在厢房相见，以便互相了解。

这姑娘倒是生得亭亭玉立，再加上时尚的着装，更显得楚楚动人，气质非凡，不觉让人心生爱慕。

姑娘操着一口标准的普通话，大概是离开家乡时间长了，一时难以改口。经过一阵简单的寒暄，话题终于转到了正题上来，不知怎地，他竟然还有一点莫名的心跳。

没想到她却很直接地说："彩礼可以不要，一来怕人笑话，二来伤感情，但是，房子是必须的，这是我的原则！"

刘宇听到这句话，方才对她美好的印象一下子飞到了九霄云外，就如同天下乌鸦一般黑一样，天下的女人也一般现实。

为什么女人在婚姻面前总是逃不脱房子这道魔咒？他不得而知。

刘宇非常平静地笑了笑，说了一句让对方意想不到的话："那就免谈吧！"

姑娘惊得目瞪口呆，连脸上的笑容也很勉强。

没想父母精心准备的相亲竟以闹剧的形式收场，气得父亲捶胸顿足，在回家的路上骂了他一路。刘宇却并不在意，反而一副很轻松的样子。

父亲回家以后，唉声叹气，两天都没有理会他，刘宇倒是该吃就吃，该睡就睡，依然故我，这就是人们所说的皇帝不急太监急吧！

快过年了，该回家的都从外地赶回来和家人团聚，一毕业，大家各奔东西，同学之间有些好几年都不曾见面，难得有此机会，免不了一些同学聚会。

腊月二十，刘宇接到大飞电话，还没打招呼，大飞便急着问："明天高中同学聚会，你去不去？"

"去！当然去。"

"那好，明天见吧！"

他心想，这小子什么时候回来的，不知道混得咋样，回来了也不打个电话问问兄弟，真不够意思。他还要说些什么，没想到那边早已挂了电话。

大飞毕业以后就一直在社会上浪荡，也没个正儿八经的工作，却一心想着发横财，但往往事与愿违，这让他着实也吃了不少苦头。

由于财迷心窍，去年夏天，在明明意识到是传销组织的情况下，大飞却抱着侥幸心理加入了进去。大家都劝他说："算了吧，不值得一试。"

他却说："不入虎穴，焉得虎子，万一是真的呢？即使是传销我也不骗亲戚朋友，其他人就顾不了啦，赚一把就撤。"

没料到真是传销组织，一进去就没了自由，手机、身份证全被人扣下。什么"睡的是日本榻榻垫，吃的是中国黄金条"，全都是骗人的，其实是普通的防潮垫，十几个人同住一个房间打地铺，顿顿吃的是白水煮土豆条，而且量少得可怜。

最后还算这小子机灵，趁人不注意，跳下二楼的窗户，却不料崴了脚。眼看着后面五大三粗的汉子追来，他也顾不得疼痛，咬咬牙拼命地跑，最后拦了一辆出租车才得以逃脱。不过却从此留下了印记，到现在走起路来还有点瘸。

回来以后，大飞给刘宇他们诉说起这段经历时是一把辛酸一把泪，悔当初不听兄弟言。发誓从今以后定要踏实做人，勤恳做事，即使天上掉馅饼也不再轻易相信，更不会妄想摔一跤便拾到银子。

刘宇想这一次教训深刻，大飞应该长了记性。没想到，没过多长时间这小子又开始野心膨胀，蠢蠢欲动了。呜呼，秉性难移，诚然！

聚会在县城里最大的火锅店，他去的时候，人已经全到了。几年不见，女生们一个个出落成了凹凸有致的熟女，男生却更加地像男人了。

再看看他们一个个西装革履，不乏名牌服饰，抽的烟也是他从未见过的外地高档香烟，不知价格，看着包装也不错。一个个自信满满，高谈阔论，好像参加这次聚会为的就是炫耀自己的成功。

再看看自己，灰头土脸，和人家一比，差距就出来了，真是人比人，不可活！

环顾一周，没想到的是，他高中时的同桌周阳也在，这丫头变得几乎认不出来了，当年的小丫头变成大美女了。

刘宇向他们一一打过招呼，便坐在了周阳身旁，聚会免不了推杯换盏，大家一边吃喝，一边扯淡，说说工作，谈谈感情。酒足饭饱，大家寻思着，还应该干点什么，这么好的夜晚，这么好的机会，不能就这样浪费了。

出来时大家已经微微有些醉意，男生嚷嚷着要去唱歌，于是他们便一路歪歪扭扭地来到了县城仅有的一家 KTV。

一问消费标准，让在场的每一个人都咂舌。没想到这落后的小县城里，KTV 的消费却比大城市里都要高很多。

大飞说："你们这不是抢吗？"

服务生一脸的轻蔑："我们就这价，爱玩不玩！"

物以稀为贵，谁让整个县城就仅此一家呢。既然来了就不能灰溜溜地打道回府，扫了大家的兴致。本来说好的由一男生请客，但鉴于如此不菲的消费，最后大家一致决定 AA 制。

为了平衡性价比严重失衡带来的心里不平衡，大家把音响的音量调到了最大，以至于半个县城都能听见他们鬼哭狼嚎的声音。

人一多，好多人抢不上麦，便三三两两在一起聊天。于是他便和周阳一边嗑着瓜子，一边聊了起来。

"几年不见，你都变成大美人了，要是在街上碰见都认不出来，不敢问。"一时找不到话题，但是他实在不善于这样的恭维溢美之词。

"呵呵，几年不见，你倒变得会说话了。"周阳打趣道。

“这不是遇见你才会说了嘛，现在在哪高就呢？”他问道。

“我一毕业就到了县里烟草局，都快一年了。”

“哦，那可是个肥差，原来一直在县里，就是没见过。”

“还行吧，你做老师也不错哦！”

“还凑合吧！”他淡淡地说道。

一时竟没有了话题。

过了好一阵子，周阳问：“你现在还写东西吗？”

“早就戒了！”

“哦，其实我觉得挺可惜的。”

“没什么，时代变了，只有疯子才会固守清平的快乐。”

“呵呵，那打算什么时候结婚呢？是该考虑的时候了！”

“还没影呢，如今娶一个不要房子的老婆和找一个是处女的女朋友同样困难！”

“呵呵，那也是！”

“那你呢？”

“前不久刚分了。我也发现找一不花心的男朋友比嫁一有房子的老公更难！”

“哈哈，你还真幽默。”

“这不是受了你的感染嘛！”

他俩这边聊得火热，也不管别人鬼哭狼嚎般的吼叫。

最后他们互相留了电话号码，说好保持联系。

散场时已到了凌晨时分，大街上除了几个卖夜宵的小摊外，已无多少行人，显得异常冷清。昏暗的路灯眨巴着疲惫的眼睛，摊主们在冒着白气的摊前一面踱着脚，一面瑟瑟发抖。这是西北的小县城，夜晚没有大城市里绚烂的霓虹灯，也没有疯狂的夜生活，夜晚总是在短暂地喧嚣之后很快就归于冷清。

他们互相告了别，有些家在县城直接回家，有些回了县城的亲戚家，到了最后只剩下他和大飞属于无家可归。

周阳道："要不你们去我家吧，我爸妈不会介意的，当然只能睡客厅了，嘿嘿。"

大飞笑道："这就是你的待客之道吗?"

刘宇说："还是不麻烦了，我们去住旅店。"如果不是迫不得已，他从不愿意在别人家里留宿，况且还是在一个女生的家里，尽管她是诚心地邀请。

"你还是那么犟，一点都没变，好吧，我就不勉强你了，最近比较乱，你们多留神！我也该回去了。"

"我们两个大男人还害怕被人卖了不成，放心吧！这么晚了，我们还是送你回家吧。"

"不用了，我家比较近，打车很快的。"

"嗯，那好吧!"

说完，刚好一辆出租车驶过来，周阳伸手一挡，便停了下来。她钻进了车里，向他们挥挥手说了声"再见"，他们还没来得及说声"再见"，车子便消失在了苍茫的夜里。

他俩走在冷清的大街上，随着一阵寒风袭来，一股久违的香气飘过来，那是夜宵摊上馄饨的香味。他不禁觉得肚子空空如也，饥肠咕咕，经过几个小时的折腾，聚餐时吃的东西早已烟消云散。

他问大飞："我们吃碗馄饨再去住店，你看咋样?"

"哈哈，我也是这个意思!"

于是他们选了一家摊坐定，喊道："老板，两碗鸡丝馄饨，大碗!"

老板应道："好嘞!"不一会，两大碗晶莹剔透、汤浓味美的馄饨便摆在了他们面前。刘宇口水早就流了半天了，便迫不及待地掰开了筷子享用起来。

大飞说：“在外面什么都不想，就怀念这县城的馄饨，真不错！”

“嗯，我也一样！”

记得是上高中的时候，他们两个经常在晚自习的时候逃课来吃夜市上的馄饨，一人一大碗吃得非常顺溜，那个惬意呀，真的没法形容。

吃完以后，他们两总是揞上一拳，谁输了谁请客，无奈的是刘宇技不如人，老输！现在回忆起来真是特别温馨。

放下碗，两个人便抢着付钱，钱在老板的手前晃来晃去，不知道收谁的好。

最后刘宇说：“要不这样，我们谁也不要抢，老规矩，还是一拳定输赢，谁输了谁请客，怎么样？”

大飞说：“成，这样最好！”

没想到就一个回合，刘宇输了。刘宇得意地说：“嘿嘿，怎么样，跟我抢，你抢得过吗？”便把钱递给了老板。

大飞说：“这么多年，你这臭拳，怎么一点也没有长进呀，我真想给你输一回！”

“走吧，别扯了，赶紧去找店吧，要不就得睡马路了！”

这破县城的小旅店，有些连个招牌都没有，很难找。好不容易找到一家，不是关门了就是客满了，刘宇想不是经济危机吗，旅店业怎么还这么火爆。

刘宇说：“看来今晚真要睡马路了！”

“我肏，实在不行的话，我们就去网吧上通宵算了！”

“再找找看吧！”

最后他们找遍了大半个县城，终于在一个巷子里看到一家旅店的灯箱还亮着，他们像发现了新大陆一样兴奋，快步奔去。但是一想又担心空欢喜一场。

大飞说：“最后一家，再搞不定的话就去网吧，我是没有这个耐心了。”

“好，最后一家，再找下去天都要亮了!”

他们通过窄窄的楼道上了二楼，看见老板娘兼服务员正坐在椅子上打盹，他们走过去，敲了敲桌子说：“老板，还有房吗?”

老板娘被她们两个吓了一大跳，等回过头来说：“有，几位?”

“两位。”

“刚好有个双人间，就这一间，住不?”

“住，多少钱一晚?”他俩忙不迭说，找了大半晚上的店，够辛苦的。

“一晚100，押金一百，先交钱吧!”

“就你这破店也要一百，况且我们也只住几个小时，心也太黑了吧?”

老板娘脸一拉，道：“我这店就这样，你爱住不住。”

刘宇扯了扯大飞的衣角说：“算了吧，好不容易找到一家。”说着便掏出了两张一百的钞票递给了老板娘。

老板娘验了一下钱便说：“203。”便递给他钥匙。

刘宇问：“不登记吗?”

“在我这里住店从来不用登记!”老板娘发狠地说。

走在昏暗的过道里，一股浓艳的脂粉香水味儿迎面扑来。

大飞说：“今晚不知道怎么搞的，尽遭人强暴!”

这世道，像他们这一类草根，不遭人强暴才就怪了。

16

进了门，只见并排摆着两张床，白色的床单上污浊不堪。大飞便叫道：“我靠，这么脏叫人咋睡嘛！”

刘宇说：“就别抱怨了，有张床就不错了，将就将就吧！”

找了大半晚上的旅店，实在感觉有些累了，简单地收拾了一下床，便躺了下去，静静地抽着烟，也顾不得脏不脏了。

大飞抱怨归抱怨，也躺了下去，也许他也累了。静静地躺了一会，稍稍休息了一下，忽然转过来对刘宇说：“我看你今晚和周阳聊得很投机，都把我们晾在一边了，哈哈！”

“什么呀，是你们太霸道，我们抢不上麦才说话的！”刘宇辩解道。

“切，糊弄谁呢，你们那点事我还看不出来，我看你们还有戏，是不是要死灰复燃呢？”

“别胡说，我们关系很纯洁，不是你想象的那样。”

“还在嘴硬，你们上高中的时候就有那档子事，班上的同学谁都知道的。”

“呵呵，那都是‘绯闻’嘛，还真当真了。”

“是吗，无风不起浪，你就自欺欺人吧！”

“好了，不跟你胡扯了，找了大半晚上的店你不累吗？”

“嗯，还真有点累了，我就想不通怎么会这么倒霉呢，干什么都不顺！”

“你到底睡不睡？”刘宇有些不耐烦地说道。

“睡，这就睡！”大飞顺手关了灯。

刚睡下不到十分钟，他们刚刚酝酿了一点睡意，便听见“咚咚咚”有人敲门。

大飞喊了一声：“谁呀？”

门外仍然不做声，只是咚咚咚地敲门，刘宇心想这下坏了，莫非是住了黑店还是闹鬼，还是110查房？

刘宇心里有点发毛，又大声问了一句：“谁呀？”门外依然不做声，还是咚咚咚地敲门。

大飞骂了一声娘，便下床开了灯，走到了门口，还是这小子胆子大。

一开门，便见门口站着一个打扮妖艳的女子，看样子也有四十上下，只是对着他们谄媚地笑。这着实让他们吃了一惊，不明所以，大飞轻轻地问：“请问你有什么事吗？”

这女子却向大飞抛了个媚眼说：“帅哥，需不需要特殊服务？”发嗲的声音让他感到恶心。

大飞诧异地问：“什么服务？”还没等大飞反应过来，这女子已经径直走到了房间当中，毫不客气地坐在了床上。

“哟，小帅哥还挺能装糊涂的嘛，还能有什么，你肯定懂的。”又一个媚眼抛向了刘宇。

这时他俩才恍然大悟，忙说：“这个嘛，我们不需要。”

“玩玩嘛，挺便宜的，保证小哥哥满意啦。”依然是让人恶心的嗲声。

“我们真的不需要，累了，要睡觉休息。”刘宇解释道。

“累了才需要提提神嘛！”她还是不死心。

任凭怎么说，她依然不依不饶地纠缠，甚至对他们动手动脚起来。

最后大飞说：“你都可以做我妈了！”

此话一出，这女子刷地一下脸变得通红，但嘴巴依然犀利：“靠！简直没人性。”便摔门而去。

这让他俩都震惊了。

刘宇道：“你也太狠心了吧？”

“不狠心你找她玩去？就不能和她讲道理！”大飞道。

“都挺不容易的，快过年了都不回家，还要三更半夜抢做生意！”

“还不是像你我一样，被社会逼的！”大飞调侃地说道。

“和我不一样，是和你一样。睡觉，再不睡就真的天亮了，一百块钱的住店费岂不是白交了！”刘宇回道。

“好，睡觉。”

在黑暗中，他们听见那女子又去敲其他房间的门了，一路咚咚咚敲过去，一间也不放过。

他们迷迷糊糊将要睡着时，却被隔壁房间的嗯嗯啊啊的声音吵醒了，搅得他们心神不宁，心烦意乱，这房子一点也不隔音，哪里还能安心睡觉。

大飞变得抓狂，大吼道：“靠！这还让人怎么睡呀？”

刘宇说：“再忍忍吧，很快就过去了。”

没想到却没完没了了，几乎一个小时左右就来一次，刚要睡着就被吵醒，到最后睡意全消了。

早知道这样的话还不如去网吧好了，最起码不会碰见这么龌龊的事。

等到黎明的时候，终于消停了下来。

睡得正香，枕头底下电话却一直在振动，刘宇迷迷糊糊地一把抓起电话，接上以后才知道是周阳，“怎么还没起来吗？都快中午了，赶快起床，我们一起去吃饭！”

刘宇嗯嗯地答应了一声便挂了电话，一看时间都十一点四十多了，都睡了三四个小时了，就感觉睡了几分钟一样。放下电话又想继续睡，但是一想不对，十一点四十了！

再不能睡了，再一睡，一不小心过了十二点，又得加收一天的房费，那一百块钱押金也就没有了，岂不亏死了。于是，说时迟那时快，忽地一个鲤鱼打挺从床上起来。

看看另外一张床上的大飞还在呼呼地打呼噜，眼看着时间就要到了，大飞却一时叫不醒，他一急便喊道："地震了，大飞，快跑！"

没想到这一招还挺灵，大飞似乎反应都没反应就一骨碌下了床，站在了地上，一旁的刘宇却是一脸的坏笑。

"快走，关键时刻，不能迟到！"便拉着大飞冲出了房门，来到老板娘面前，退完了押金，一回头墙上的钟刚好十二点，一分不差。

刘宇捏着手里刚退回的一百块钱有一种失而复得的喜悦。

周阳一见到他们就说："你们俩昨晚干吗去了，脸色这么差，眼睛都红红的。"

刘宇和大飞对视了一眼，同时叹息道："唉，一言难尽啊！"

"不会是睡大街了吧？还是轧了一晚上的马路？"

"如果真是那样的话还倒好了，我们一晚上是身心疲惫哦！"刘宇故意说得很神秘。

"到底怎么了？"

"女生不宜，不便透露。"大飞故弄玄虚。

周阳一脸狐疑。

"不说也罢，那二位今天想吃什么，我请客，千万别客气。"周阳征询道。

他俩一时真想不到要吃什么，刘宇便说："你是东道主，你定吧！"

"那好，跟我走吧。"他们正要开拔，一辆黑色的轿车突然驶了过来，停在了他们当面。他们不由得心里一惊。步行的人在开轿车的人面前总是显得没有底气。

车门打开，出来一位油头粉脸的公子哥儿，一看就是那种纨绔子弟。

他并不理睬刘宇和大飞，只是对着周阳说："阳阳，你要去哪儿？"

周阳厌恶地道："我去哪儿，你管得着吗？"

"你别这样呀，原谅我好吗，阳阳？"那小子继续纠缠道。

"你这人怎么这么难缠啊，我说过我们已经结束了！"周阳气愤地说。

刘宇看出了一些苗头，便想这顿饭可能没法再吃了，就说："周阳，有事的话你先忙吧，我们回头再见。"说着便转身要走。

"没啥事，走，我们去吃饭！"周阳道。

那小子开始把目关转移到刘宇的身上，极不友好地上下打量了一番，露出了鄙夷的神色，向周阳问道："他是谁呀？"

"是谁用得着你管吗？是我新找的对象，怎么地？"周阳说着便伸出胳膊挽起了刘宇的胳膊，刘宇一下子还没有反应过来，便被她挽了胳膊，在一旁的大飞意外地睁大了眼睛。

这下，那公子哥被激怒了，嘴里叫道："周阳，你以为你是谁呀，太过分了，你会后悔的！"说着便钻进车里，扬长而去。

刘宇想，以后无论如何都要奋斗一辆车，免得经常被人欺凌。

周阳不好意思地松开了刘宇的胳膊，脸上挂着得意的表情。

"周阳，我们还是随便吃一点算了，不要再折腾了。"经这么一闹，刘宇有点讨好周阳的意思。

"怎么不吃，为了庆祝胜利，得好好吃一顿，走，我带你们去吃'私家菜'。"周阳一边说，一边已经迈开了步子。

于是，他俩跟着周阳来到了一个比较宽大的巷子里面，在一家外面装修得古香古色的饭店门前停了下来，周阳说："到了，就这儿。"

刘宇抬头一看，只见门头的招牌上镂刻着"御鼎私家菜"五个古香古色的大字，给人一种很典雅的感觉。进得门去，地方并不算宽大，但是内部装修却和外部保持了一样典雅的风格，就连服务员的服饰也是清一色的古装打扮。

周阳明显是这里的常客，和这里的人员都很熟络，他们要了一个小包厢坐定以后，服务员便递上了菜谱，周阳让刘宇先点。

刘宇接过菜谱一看，菜谱上的名字他一个也没有见过，而且价格高得惊人，刘宇翻了半天，实在是不知道点什么好，便不好意思地把菜谱递给了周阳，说："还是你点吧，你对这里熟悉。"

周阳说："我怕我点的你们不喜欢吃。"

"没事，我们从不挑食。"

"嗯，那就好办了。"于是周阳并不看菜谱就念出了好几个菜名，服务员飞快地记下，这更加证实她是这里的常客。

周阳说："别看这里偏僻，地方小，菜做得可好了，好多达官显贵都是这里的常客。"

刘宇想，肯定是之前的那个油头粉脸的公子哥经常带她来这里。

不一会儿，菜就上齐了，这里上菜的速度真的好快。桌上花花绿绿的菜肴甚是好看，味道也确实不错。早上也没有吃早餐，刘宇和大飞确实感觉有些饿了，便毫不客气地吃了起来。没多时，桌上就剩下残羹剩汤了，放下筷子感觉精神也好了许多。

大飞擦完嘴说："你们先坐着，好好聊，我去上趟厕所。"说着便出了包厢的门，临走时还朝刘宇做了一个鬼脸，这小子一肚子的坏主意。

不多时，大飞给刘宇发来了一条短信：你们好好聊聊吧，机会可要抓住了，别管我了，我还有点事要做。

刘宇回道：早就看出来你这点坏主意了。

大飞：嘿嘿，我不是给你们创造条件嘛，完了电话联系！

刘宇和周阳有一搭没一搭地聊了起来，周阳也对刘宇说了自己的事。

今天碰上的那个公子哥就是周阳刚刚分手不久的男朋友，是典型的“官二代”，对周阳有要求必满足，周阳的工作就是他帮忙给解决的。但是让周阳不能容忍的是，在和周阳好的时候，那小子又同时跟好几个女孩保持恋爱关系。周阳知道这一切的时候，真是气疯了，但是又无可奈何，只能选择分手。

她说：“我不能容忍男人对女人不忠！”

“我也不能容忍对感情不专一！”刘宇说。

沉默了一阵，周阳无限感慨地说：“你说为什么我们80后想拥有一份真正的感情怎么会这么难呢？”

对于这个问题，刘宇真没法回答，他也无限感慨地说：“不光感情难，生活也难！”

顿了顿又说：“我们80后就是被上帝看不顺眼的一代，找对象要跟‘富二代’竞争，找工作要跟‘官二代’竞争，好不容易有个糊口的活，却没有个藏身的窝。有姿色的去当‘二奶’，没姿色的要求也不低，你说能不难吗？”

“你还是那么愤世嫉俗啊！”

“事实就这样，女人都抱怨条件好的男人花心，但不想想花心的男人还不是女人给惯的？”

“也是呀，谁不想嫁个有钱人啊。”

“不说了，说这么些干吗。”

后来，他们又聊了一些工作上的事，越聊越投机，竟忘了时间。

“哦，对了，大飞上厕所怎么这么长时间啊，不会掉厕所里了吧？”周阳突然问。

“不会的，他可能早就到外面溜达去了吧，出去了给他打电话吧。”

“嗯，那我们走吧。”

到了吧台，他本想结账，但是身上带的钱不多，这么贵的菜价肯定不够，于是也不去和周阳抢。

与周阳告别后，刘宇便匆匆去找大飞。虽然天气很冷，但是他的心里却是暖暖的。上学的时候，他们虽然是同桌，却没有像今天这样开怀地长聊过。那时，同学之间流传的关于他和周阳之间的流言蜚语也不完全是空穴来风，因为那时他们确实是互相有好感，但仅仅是好感而已，毕竟那时还小。

见到大飞时，大飞一脸无辜地说：“你们光顾着亲密了，我却在外面受冻。”

“别胡说，我们什么也没有。”刘宇嘴里虽这么说，心里却抑制不住地一阵高兴。

“对我，你还掖掖藏藏的，说实话，有没有进展?”大飞一脸坏笑。

“别乱想，不要以小人之心度君子之腹好不好?”

“切，不说算了。”

“呵呵，我看还是赶紧回家吧，你不想今晚又住店吧?”

“是你想住吧，要不我留下来陪你?”

“要住你自己住，我要回家了。”

“我才不住呢……”他们一路说着便向车站的方向奔去。

街道的两旁已挂满了红红的灯笼，年货也摆满了县城的街道，熙熙攘攘的人们一脸高兴地采办着年货，到处一片祥和的气氛，让人感觉年味已很浓很浓了。

旧的一年就要过去了，令人伤感、惆怅的一切也即将过去。刘宇坐在疾驰的汽车上，望着窗前掠过的一片片广袤的山野，伴着轻快的音乐，心中充满了对新的一年美好的期待。

17

随着新年的逼近，父母满是沧桑的脸上也绽放出了往日少见的笑容；而刘宇自从在高中同学聚会上遇见了周阳，死水般的心湖上便荡起了丝丝涟漪。看着父母的笑容，心里想着周阳，刘宇心底有一种美好的情愫正在逐渐地升腾，像袅袅的青烟，又像扑扑燃烧的火焰一般。

一连几日来，周阳曼妙的身姿，笑容可掬的脸庞，一直在刘宇的脑际浮现。他开始去不经意地想她，在某个无人的角落，或者在漆黑的夜里，他会不由自主地露出幸福的微笑。每每想到她，一种甜蜜的感觉就会包裹全身，他很乐意享受这种甜蜜。

他彻底被周阳搅得心神不宁了，捧着书的时候，她会从书里面走出来，吃饭的时候会从饭碗里出来，凝然独坐时，她会在眼前盈盈掠过。

母亲突然说："傻孩子，想什么呢，饭都倒出来了。"

母亲的一句话，把他从飘飞的思绪中拉了回来，发现手中碗里的汤已洒了一地。

他在想，我到底是怎么了，莫非是……

不可能，绝对不可能，我们那时只是相互有好感罢了。这么多年过去了，我们都长大了，一切都会变的，还是不要去想了。

越是刻意不去想，她越是清晰地出现在他的脑海里，挥之不去，才下眉头，却上心头。

尽管他不愿意承认，但他确实在想着周阳。

此刻，周阳在干什么呢，是否也睡不着觉，或者也手捧着书，坐在窗前静静地发呆?

大飞的话一遍又一遍地回响在他的耳际:“你们肯定还有戏,就别自欺欺人了!”

越想越睡不着觉,他把头包进被子里面还是睡不着,他打开手机一看,都凌晨一点多了。

他开始玩手机,翻看通讯录,不知不觉就翻到了周阳的名字,便停了下来。

他好想发个短信,编辑了一半又一想,还是算了吧,都这么晚了,人家还以为自己是神经病呢,再说了,谁又会像他一样傻呢。

放下电话,心想还是睡吧,即是睡不着也要装着睡,于是他从一开始数数,没想到数到五十多就乱了。

这时,电话却意外地响了起来,是谁发的信息?拿起一看,是周阳,他不由得一阵激动。她也没睡?莫非她也在想我?

他迫不及待地打开信息:睡着了吗?如果睡着了的话,就不要回我信息。

这不是废话吗,睡着了当然不会回信息,原来她也睡不着。

他回道:没有,睡不着,你也睡不着?

周阳:嗯,我还以为你睡着了呢,最近好烦。

刘宇便开玩笑道:呵呵,是不是想我想得睡不着觉啊?

周阳:你少臭美,是你在想我吧?

这姑娘确实变得开放了许多,都学会调情了。刘宇顺着杆子就往上攀,一本正经地说:是,我真的在想你,想你想得茶饭不思,夜不能寐,你没感觉吗?

那边却开始沉默了,好久都没有回信息。刘宇想,是不是话说得太唐突了,便说道:呵呵,开玩笑的,看把你吓的。

过了一会，周阳说：没有，我是在回忆我们高中的生活，多有意思啊。

刘宇：是啊，我也经常怀念以前的日子。

周阳：还记不记得，你那时上课的时候老是睡觉，人在椅子上坐得端端的就睡着了，我经常吓唬你，捅你一下说老师来了，哈哈。

刘宇：怎么会不记得，这仇我还没有报呢，给你先攒着。那时你上课也经常偷着吃零食，老师一转眼就塞一大口，呵呵。

周阳：哇，你还记得那么清楚啊，那时是爱吃零食。

刘宇：当然了，从来就没有忘记过。

周阳：是吗，那我真是受宠若惊啊。

刘宇：我的事，你也不是记得那么清楚嘛。

周阳不无感慨地说：是啊，青春的回忆是最美好的，是永远都抹不去的。

刘宇也感慨地说：青春的伤痛也是抹不去的。

一时变得沉默，似乎找不到话题了。好一阵子，周阳才说：记得高三那年你打架，打伤了同级的一个男生，学校要处分你，我那时真的为你担心，捏了一把汗。

刘宇：都是年少轻狂干的一些事，当时我已经做好退学的准备了，幸好班主任力保才平息了事件，现在想一想多么幼稚啊。

周阳：人都是在经验和教训中一步步成长起来的，还记不记得你当时最爱唱老狼的《同桌的你》，唱得可好了。

一提到这件事，让刘宇感觉很不好意思，就是因为这首歌，才让全班同学以为刘宇喜欢周阳，而周阳的不作为更使同学认为他俩有那么一回事。

刘宇不好意思地说：都提这干啥，你当真认为唱得好？

周阳：是唱得好，这点可以肯定，就因为这首歌才引起了我们俩的绯闻，你应该赔我名誉损失费。

刘宇：呵呵，是他们捕风捉影，没有的事。

周阳：本来就没有的事！

刘宇：但现在我真希望那时有点事，嘿嘿。

周阳：你想得倒美，但话又说回来，如果那时真有，是不是现在也劳燕分飞了？甚至连朋友都没得做。

这句话刺痛了刘宇受伤的神经，他又想到了倩。多少年少无知的爱情就这样随着我们的成长，与青春一同被埋葬，不着一点痕迹。最终，我们都会变成最熟悉的陌生人。

过了好一阵子，刘宇感慨地说：也许吧！

那边的周阳似乎隐隐地感觉到了他的不快，回道：怎么了，勾起你的伤心事了？

刘宇：没事，只是有一些感伤。

周阳：哦，那睡觉吧！

刘宇：鸡都叫了，反正也没事做，天亮了就睡，你快睡吧。

周阳：嗯，那好，有空再聊。

刘宇：嗯，好的。

放下电话，刘宇的心情却无法平静下来，鸡已经叫过三遍，亮光从窗帘的缝隙中透进来，点缀成一些零零碎碎的光斑。刘宇拉开窗帘向外望去，一片冰雪覆盖的世界。

和周阳聊了一个通宵，却丝毫不感到累，一点睡意也没有。于是便穿好衣服出了门，父母的房间还没有一点动静。这是放假以来他起得最早的一回，以往都是睡到日上三竿，母亲喊他吃饭时才懒懒地起来。

村庄很安静，没有一点响动，这时候村们民还都在被窝里暖和呢。他望着空中飞舞的片片雪花，有一种说不出的冲动，他拿起了扫帚，在自家的院子里扫起雪来，他要把这种冲动释放出来。

雪足足有半尺厚，不一会儿，他就气喘吁吁了，都怪平时缺少锻炼。双手已经冻得通红，心里却是暖暖的。他要把院子扫完，他从来没有过如此强烈的要干成一件事的愿望。

看着扫出的一大片空地，他的心里有一种从未有过的成就感。

父亲一出门，看见扫出的一大片空地和刘宇正在忙碌的身影，说道："哟！太阳打西边出来了。"

刘宇笑笑说："你不要把我想得那么懒惰好不？再懒的人也有勤快的一回。"

父亲一张老脸笑起来，连皱纹都是一张一合的，母亲更是高兴得合不拢嘴。

他猛然觉得生活变得有意义了，就连觅食的母鸡，四处游窜的小猫小狗，都可亲可爱了，人一高兴，看着什么都顺眼，境由心生嘛。

父亲要帮忙，他拦着不让，说："好不容易勤快一回，你就让我表现一次行不？"

父亲高兴地说："成哩，成哩！"于是在一旁笑咪咪地看着他扫雪。

整个院子扫完，他已汗流浃背了。母亲给他递上一杯热水，心疼地说："喝吧！"

刘宇一口气便喝干了整杯开水，长长地舒了口气，看着自己的劳动成果，望望远处洁白的冰雪世界，心里无比的惬意。原来生活中还有许多美好，只是没有发现而已。"世界上从来不缺少美，只是缺少一双发现美的眼睛。"

吃过早饭，他觉得有些困倦，便回房间睡下，不一会儿便进入了梦乡。梦见高中时熟悉的校园，清幽的花园小径，四楼顶端的教室，他和周阳依然是同桌，倒数第二排的位置。后来又梦到了未来，他和周阳携手走在一片青山绿水之中，却又飘着片片的雪花，突然周阳笑眯眯地朝他脸上吹了一口气，便一下子消失得无影无踪，他茫然若失地四处寻找，却不见周阳的踪影。这时梦却醒了，他睁开眼睛，屋子里一片昏暗，爬起来往窗户外面瞅去，发觉已到了黄昏时分。

刘宇坐在窗前，一遍又一遍地回味着刚才的梦境，不知道这又在预示着什么。

静默了好久，他从桌上随手抓起一支笔，在一页破旧的纸上写道：

那一抹山脊，正啜饮着夕阳残留的血迹
黄昏便开始在村头的树梢间，静默
时光，匆匆晾晒完早春的温暖
又被突如其来的晚风稀释成夜色

村庄，懒懒的犬吠奏响夜曲
稀稀疏疏的灯火，衬托黑暗
无人的窗前，鸡群争先恐后地进窝
孤独悄悄爬上窗棂，贪婪地咀嚼手中的烟卷

孤独就像一条虫，悄悄地吞噬着他的细胞，在这静谧的黄昏，他多么希望能有一个人陪着他，一起坐在无人的窗前看雪，彼此依偎着。然而，这一切只是遥不可及的幻想而已。

烟卷在手中慢慢地燃烧，黑暗在一点点地吞噬着世界，手中的烟头在黑暗中明明灭灭，他听见了时间行走的声响，那么清晰，掷地有声。

吃过晚饭，看了会电视，觉得索然无味。翻了几页书，也心不在焉。

他又想起了周阳，是不是也睡了整整一天呢，这会儿该起床了吧？正在吃晚饭，或者与家人一起看电视？或者会不经意地想起自己？

他不自觉地暗笑，也许，这只是自己无端地妄想罢了。

落花有意随流水，流水无情恋落花。

但他又不能不去想她。这样的时候，是最甜蜜也最煎熬的时候，是最美好也最无奈的时候。

他无法按捺这种冲动，拿起了手机，一字一字地敲打着信息：吃过饭了吗？休息好了没有？

周阳却迟迟不回信息。等待，无尽的等待，等待也是一种煎熬。

第二根烟抽完，她终于回了信息：不好意思，刚才看电视，声音太大，没听见。

接着又是第二条：还好，睡了一天，也没怎么睡着。

刘宇：哦，我还以为你不愿意理我呢，呵呵。

周阳：怎么会呢，你呢，你干吗呢？

刘宇：想你呗！

周阳：你又在胡说！你现在是越来越会哄女孩子了。

刘宇：没有啊，那要看对谁了，我说的是实话，今天我梦见你了，嘿嘿！

周阳：是吗？我受宠若惊啊，梦见我什么了？

刘宇想，这样说是不是合适，但最后还是说了：梦见了我们俩的过去，也梦见了我们的未来。

说完，他的心一阵狂跳，是不是又太唐突了？

过了好一阵，周阳才回到：那说明你是一个既怀旧又善于幻想的人。

每每遇到这样的话题，她总是很巧妙地避开。她在逃避什么吗？

刘宇还是不依不饶：我是确确实实梦见你了，又确确实实地梦见了我们的过去和未来。

周阳：是吗？那就更证明我猜想的正确性了，哈哈。

刘宇：还是你高明啊！

周阳：呵呵，那是，不得不承认。我有点瞌睡了，白天没睡好。

他明白这句话的意思，便知趣地说：那今晚早点睡吧，你不见美人都是睡出来的吗，呵呵，好好休息，等休息好了我们再聊。

周阳：嗯，你也早点睡吧，晚安！

刘宇：晚安！

放下电话，夜开始变得深沉，这注定又是一个无法入眠的夜晚。黑夜扩张成一张黑色的画布，而周阳就是画布中的人物，蹁跹在河流的彼岸。他一直在此岸张望，风化成不老的石像，期待她嫣然一笑的回眸，却没有勇气对她发出爱的信号。

他嘴角噙着十分的微笑，来满足自己的感官。爱情是什么？过去的种种伤痛与眷恋就让它过去，不再碰触，不再思念。他曾以为倩是他生命的全部，是他今生最永恒的的守候，这一刻他却要放弃，从此把她锁在落满灰尘的书柜。

18

一连几日来，他已习惯了早晨从中午开始，也习惯了在这冷清的午后，看着悠远的天空发呆，心中似乎在隐隐地等待着什么。

生活因等待变得美好，遐想一个人出现在脑际的瞬间，便有一种朦胧的温暖，一种原始的心灵悸动。生活中有了期待，便有了希望，他会不自觉地陶醉在这种期待中。然而当一阵风，或者一声猫叫把他从梦一样的境界中唤醒时，他又会莫名地感到一阵阵的孤寂。

这天下午，村口突然停了一辆黑色的轿车，惹得村民们驻足围观。车上下来一位风流倜傥的年轻人，还牵着一位时尚漂亮的摩登女。这位风度翩翩的男子并不是哪个达官显贵的少爷，或者哪个富商巨贾的公子，而是村头刘老汉的儿子。那个与刘宇一起穿开裆裤，一起玩大，一起掏鸟窝，一起捉鱼，一起偷人家苹果的儿时伙伴。

后来他辍学到外面去打工了，从此好几年没有回家，也就和刘宇断了联系。也算他有财运，打了几年工，便包起了工程，几年间赚了个盆满钵溢，在城里面买了洋房，娶了娇妻。他的事迹刘宇早有耳闻，却没有亲见，这次回家可算是衣锦还乡。

刘老汉儿子回家的事像一阵风，刮遍了整个村子，村民们好生羡慕，都啧啧赞叹："瞧人家的儿子多风光！"

"是啊，养儿当学刘老汉呀！"

好几年不见，刘宇还真有点想去看看，这小子怎样发得流油，娶了怎样一个貌美如花的老婆！

当他怀着激动的心情去看望这位儿时的伙伴时，对方却显得非常的冷漠，丝毫没有久别重逢的喜悦。冰冷的表情，以及少得可怜的话语，都让刘宇感到非常失落。想当初，他们可是形影不离，无话不谈，几年不见，怎么就形同陌路了，彼此的心灵之间好像隔着一层厚厚的东西。

时间，它让原本熟悉的人变得陌生。

一切都会变，要慢慢学会适应，不要再那么怀旧，走在清冷的村庄小路上，刘宇在心里这样告诫自己。

然而，青春确实在一点点地消逝，在你经意或者不经意的瞬间，她已悄悄在你身上褪去，烂在你身后的泥土里。

冰冷的寒风穿透了村子，穿透了他的衣服，一股刺骨的寒冷渗入骨头，他微微颤抖了一下身子，竖起了衣领。

他想，我还是原来的我么？我已不是原来那个单纯无知的少年，既然我已不是原来的我，还有什么理由奢望别人？

时光流逝得太快，像白色的沙漏轻轻地滑过我们如花的青春岁月，那些凋谢的花瓣来不及收藏便已零落成泥了。记得在书中看到的一句话："当我十八岁的时候总是缅怀我的十七岁，而当我十九岁的时候又总是缅怀我的十八岁。"

岁月是一条汹涌流淌的河流，而我们只是一粒多年来随波逐流的泥沙，不经意间，好多东西已踪影全无。

天空依然苍白，如同生命的颜色。面对这变动不居的世界，谁又能够无动于衷？

刘宇下意识地拿起桌上的电话，一看有好几个未接电话，还有一条短息，是周阳发来的。

"我好烦，想找你说说话，却无人接听，看来我们不来电哦。"

这看似挑逗的短信，让他心里有了一丝温暖。便回道：呵呵，刚才出门，忘了带电话，怎么啦，说来听听。

不一会儿，周阳就回了短信：真是烦死了，他又来找我了，乞求我的原谅，弄得我心烦意乱，不知道该怎么办？

刘宇试探地问：那你还爱他吗？

周阳斩钉截铁地说：我不能原谅他！

他本来想说，算了吧，不要原谅他，对这样的人不值，但是又一想，这样是不是有些冒昧。于是便回道：有时候，爱情真的与金钱无关，不爱了，就不要勉强自己，你应该清楚自己心里想要什么。

周阳：嗯，我知道的，我知道我想要的是什么，这么多年，才发现与你聊天很有意思，让人很轻松！

最后，周阳又发了一条短信：和你聊天真好，我很快乐！

就为这最后的一条短信，他激动了好一阵子，他有一种被点燃的感觉。

刘宇整天都沉迷于一种无端的幻想中不可自拔，他仿佛看到了未来，他和周阳牵着手，走在一条落英缤纷的河边，走着走着，两人就一起跳进了河里……

他要找个合适的机会，向周阳表白自己的心迹。

终于有一天晚上，他鼓足了勇气，给周阳发了一条短息：如果你愿意，让我为你跪搓板，我保证不会花心！

发完短信，他的心狂跳不已，不安地等待着周阳的回复。

过了好一阵子，周阳才回道：我不否认我对你一直有好感，几年前是，现在也是，但是我不能确定这种好感是不是就是那种感觉！

刘宇：我会给你时间认真考虑清楚，我只想对你说，我对你是真心的。

周阳：嗯，就让时间来判断吧！

刘宇：我会耐心等你的答复。

刘宇一日日等待着周阳的回复，心中充满了期待，又充满了担心。

终于有一天，他等来了周阳的回复。周阳说：对不起，我不能答应你，我和他又和好了。只能说我们相遇的时间不对，如果是在四年前，也许我们真的可以，但是现在不同了，那将意味着要放弃很多已得到的东西，我没有这个勇气，相信你也会理解。

他不解，便问道：为什么，有什么东西值得你放弃爱吗？又有什么值得你背叛自己的心？

周阳：真的对不起，刘宇。也许是我太看重物质，我不想放弃我现在所拥有的一切，包括工作、地位，还有金钱。这些东西不是凭我们的能力轻易就能够得到的，放弃它们我没有勇气。我是被打败了，彻底被打败了，做了物质的俘虏。也许你会鄙视我，但是我不想编一个高尚的理由来欺骗你。

是的，这是一个物质的世界，只有傻子才会追求所谓的真爱，再回过头来想一想，他又能给周阳什么，房子？车子？还是显赫的地位？他有什么资格祈求得到她的爱。

她能够理解周阳的选择，在这个社会，我们得到的本来就不多，没有多少东西可以放弃。

刘宇渐渐温热的心，一下子冷却了，心中冉冉升起的希望消逝了，就像云层中透出的一束光被乌云遮住一般。

新的一年终于来了，绚丽的焰火划破了寂静的夜空，声声爆竹驱走了陈旧的岁月。辞旧迎新，人们的脸上洋溢着欢乐的笑容，到处一派热闹的景象。

刘宇极力用一颗平常心来迎接新年。他的心中已了无童趣。穿越过了时间，穿越过了地点，穿越过了人群，穿越过了一片又一片的蓝天，他却怎么也寻找不那个多年前骑在牛背上唱着牧歌或者坐在树下幻想的孩子。他想，岁月最终会在自己的面颊上刻满父亲脸上一样的刀痕。总有一天，自己会垂垂老去，无声无息。

回想半年来自己的生活，每天走重复的路，听重复的歌，做重复的事，在课堂上讲重复的话。原来，日子竟如此单调，如此冷清。苍白的冬天，苍白的生活。

回首前尘，蓦然发现，已经有好长时间没有与昔日的朋友联系了。倩、小凡、小凤……远在天国的小胖，就这样，断了电话，断了短信，隐没在各自的生活中。也许，他和他们都是彼此生命中的过客，希望他们过得好，希望曾经的美好能够在他们的心里驻足。

不管怎样，旧的一页终将翻过，所有的欢乐与悲伤也终将过去，新的一页即将翻开。

19

2 月 14 日，他已经忘记了这个日子所代表的含义，然而，生活有时候比电影更具戏剧性。

过年了，最让人头疼的一件事就是拜年，给亲戚朋友拜年倒也乐意，但给领导拜年，即使不愿意也不得不去。给学区校长拜完年后，刘宇又去给学校的校长拜年，花了一大笔钱买礼品，这让刘宇心疼不已。

以前，朋友们都是不请自到，而今年却无一人登门。于是他打了一通电话才约了几个，也是不太情愿地来了。没想到，他们没喝多少，自己却喝得酩酊大醉。好在是自己家，醉了就直接躺倒在床上。

第二天醒来，他发现电话上有好几个未接电话，还有一条未接短信。刘宇打开一看，是她，他心里有一种酸酸的感觉。打开短信，只见上面写着：突然间好想你，打你电话却无人接听，唉……

是倩，好长时间都不联系了，她怎么会在突然之间想起我，刘宇心里有一种说不出的酸楚。

一遍又一遍地看着这句话，想到过去的种种，不由得感伤。

她打电话的时候，他正醉得不省人事。

刘宇最后回道：这么长时间了，你怎么会想起我?

倩：昨天是情人节，我一个人坐在窗前，就想起了我们的过去，突然间好想你。

刘宇才明白过来，原来昨天是 2 月 14 日，这个特殊的日子，有着太多的故事，也有着太多的伤感。然而他竟把它忘了。

刘宇：哦，我早已没有这个概念了，你还好吧?

倩：不好，一点都不好，我想着我们过的第一个情人节，想着想着就泪流满面，我原本以为早已把你彻底忘记，没想到短短几个月之后，我又这么地想你!

面对电话那一端那个曾经让他爱又伤害过他的女人，刘宇的心里万分纠结。离别的一幕又清晰地浮现在了眼前，让他一阵阵心痛。

于是他便说道：当初是你选择了离开我，我很感动你还能想起我!

倩：是的，我原以为已经不爱你了，会把你忘得干干净净，永远不会再想起。我也刻意让自己很幸福的样子，但是，最终我发现，我一直都在欺骗自己，我一直都没有把你忘记，只是暂时把你隐藏了起来，原来我们真的爱得那么刻骨铭心。

刘宇情感的洪水在一瞬间决堤，泪水不由得顺着面颊流了下来。他一字一字敲击着键盘：当初你离开时是那么无情，而且走得那么决绝，你不知道我有多伤心。

倩：是我一时冲动，现在我很后悔，如果时间可以逆流就好了。

刘宇：现在后悔有什么用，一切都无法挽回了。当时我真想将你挽留，但是我知道一切都是徒劳。

倩伤感地说：唉，也许是命运弄人吧。如果当初你挽留的话，说不定我就留下来了。

刘宇：你走后，我一日日盼着你回头，一天一天过去了，仍不见你回头……最后我真的是绝望了。

倩：你也一直没有忘掉我，是吧？

刘宇不能否认，一直以来，他从来都没有忘记过她，总是在梦里梦见她。

“嗯，是的，从来没有。”

停顿了一会儿又补充道：现在说这些还有什么用，也许我们今生也不会再相见，但是，我依然要祝福你，一切安好，毕竟我们曾经爱过。

倩若有所思地说：不！我相信，我们一定会有机会再次见面的。我也希望你能够幸福！

……

现在说什么都已晚了，心想电话那端的倩泪水涟涟的样子，刘宇的心里一阵阵怜惜，一阵阵悲凉。问世间情为何物，直教人肝肠寸断。

刚刚分手的时候，他一直期待着倩能够对他说这样的话，然而现在他们都没有了回头的勇气。但是不知为什么，面对这个女人，刘宇却一直恨不起来。莫非他在心里还一直爱着她？

此刻，他多么想对她说：“回来吧，倩，我们和好如初，我依然爱你！”但是却没有这份勇气。电话在手中拨弄了好长时间也没有发出去，却只是假装镇定地说：想开些吧，时间会改变一切，终有一天，你会把我忘得干干净净，这只是偶尔的伤感罢了！

倩：不会的，我想我这一生这一世都不会忘记你的，如果我死了也会化成一阵风，飞到你的身边，也许这是老天对我的惩罚吧！

刘宇：别胡思乱想了，我们都应该重新开始我们自己新的生活，过去的就让它过去吧！我希望你能够过好每一天。

倩：嗯，我会的。请允许我在以后的日子里能够经常想起你，也算是一种念想。请原谅我打扰了你平静的生活，珍重！

刘宇：珍重！

放下电话的那一刻，刘宇的心里不由得一阵阵疼痛。他只能以这样苍白无力的语言祝福她幸福，一切安好。

过完年，春天该来了，但却没有丝毫春天的气息。气候依然阴冷，草木也没有生长的迹象。刘宇觉得自己就像是这世界里一条越冬的小虫，他的春天迟迟未到。

不管是外出上学的，出门打工的，还是做小买卖讨生活的农村人，都扛起了大大小小的行囊，陆陆续续赶赴城市的每一个角落。热闹了一个春节的村庄也渐渐地冷清了下来，恢复了它原有的本色。

新的一年，新的开始，新的希望，人们也有着新的打算。

不知不觉，假期也结束了。

马上就要开学了，刘宇又要回到那破败不堪的校园，面对那一张张熟悉的面孔，每天重复相同的工作。想到这些，刘宇有些害怕。但也不能逃避，既然不能逃避，就只能改变自己。新的一年，应该有所改变。

不记得是谁说过，你以什么样的面孔对待生活，生活就以什么样的面孔来对待你。

刘宇想，父母已经年迈，自己还没有尽过一天孝，而他们总是为他操劳。现在，他应该承担起某些责任，而不是一味地沉迷于过去的伤痛中不能自拔。

当你对逝去的月亮掩面叹息的时候，你也会失去星星的璀璨光芒。这样想着，刘宇的心里顿时充满了信心。

也许一个人的心态真的可以改变一个人的状态。开学报到那天，他早早起床，来到了学校。原本破败不堪的学校，在他的眼中变得有点亲切可爱了。

小刚还没有来，好多老师都还没有到。经过了一个假期，房子里面满是灰尘，杂乱不堪，他便一样一样整理起来。人一有精神，干起什么事来都很麻利。不一会儿，整个房子就被他打扫得干干净净，整整齐齐。看着焕然一新的房子。刘宇的嘴角不自觉地挂上了一丝微笑。

时间还早，校园里仍然很静，很冷清。于是，他又拿起扫帚，扫起了院子。陆陆续续来到的一些学生，也拿起了扫把，加入了进来。过了一个春节，这些小家伙好像猛地一下子长高了许多。

20

这天早上，主任发课程表，刘宇一看他的课程表上突然多出了一科五年级的英语。这让他有点莫名其妙，心想是不是搞错了啊，五年级英语应该是主任教的，怎么派给了他。于是他拿着课程表去找校长。

校长说："这没有搞错，今年课程进行了调整。"

刘宇说："我已经带了六年级的语文了！"

校长说："这不是学校老师紧缺嘛！"

刘宇说："关键是我带不好，我本来是数学专业毕业，让我带语文已经是勉为其难了，现在再让我带英语不是公鸡下鸭蛋吗？"

校长有点生气了，说："就是公鸡下鸭蛋，你也得给我上去，没得商量！"

刘宇真没办法了，总不能跟校长叫板吧！只好悻悻地出了校长的办公室。

其实不是他不愿意带，加一门课也无所谓。只是他的英语水平可以用一个字形容，那就是，烂！上大学的时候碰上一外教，本想交流一下，但是说了半天，那外教直摇头，把他的自信心打击没了，此后便不再说英语，以至于大学四年，英语四级都没有过。

后来一找原因，自己的英语就是让中学的老师给带坏了，现在又让他来教学生，岂不是又来毒害下一代吗？

他越想越不对劲，好好的做什么课程调整呀？去年主任丢了六年级一个烂班给他，抢了五年级的英语，结果期末统考受罚了，今年又不带了，就只容许别人挑肥拣瘦，难道自己就只能吃别人挑剩的骨头吗？想到这里，气就不打一处来。

主任总是抱怨校长太自私，活儿都让他干了，钱全让校长给贪了，刘宇还一直为他鸣不平。渐渐地才发现，原来这人心眼颇多，却往往用不到点子上，经常给别人挖坑，却总是把自己给埋了进去。真是可怜之人必有可恨之处。

人心是肉长的，免不了勾心斗角。正所谓与狼共舞，难免被狼咬，也罢，也罢，只有多加小心便是了。

这几日，他发现小刚总是目光呆滞，神情恍惚，下课了也不和其他老师多说话，只是一个人坐着发呆，一根接一根地吸烟，这让他感到有点奇怪。

有时候他会关切地走过去问："你没事吧，是不是生病了？"

刘宇对小刚还是有好感的，小刚为人随和，也很厚道，有什么话刘宇也愿意和他交流。可是最近不知怎地，小刚老是一副忧心忡忡的样子。

小刚勉强笑笑说："没事。"欲言又止的样子，好像有什么难言之隐。

"没事就好，有病就要医，不要给耽搁了。"刘宇又重复了一遍。

"我真的没事。"小刚还是僵硬地笑笑说。

刘宇有点狐疑地离开了房子。

晚上刘宇回宿舍的时候，却发现小刚正在一个人喝闷酒，他心里暗暗一惊，肯定是发生了什么事情。

“怎么一个人喝闷酒呀?”刘宇诧异地问道。

小刚抬起乱蓬蓬地头，脸庞绯红神情沮丧，低沉地说：“烦就喝了!”举起一杯啤酒就干了。

刘宇在另一把椅子上坐下来，看着这个消沉的男人。

小刚还是自顾自地一杯接着一杯地喝，也不理会他。刘宇抽出一支烟给他说：“别喝了，喝多了对身体不好。”

小刚接过烟，点燃以后狠狠地吸了几口说：“我要喝，醉了好，醉了总比清醒要好!”又将一杯啤酒灌了下去。

刘宇知道，此刻劝他已经没有用，便说：“那好，我陪你一起喝!”拿过一只杯子给自己也倒满了酒。

他们只是默默地喝酒，也不多说话。到了最后，小刚却嚎啕大哭起来。刘宇不知所措，问道：“到底发生了什么事你说嘛，说出来我们一起想办法啊，总比你憋在心里要好。”

小刚还是哭个不停，等稍稍平静了一些，小刚说：“我感觉我好失败，也很傻!”

小刚点燃了一支烟，接着说：“有些事我真的不愿意跟别人说，说出来怕别人笑话。”

小刚猛地吸了一口烟，又接着说：“我……我老婆她……跟人跑了。”

此话一出，刘宇感到很惊讶，他只知道小刚娶了个老婆没工作，也没多少文化，就在家里种庄稼带孩子，却不知他们夫妻二人感情如何。

“什么？不会吧?”

“千真万确，这事我还能撒谎吗?”

刘宇也觉得不像是在开玩笑。他一时不知道该怎么劝慰小刚才好，只是呆呆坐着吸烟。

小刚又自言自语般地说：“我真傻，他们已经好了快一年了，我竟然一点都没有发现，一直被蒙在鼓里。”说到这里，小刚有些咬牙切齿：“要是让我遇上他们，我非宰了他们不可！”

刘宇说：“到底是为什么呢？”

小刚说：“她嫌我没本事，除了教书，其他的什么都不会，还没有情趣。”小刚呷了一口酒，又说道：“当初她没有工作，没文化，我都没有嫌弃她，一直对她好，可是到头来却是这样的结果。”

“女人真麻烦！就不知道她们要什么。”刘宇发牢骚说。

“最让人可气的是她连孩子都不要了，扔下就走了，还是不辞而别，走了以后才给我发了个信息，你说天下哪有这么狠心的女人，真是太狠心了！”

“确实狠心，那孩子咋办啊？”刘宇关切地问。

“孩子现在跟他爷爷奶奶在一起，整天哭着喊妈妈，我听着就一阵阵的心酸。”小刚说着又哽咽起来。

刘宇递给他一些纸巾。小刚哭完后默默地擦干了眼泪，强打着语气说：“不说这些了，来！喝酒！”

说着，举起杯子和刘宇碰了一下，一气干了。刘宇看着他伤心的样子，心里很是不安，便劝道：“你少喝点，再这样喝下去非醉不可！”

小刚沉重地说：“醉了好，醉了好啊！醉了就什么都不想了。”一边说，一边倒满了酒，端起来就喝。

刘宇也只是默默地陪着他喝，也许喝醉了心里会好受一些吧！喝到最后，小刚趴在桌子上一边呜咽，一边嘴里喃喃地骂道：“你这个狠心的女人，我对你不好吗……”

小刚喝醉了，身体软得像一堆泥，而且很沉，刘宇费了好大的劲才把他扛到了床上，替他褪去鞋子，盖好被子。刘宇自言自语地说："睡吧，睡吧，睡着了就什么都不想了。"

刘宇感到有些迷迷糊糊，却不想这么早就去睡觉，小刚的遭遇像一块石头一样压在了他的心里。家家都有本难念的经，每个人的心里都有自己的苦衷。

活着真累！真的像书上说的那样吗，每个人来到这个世上就是一个苦行僧，一定要经历种种的磨难与痛苦。

世界上没有不透风的墙，小刚的遭遇最终还是在学校的老师之间传开了，尽管他和小刚都没有说出去，但是世界真的很小。

小刚的遭遇，大多时候只是老师们课余的谈资罢了。

老张说："小刚过于老实，性格温和，那女人真的很无情啊！"

校长说："现在这个社会，今天结婚明天离婚的事随时都在发生，很正常啊。"

主任说："小刚人那么窝囊，老婆不离开才怪呢，假如我是他的女人，也会选择离开。"一脸幸灾乐祸的样子。

老师们的反应让刘宇感到很悲凉。原来这就是世态炎凉啊。

没有谁主动去安慰或者关心一下小刚，这件事很快就被淡忘了，只有小刚还经常一个人坐在窗前发呆。

"想开些吧，这样的女人不值得你留恋！"刘宇安慰道。

小刚说："我就是想不通，为什么这么多年的夫妻说散就散了，一日夫妻百日恩啊。有时候，我真想天涯海角地去找她，但又一想，她果真不爱我了，即使找回来了，又有何用？"小刚痛苦地吸着烟卷。

"别想了，是她背叛了你，不是你对不起她，终有一天，她会后悔的。"刘宇不知道该怎么说。

小刚说："可是……可是我还是忘不了她呀！你说她还会回来吗？"

对于这个问题，刘宇真没法回答。多么痴情的人啊，老婆抛弃了他，还如此念念不忘。但是自己又何尝不是呢？

刘宇说："会的，会的，也许再过两天就回来了，但是，现在你一定要振作起来……"

天气一天比一天暖和了，天空显得更蓝更远了。一阵阵和煦的清风吹来，让人感觉春天真要来了。孩子们褪去了冬天臃肿的棉袄，换上了轻盈的春装，也显得更加地活泼可爱了。

院子里一棵不知名的植物，乌黑且弯曲的枝干上缀满了一朵朵小小的红花，大有枯木逢春的感觉。看着这一切，刘宇的心情好了许多。

孩子们朗朗的读书声，让春天的气息更加悠远绵长，他的思绪也像脱缰的野马一般，不知飘向了何处。

21

不知不觉，春天就来了，就像冬天不知不觉去了一样。

春天是真的来了，似乎一夜之间，山川变得柔和了，微风变得清爽了，树木透出了绿意。

有了和煦的阳光，燕子也飞回来了，一路滑翔，忽而贴地低飞，忽而折向屋檐。

蛰伏了一个冬天的人们也开始出来活动活动筋骨，就连婆娘们的步履也变得轻盈起来。

严冬总算过去了，刘宇干涸的心里也有些润泽了。

上课的时候，看着孩子们那一张张可爱的笑脸，刘宇感到心里很充实，一种从未有过的满足感占据着他的内心。放学的铃声响起时，他迈着轻盈的步子出了教室，一路哼着小曲来到了宿舍。抽了一支烟，稍稍歇了会，心里面想着中午饭该怎么解决时，电话却响了起来。

他一看，是倩的电话，不由得一惊，这个时候打电话给他，不知有何事。

“喂，是倩吗?”他有些惊讶地问道。

“嗯，是我，放学了吧，吃过饭了没有?”依然是那种让他梦里都无法忘记的声音。

“刚放，还没吃呢。”他极力淡淡地回答道。

“我下午三点半就到天水了，你有空吗?”顿了顿又说：“能不能接我?”她说这话的时候有点踟蹰的感觉。

他开始有点感到意外，也有点迷惑，便问道：“真的假的?你来天水干吗?”

“我来有我的理由，到时候再细细给你说，你不愿意来接我或者没有时间，可以不来，我不勉强，就这样!”说完便挂了电话。

他暗暗思量，她来天水会干什么呢，他心里不由得一阵激动。日思夜想的人儿就要见面了，怎么能不让人内心起伏。

过了一会儿，倩又发来了一条短息：我心里还是希望你能够来接我!

看完短信，他一看时间，刚好十二点。他想，去还是不去?经过一番激烈的思想斗争，还是决定去。于是匆匆锁了房门，饭也顾不得吃，便发动了摩托车。中午十二点半，刚好有一趟去市里的汽车。摩托车骑得飞快，一路上扬起了许多灰尘，不一会儿便来到了镇上，寄存了摩托车，刚好赶上发车时间。他的心里一直激动不已。

车开了，他才恍然想起，走得太突然，没来得急给校长说一声。校长是个小心眼，嘴上虽不说，以后指不定找他的碴，最怕这种平常笑得比蜜还甜，心比墨还黑的人。

于是，他给校长打了个电话，尽量说得紧急一些，说有些要事到市里去办，由于走得突然，没来得及给您打招呼。

校长却一反常态，大度地说："去吧，早去早回，学校的事你就不要操心了，还有其他老师呢。"

他心里倒想，此刻你不答应也得答应，都在半道上了，即使你让我回来我都不会回来，岂不是自己没台阶下？

看着车窗外飞掠而过的风景，刘宇心里在想，见到倩会是一个怎样的情形，会不会由于好久不见变得生疏，还是和以前一样，那么熟悉，那么亲热？他不敢多想，但又不由得不想。

他就坐在司机的身旁，一抬头瞥见汽车反光镜里的自己，一头蓬乱的头发，黝黑的脸庞上好久没有刮过的胡须，不由得慨叹，半年来苍老了许多，再不是以前那个英俊潇洒、举止风流的少年了。

再看看自己一身灰头灰脸的打扮，不由得自惭形秽，走得急，也忘了换一身像样一点的衣服，就这样和倩相见，不知倩是否能一下子认出自己。

半年，说短不短，说长也不长，但是长长短短却发生了好多的事情。岁月在流失，他在变得憔悴的同时也在成长，记忆在淡尽，很多人在逐渐地消失，好多人也在逐渐地走进来。

他想起了他们相恋后的第一个假期，那是多么漫长的一个假期。有无尽的等待，无尽的痛苦煎熬，也有无尽的思念，无尽的甜蜜。

他还忘不了在被窝里偷着发那些肉麻的短息，互相诉说着思念之情。

倩：你想我了吗？

刘宇：想了。

倩：怎么想了？

刘宇：你怎么想我的，我就怎么想你的。

倩：你骗人！

刘宇：我想你的时候，我会掐着指头算日子一天天过去，我想你的时候，我会听着钟表数着时间一秒秒流走……

漫长的假期终于在无尽的等待中结束，当久别重逢的人儿再次相遇时，那是一种怎样的喜悦？这一切就如昨天发生的一样清晰，又遥远得不可触摸。

汽车颠簸了一个半小时以后，终于到达了熟悉的天水，这里的一切还是那么亲切。这里曾被誉为“陇上江南”，温润的气候，清新的空气，让来到这里的人们赞不绝口。这里不仅有闻名遐迩的麦积山石窟，还是全球华人的祭祖圣地——伏羲的故乡。这里似乎不缺少文明，但几千年发展下来，竟然就没落了。

更值得一提的是这里的姑娘，天水多美女是出了名的，一个个身姿曼妙，而且皮肤白皙，俗称“白娃娃”。相传，古时皇帝选嫔妃，天水的女子是少不了的。

广场上，美女们穿上了性感的春装，更显得妖娆多姿。刘宇的心不禁怦怦然，看着看着眼睛就迷乱了，哪一个都像，哪一个又都不是倩。

他拿出手机一看，才两点半，还早，倩一个半小时以后才会到。他觉得肚子有些饿，于是就来到了小吃街，这里的小吃可是一绝。看着泼满辣椒油的呱呱，他的口水就流了下来。一口气吃了两碗。好久都没有吃过这东西了，一来是自己饿了，二来确实香。

对于这个城市的一切，他是再熟悉不过了，每一条街道，每一个餐馆，都几乎留有他的印迹，充溢着他的记忆。

他原本以为，自己再也没有勇气踏上这片土地，情同手足的朋友，苦心经营的事业，刻骨铭心的爱情，都在这里逝去。然而这一刻，他却发现，在这个城市中，他伤过，痛过，却不曾恨过。

看着这里的一切，他陷入了深深的回忆中。他和倩的故事，一幕幕地又出现在了脑海中。曾经多少次，他们在孔庙里许下的誓言，至今还清晰地在耳际萦绕……

突然电话响了，一看是倩的短信：车已经进天水了，快要到站了，不知道你是否来接我。

他所在的地方离汽车站不远，一分钟便到了。日思夜想的人儿即将要站在自己的面前，他的心突然一阵狂跳。

一辆大巴风尘仆仆地进了站，不一会儿，车上开始陆陆续续地下来一些乘客，提着大包小包，一脸的旅途疲惫。他静静地盯着出口，看着他们一个一个下车，生怕漏掉一个人。

终于，倩在攒动的人头中探出了脑袋，他一眼就瞥见了她那头染成金黄色的头发，还是那样的发型，一点都没有变。明亮的双眼似乎在寻找着什么，目光扫描了一周以后，露出了失望的神色，很显然，她没有认出不远处灰头土脸的他。

下车以后，他默默地走过去站在她的身旁，她猛地一惊，抬头一看，方才认出了他。一时间，四目相对，像是相隔千年的两束光芒相遇，噙满双目的泪水终于没能克制住，便不争气地在众目睽睽之下滚落下来。

他们只是默默地注视着对方，伫立良久，他说："你真的来了。"但是，仍然无法使自己起伏的内心平静下来。

倩幽幽地说道："我还以为你不来接我呢！"一边说，一边哭得淅沥哗啦，任凭眼泪肆意横流。

他的眼泪也止不住地流，是激动？喜悦？还是更为复杂的感情，他说不清，道不明。

一时之间，他竟忘记了怎么来安慰她，要是以前，他会把她心疼地一把揽入自己的怀抱，而现在，他却只是默默地注视着她流泪，眼前的人既熟悉又陌生，似乎隔着一层什么。他没有勇气张开臂膀。

许久，他才说："我还以为，这辈子我们不再见面了。"

她猛地扑在了他的怀里，双臂抱紧了他的腰，头埋在他的怀中尽情的哭泣，一边说着："怎么会呢，我说过，我们会见面的。"

一种久违的感觉遍布他的全身，他不自觉地腾出了双手，将她揽得更紧，一边克制着自己，一边说："是的，我们又见面了。"

就这样拥抱了好一阵子，刘宇用手指轻轻地拭去了倩脸上的泪痕，说："好了，我们走吧！"

他拿了行李，和倩一起走在阳光明媚的大街上，和煦的阳光晒得人心里暖暖的。

倩说："这里一点都没有变，还是和原来一样。"

"是没有变，只是时间变了。"刘宇附和道。

"真像做梦一样，我也没有想到我还能再次回到这个地方。"倩感叹地说道。

"人生本来就是一场梦，我们都是活在梦里的人。"

他们就这样走着，说着，一路看着。

"还没有吃饭吧，我们去吃饭吧，你想吃什么？"刘宇突然问。

倩若有所思地说："我想去'老地方'"。

"老地方？哦，我也好久不曾去过了，那走吧。"刘宇说。

正好一辆出租车驶过来，刘宇伸手一挡，便停了下来。两人钻了进去，直直驶向城北的"老地方"餐馆。

22

出租车内放着轻快的音乐，驶过一条条熟悉的大街小巷，暖暖的阳光照进来，带着特有的气息。

天空横在街道两旁的高楼之间，湛蓝湛蓝的，像一道明媚的伤。

倩如水般的双眸注视着窗外的一切，脸上掠过一丝丝难以察觉的悲凉。他望着她，正好四目相对，倩便把头轻轻靠在了刘宇的肩膀，这个她曾经靠过无数次的肩膀，依然还是那么温暖，那么踏实，只不过比以前瘦削了许多。

一时，她忍不住百感交集。

刘宇只是默默地伸出一只手扶着她的肩膀，闻着发丝淡淡的香气。

时光一下子又回到了从前，他想，汽车就这样一直行驶下去，永远不要停下来。

但是，汽车还是停了下来。

当司机说“到了”的时候，他们像是在梦中醒来一般懵懵懂懂，当司机第二次说“到了”的时候，他才木然地应了一声：“哦。”

匆匆忙忙地付费，匆匆忙忙地下车。

那个显眼的大红色招牌实在是太熟悉了，这就是他们以前经常光顾的“老地方”餐馆。

他随手拉起了行李，说了声：“走吧！”便径直走进店来。

这里的生意还是那么火爆，老板娘忙碌地收着大把大把的票子。他们以前很熟，现在却好像陌生人一样，只是觉得曾经在哪儿见过，就是一时想不起来的感觉，这让刘宇感觉很失落。

以前，他可是这里的常客，短短的几个月就忘得一干二净，时间真得让人捉摸不透。

选定了一个小包厢，开始点菜，他把菜单推给了倩，以前都是这样的，她点什么他就吃什么。

倩说："还是你点吧？我不知道你想吃什么。"

刘宇说："你点吧，你知道我最怕点菜了，你点什么我吃什么。"

倩要了一盘新疆大盘鸡，一盘大盘猪手，还有几个素菜，他们以前也经常这么吃。新疆大盘鸡是这里的特色菜。

刘宇看了看菜单，笑笑说："这么长时间没有换口味呀。"

倩幽幽的眼神像是在回忆什么，说："我一直都很怀念这家店里新疆大盘鸡的味道，就在梦里也经常梦到，还有我们一起吃饭的情景。我试图去忘记这种味道，但是我越是努力越是清晰，越是怀念。"

倩一边说着，一边喝着水，用灼灼的目光注视着他，他不由自主地避开了她的目光。

倩又接着说："这里的一切还是这样子，一点都没有变，和梦中的情景也一样，你懂吗？"

刘宇抬起头，沉默了好一阵子才说："我怎么会不懂呢，只不过人变了。"

"宇，我想对你说的是，离开你以后，我一直都没有把你忘记，我常常想起我们的过去，包括曾经的快乐，还有伤痛，想着想着就泪流满面。"说着倩的眼睛里又飘满了泪花。

她忽然靠近了他的身旁，拉着他的手喃喃地说："当我想你的时候，我就一遍又一遍地看你写的日志，一边流泪，一边心痛。"

刘宇说："但是，你还是狠心地离开我了。"

“我想着我会慢慢地把你忘记，但是我错了，一回去我就后悔了，但是我没有勇气再回头，对你的思念就像一种病，已经深入到我的骨髓里面了。”

“现在说这些还有什么用呢，一切不是都结束了吗?”

倩抬起了头，灼灼的目光注视着他，说：“难道你心里就没有想我吗?难道你这么快就把我们的过去忘得一干二净?”

刘宇不得不承认他一直都没有把她忘记，但是这一切又能如何呢，他淡淡地说到：“那又能怎么样?”

她的眼泪簌簌地落了下来，再也控制不住自己的那份矜持，哭着说道：“宇，我不能没有你，我发现我这一辈子都忘不掉你，一闭上眼，眼前就是你的影子，当初是我错了好不好。”她一边哭诉，一边摇着他的胳膊。

“原谅我吧，宇，只要你愿意，我还会回到你的身边，从此不再离开。虽然我知道我这样是在犯贱，但是我是无法控制我自己呀。”

刘宇只是默默地抽着烟，一口接一口地喝着茶水，心里万分纠结。

“宇，我们和好吧，我以后再也不会离开你了。但是，如果你不爱我了，也请你直说，我会默默地离开，就算这一次来时为了祭奠我们失去的爱情吧。”

她用乞求的目光等待着他的回答。

“我怕，你回来后会再次离开我，那样的话我承受不了。”刘宇说道。

“我说过，我再也不会离开你了。”倩坚定地说。

“但是，但是破镜重圆始终是有裂痕的，你知道，我们对于感情都是很苛刻的。”

刘宇看了一眼倩，接着继续说道：“那都是以前的事了，我们彼此何不试着重新开始各自的生活呢？也许就像你说的一样，我们是有缘无分，又何必再勉强呢？”

倩失望地说：“这么说，你是不能原谅我了？”

“不，我一直都没有恨你，我一开始就原谅你了，只是我们再也回不到从前了，我们都要理智些。”

倩一听这话是彻底地绝望了，眼泪不由自主地就往下掉，说：“那我还来这里干吗，我还是回去吧，就当我不曾来过。多有打扰，实在不好意思。”一边说着，一边起身往外面走，连行李都不拿。

刘宇说：“请你冷静一点，菜都上来了……”他话还没有说完，但是倩已经哭着跑出了包厢，服务员小姐一脸的诧异。

他也顾不了那么多，跟着往外面追去，服务员大声喊：“哎，还没买单呢！”

刘宇说：“我行李都在你那儿放着呢，还害怕我跑了不成，帮我看着点，一会儿回来结账。”一边说，一边跑出了店门。

倩在人行道上一路小跑，捂着脸哭泣。刘宇快步追了上去，从后面一把抓住了她的胳膊。

倩一边挣扎着一边说：“放开我，让我走吧，你都把我忘记了，还追来干吗？”

刘宇始终不放手，任凭她怎么样挣扎，一边说着：“你别冲动，听我说！”惹得大街上的人驻足观看。

倩也觉得有些不好意思，便停止了反抗，说道：“你追来干吗？你还有什么话要说？”

他也顾不得那么多人看，一把拉过她深深地拥进了自己的怀里，说：“倩，我们和好吧！”

倩抬起她迷离的双眼说：“真的吗？”

“我们再也不要分开了，好吗？”

“嗯，我们再也不分开了。”说着便把脸紧紧地贴在了他的胸前。

过了好一阵，他才说：“我们回饭馆拿东西吧，要不老板以为我们跑了呢。”

倩擦干了眼泪说：“嗯，我们走吧。”说着便挽起了刘宇的胳膊。

他们回到了餐馆，桌上的菜都有些凉了，刘宇问：“还吃吗?”

“吃呀，要不浪费了怪可惜的。”倩一本正经地说。

刘宇心想，这还是原来的倩，我朝思暮想的倩终于回来了。他最爱看她吃东西的样子，吃什么都给人感觉很可口的样子。

他心疼地看着她吃饭，自己却不动筷子，倩诧异地问道：“你怎么不吃?”

“我在看你吃呢，我不饿，你知道吗，你吃饭的样子很好看。”

“呵呵，是吗?”

“嗯，真的，一直都是。”接着说：“倩，我告诉你，我上班的那个地方很苦的，有时候连菜都买不上，你可要做好准备呀。”

“没那么夸张吧，那你平时吃什么?”倩淡淡地笑着问。

“真的，我没有骗你，我平时也吃白水挂面和方便面。”

“呵呵，我不怕!”倩一副很坚决的样子，“你能吃，我也能吃。”

“真的不怕?”

“真的不怕。”

“那就好。”

刘宇看看表已经五点多钟了，便说：“快吃吧，还有一趟车，要不就要赶夜班车了。”

倩放下筷子说：“走吧，吃饱了。”

于是他们便匆匆去了车站。

汽车在山路上一路颠簸，倩一直把头靠在刘宇的肩膀上，迷迷糊糊地竟睡着了。汽车时不时的跳动又把她弄醒。

倩揉揉朦胧的睡眼，望望窗外，惊奇地说："哇，汽车怎么在山上走哪。"

刘宇笑道："是在山上啊，怎么啦?"

"那万一掉下去怎么办?"说着便紧紧地抓住了刘宇的胳膊，一连慌张的神色。

车上的人都回过头来看，充满了厌恶的表情，说这么晦气的话。

刘宇对她使了个眼色说："别乱说，不会的。"

"哦。"

倩一路上看着沿途的村庄，充满了好奇。

她像一只温顺的绵羊一样，静静地依偎着他的肩膀，时不时的问一句："快到了吗?"

刘宇怜惜地看着她说："快了。"他已经记不清楚倩这是第几次问这个问题了。

汽车行驶了一个多小时后，终于到了镇子上，这时，天已经擦黑了。

倩缓缓地走下车，看着连路灯都没有的镇子，脸上掠过一丝失望的表情。

刘宇说："你先稍等一会儿，我去骑摩托车，然后我们就回学校。"

倩问："这里离学校还远吗?"

"不远，骑摩托车一会儿就到。"刘宇不好意思地笑笑。

不一会儿，刘宇便取回了寄存的摩托车，放好了行李，便载着倩向学校奔去。

天已经完全黑了，风很大，倩躲在刘宇的身后，紧紧地抱着他。

夜晚的乡村小道，没有一点亮光，只有风的声响。

借着摩托车微弱的灯光，倩看到了扬起的漫天尘土。

23

又经过了十几分钟的颠簸以后，摩托车终于停了下来。

刘宇说："到了！"

村庄里显得格外的寂静，偶尔能听到一两声懒懒的狗叫。

透过锈迹斑斑的铁栅栏门，倩看到了院子里亮着一两盏灯的房屋。

"这就是你所在的学校？"倩问。

"嗯，是的，怎么了？"刘宇有点不解地问。

"怎么看着没有一点学校的样子啊。"倩掩饰不住失望的表情，叹息地说道。

"那是你刚来，又是晚上，等习惯了就好了。"刘宇解释道。虽然他知道这样的解释很苍白。

"也许吧。"倩幽幽地说道。

刘宇放下行李，缓缓地走过去，双手扶住倩的肩膀，轻轻地问道："你是不是有点失望，后悔了？"

倩说："没有，只是有点不习惯而已。"天色太暗，看不清她的表情。

"天气有点凉，我们赶紧进屋吧，等明天了再仔细瞧瞧。"

"嗯。"倩答道。

昏黄的电灯，杂乱的房间，满地都是方便面包装袋，还有斑驳的墙面，倩看着这一切，心里酸酸的。

"这就是你的宿舍？"

"嗯，宿舍兼办公室。还好，走了一个老师，现在一个人住一间。"刘宇解释道。

刘宇一边忙着打扫卫生，一边放好行李后便问倩："先喝杯水吧!"便去拿杯子倒水，没想到一拿起水壶却没水，这让刘宇很尴尬。

倩笑笑表示不介意，说："算了吧，我不渴。"

刘宇说："你等一会儿。"便出了房间。不一会儿便从外面的小卖部买来了两瓶饮料和几包方便面。

"今晚先这么凑合着吧。"说着便把饮料递给了倩，而自己却忙着到房子的一角打开了电磁炉去煮方便面。

倩忽然从身后抱住了他，轻轻地说道："别做了，宇，我不饿。"

刘宇转过身，仔细端详着她在电灯底下含情默默的双眸，心里生出无限的怜惜。"很快的，一会儿就好。"

"我真的不饿。"倩温柔地说道，眼睛里飘满了泪花。

"我没想到你一个人过得这么苦，是我对不起你，在你最需要的时候却离开了你，从此以后，我再也不离开你了。"倩一字一字地诉说着。

听着倩温软的话语，刘宇非常感动。

"宇，抱紧我！我们从此再不分开了。"倩喃喃地说。

刘宇伸开双臂把倩深深地揽进自己的怀抱，突然，倩的嘴唇吻住了他干涸的双唇，一次比一次激烈，他们开始变得迷乱，互相撕扯，最终赤裸裸地躺在了床上。

那晚，倩异常地疯狂，尽情地燃烧着积攒许久的激情。

窗外，月光如水，树影摇曳，他们彻底地融化在这初春的夜晚。

激情过后，仔细看着躺在身边的人儿，刘宇恍如在梦中一般，这一切是真的吗?

他努力使自己清醒，扫视着房子里的一切，桌子，椅子，床，灶具，作业本，才慢慢地确信这是自己的房子。

再转过头来看看搂在怀里的倩，是那么真实。这一切都是真的，不是在做梦。

“我怎么感觉像是做梦一般。”

“没有，这不是梦，这是真的，你摸摸，我是活生生地躺在你的怀里的。”倩拉着他的手在自己光滑的身体上来回游走。抚摸着倩柔软的身体，他感到了她温热的体温，那么真切。

“是的，我感觉到了，这不是在做梦，这是真的！”说着他埋下头来亲吻着倩的脸庞，又一次缠绕在一起……

夜开始变得出奇的静，静得能听见彼此的喘息和呼吸，以及心跳的声音。

一次次地燃烧，一次次的肉体与心灵的撞击，终于使两颗冷却已久的心彻底融化在了一起。他们之间的距离似乎从来都没有这般近。

倩抚摸着刘宇汗涔涔的后背，轻声软语道：“多想时光能够在这一刻停留。”

刘宇吻了她的额头说：“睡吧，我会用一生来爱你的！”

当第一缕曙光通过玻璃窗帘透进屋子的时候，刘宇便早早地睁开了眼睛，看着身边熟睡的倩也不忍心吵醒她，于是蹑手蹑脚地下了床，洗漱完毕。

远远地望着东方一轮冉冉升起的红日，一股伟大的力量也在刘宇的胸中冉冉升起。在这样的早晨，他开始重新审视自己的生活，审视着这里的一切，他也在心里暗暗地为自己加油。

平日里最稀松平常的校园，这一刻他也觉得非常可爱。他注视着这里的一花一草，甚至就连破败不堪的教室也觉得异常亲切。

是的，他要重新面对生活，改变生活。

一个早上的课程轻轻松松就下来了，他感觉这是自己做老师以来发挥最好的一次。爱情的力量真的不可以小觑。

下课以后，校长神秘地把他叫到自己的办公室说：“你房子里怎么有个姑娘?”

他一听，心里不由得好笑，有个姑娘有啥大惊小怪的，只不过这是在农村的学校，人们的思想还没有那么开放，也怪自己没有给打个招呼。

刘宇笑笑说：“哦，那是我女朋友，昨天刚来的。”

校长说：“敢情你昨天请假是接她去了?”

“是的，没什么不方便吧?”

“没什么，说明白了就好。”

学校的生活太平淡了，即使有一点芝麻谷子大点的事，也会在老师们的嘴里面炒作成爆炸性的新闻。来来回回经过他房子门口的老师也会有意地向他房子里面瞥上一两眼。

倩有些抱怨地说：“这些人怎么这么无聊啊，不就是一个人嘛，有啥好参观的。”

刘宇说：“没事，大家都是好奇，来一个生面孔都觉着新鲜，等看习惯了就好了，他能把你看成咋样。”

接着刘宇又说：“不过人家都夸你漂亮哩!”

正如天下所有的女人都爱听赞美自己的话一样，倩也不例外，脸上顿时露出了笑容：“是吗，这还差不多，嘿嘿!”

刘宇说：“瞧把你得意的，刚才还说人家无聊呢。”

倩撒娇地说：“本来人家就漂亮嘛，难道你认为不漂亮吗?”

刘宇说：“好好好，漂亮，漂亮。”

中午时分，倩说：“我饿了。”

刘宇说：“这就去煮方便面伺候你。”

倩一脸不悦地说："只能吃方便面吗？"

刘宇说："还有清汤挂面，你选择。"

倩说："那还是选方便面吧。"

刘宇走到倩跟前，双手扶着她的肩膀说："真是委屈你了，让你跟着我受苦，明天去镇子上赶集，买一点菜回来以后改善改善生活。"

倩点点头，说："嗯。"

刘宇看着，心疼地说："倩，相信我，这只是暂时的，我会让你过上好日子的，我会给你幸福的，请给我时间。"

倩把头埋在他的胸前说："我相信你，我会支持你的，我知道，蛟龙是不会永远困在浅滩的，你最终会拥有属于自己的一片大海的。"

刘宇感激地说："嗯，还是我的倩最懂我。"

倩说："那你为我煮方便面吧！"

刘宇说："这就煮，这就煮。"

吃过午饭，小刚进来串门。

这两天只顾着自己快乐，倒把小刚的事情给忘了，刘宇心里自责道。

"吃过了吗？"

"吃过了。"眼睛却盯着倩上下打量。

"我来介绍一下吧，这是我女朋友倩，我给你说过的。"

倩冲小刚微微一笑，表示打过招呼。

接着刘宇又说："这是我的同事小刚。"

小刚却木木地没有反应，这让倩觉得很是尴尬。

小刚忧郁地说："你们好啊，重归于好，珍惜吧！"

刘宇能够理解小刚此时的心情，肯定是又想起了自己的伤心事，便关切地问："还没有消息吗？也没有打电话？"

小刚摇摇头说："没有，一点音信都没有，看来是铁了心了。"

刘宇安慰地说："再等等吧，说不定这一两天她会打电话的，再说她也会想孩子啊。"

小刚再次摇摇头，沮丧地说："不会的，她是不会回来了，心如蛇蝎的女人，她哪儿还会想起孩子呀，如果想孩子，就不会走了。"

小刚一边说着，一边出了房门。

倩说："这人咋这样呀，说话神经兮兮的，我对他打招呼都不理我。"

刘宇说："小刚可怜啊。"于是他便把小刚的遭遇一五一十地全告诉了倩。

倩听完以后感叹说："确实可怜啊，不过也有他自己的原因吧，但是孩子是无辜的呀，这女人还是狠心。"

"也许吧。"刘宇所认同的不是小刚有什么不好的地方，恰恰是小刚对老婆太好了才会出现这档子事，正所谓男人不坏，女人不爱。

在爱情里面受伤的，往往是多情的那一个。

这天天气挺好，阳光明媚，最主要的是心情也不错。倩不停地在房子里这儿擦擦，那儿扫扫，屋子里有了女人就是不一样，杂乱不堪的屋子一下子亮堂多了。

学校的院子里晾满了倩洗过的床单、被罩，还有一些刘宇的脏衣服。刘宇看着这一切，眉宇间都充满了幸福感。

当倩歇下来的时候，刘宇给她递上了一杯热水，两人会心地一笑，便什么都在里面了。

原来幸福真的是这么简单，这么平淡。

24

刘宇整天被这样一种幸福感包围着竟飘飘然起来，心情也不是一般的舒畅，看什么都顺眼了许多。一放学便能吃到倩煮好的热腾腾的清汤挂面，别提有多高兴了。

这一日，他正在看学生的作文，倩在一边煮着挂面。煮着煮着突然把筷子一搁，气哄哄地嘟囔着说："不是挂面就是方便面，什么时候才是头呢。"

他被吓了一跳，看着一脸委屈的倩，不知说什么好。这样的日子确实是太清苦了，但是他也无能为力，就是有钱也买不到东西。

刘宇缓缓地走到倩的身边，温柔地说："对不起，是我不好，让你受苦了。"

倩一脸委屈不说话。刘宇便安慰说："这都是暂时的，以后会慢慢好起来的，以后会好好补偿你的。"

倩还是默默不语，若有所思地望着窗外。

这时，刘宇真不知道说什么好了，他开始自责起自己的无能来，就连自己心爱的人的胃都保障不了，还谈什么给她爱。

他怯怯地问倩："你后悔了吗？"

倩转过头来，生气地看着刘宇说："到现在你还不相信我吗？我如果后悔的话，就不会跟着你到这么偏僻的地方来了。"

刘宇不解地问："那你为什么会这样子，我说过这都是暂时的，我会给你幸福的。"

说着拉过她揽进了自己的怀里心疼地说：“对不起，是我不好，是我没有用。”

倩说：“不，是你多想了，我不是针对你的。”顿了顿，倩又说：“我只是觉得这样生活下去实在是窝囊，好歹我也是堂堂大学毕业，难道就这样一直吃闲饭吗？”

“就为这呀，我还以为多大的事呢，没事的，我养活你还不成？”刘宇轻松地说。

倩说：“就你那点工资，什么时候才能有一个家呀！”

刘宇无话可说了，一提到这种事，他就没有了一点底气。

倩缓和了一下语气说：“宇，我们应该有一个打算了，一个长远一点的打算，不能这样过一天算一天了。”

“这不是在等待机会吗？”

“等能等到猴年马月去，政府不会记起你，你以为当官的都是伯乐来发掘你。”

“那再能怎么样？”

“我想了一下，要不我在你们这里找工作，我有了工作，两个人拿工资就轻松些了吧。”

刘宇说：“现在的工作哪儿有那么容易找，有也是拿钱买，我爸又不是‘李刚’。再说了，还要统一考试的。”

“考就考，我又不怕，你们这儿不是国家级贫困县吗，就业名额应该多一些吧？”

“这个倒是真的，但是人家要的是本地户口的毕业生，你连名都报不上。”刘宇说。

这确实是个棘手的问题，倩也一时感到很无助，抱怨道：“这还要不要人活了呀！”

刘宇拍拍她的肩膀，安慰道："不要急，慢慢来，车到山前必有路。"

倩依偎在刘宇的肩膀，脸上掠过些许失望。

过了好一阵子，倩忽然问刘宇："是不是有当地的结婚证就可以报名?"

"凭结婚证报名？有这回事吗?"刘宇诧异地问。

"记得大学毕业那会儿，我们班有一个同学和他男朋友去他们家乡了，好像说有结婚证可以报名。"

"真有这回事吗，我怎么没有听说过。不过可以咨询一下。"

"嗯。"倩的眼睛里又闪现出了一丝丝的希望。

于是，他们便找同学打听，联系了好多同学，经过证实，确实有这么一说，他们激动得差点跳了起来，就像忽然抓住了一根救命稻草般兴奋不已。

但是，新的问题又出现了，结婚需要好多的钱，现在刘宇什么也没有，拿什么给倩一个幸福的婚姻。

倩说："我们可以先领证，以后有条件了再举办婚礼呀!"

刘宇感动得热泪盈眶，吻着倩的额头说："我欠你一个婚礼，以后我会加倍偿还你，一定要风风光光地把你娶进门。"

"嗯，我们一起努力吧。"倩含情脉脉地说。

也真巧，没过一段时间，大飞突然打电话给他说："最近怎么样，还好吗?"

刘宇心里面高兴，忍不住要把内心的喜悦分享给自己最好的兄弟，说："好啊，很好，呵呵，什么时候想起我来了。"

"哈哈，听起来也不错，遇上了什么好事，给兄弟说说，也让我乐乐。"

刘宇神秘地说："说给你无妨，我和你嫂子又破镜重圆了，该不该高兴啊？”

“嘿嘿，确实该高兴，原来是焕发第二春了呀！”

“去你的，现在在哪儿发财呢？”

“还能在哪儿呀，兰州呗，不过确实有一发财的点，我就打电话问你干不干。”

刘宇戏谑道：“你现在看我的状况还不明白吗，我现在是心有余而力不足啊！”

“找你肯定有用得着你的地方，主要是你感不感兴趣。”

“我倒想听听，说吧。”

“最近全省要组织一次就业考试……”

“真的吗？”刘宇一听到就业考试，不由得兴奋激动，便打断了大飞的话题。

“我还没说完呢，你激动个啥？”

“呵呵，没事，接着说。”

“是这样的，这一次考试是事业单位招录考试，四月初报名，四月下旬考试。”

“嗯，是所以人都能报吗？”

“大专以上学历，只限本地户口。”

“那凭结婚证呢？”

“也可以报。”

“哦，那就好。”

“这几年积压下来的毕业生还是蛮多的，所以竞争还是非常的激烈，好多人都是不惜重金走后门、拉关系。嘿嘿，这里面可就大有文章可做了。”

“那和你也扯不上关系啊。”刘宇不解地问。

“怎么会没有关系，比如说卖答案，助考。”

刘宇一听，这可是要犯法的，再说了，你大飞有答案的来源吗，便说：“这可是要犯法的。”

大飞说：“我知道，这个社会是饿死胆小的，撑死胆大的，你还不明白，人家贪污受贿几千万甚至上亿，照样安然无恙，稳如泰山。”

“那我又能帮你什么忙？”

大飞说：“你只需要将你认识的参加考试的人有需要的话，介绍给我，找我联系就行了，到时候少不了你的。”

“那一份多少钱啊？”

“加设备一共四万。”

“四万？大飞，你老毛病又犯了，听我说，趁早收手吧。”

“你怎么越来越像个女人了呀，就这样，有事联系我，放心吧。”便挂了电话。

虽然他不赞成大飞的做法，但是对于他来说，这无疑是一个好消息。于是，刘宇便迫不及待的把这个令人鼓舞的消息告诉了倩。

倩一脸狐疑地问：“真的吗？真是想什么来什么。”但是却抑制不住内心的高兴与激动。

“是真的，四月初报名，现在还有十多天时间。”

“真是太好了，我们赶紧准备吧。”

于是他们便忙忙碌碌地准备了材料，先办理了结婚证，当手里捧着那个火红的本本时，倩对刘宇说：“我现在是把我的一生都交给你了。”

“放心吧，我会对你负责的。”

紧接着是报名，这才知道中国的大学生有多少，简直可以用人山人海来形容，那个拥挤的场面不亚于抢购火车票的情景，生怕迟了会报不上名似的。

刘宇和倩在人群中整整排了一个上午的队，刚刚轮到他们的时候，人家却下班了。那个气啊，简直没办法出。这个时候，负责报名的那些家伙是很牛的。

只说了句："下班了，下午再来！"便扬长而去，接着是一片叹息声。

就在人群即将散去的时候，却看见明辉也在报名现场，刘宇问："你怎么也在这里呀？"

"我是给我同学报名的，那你呢？"

刘宇指指身后的倩说："给她报。"

明辉睁大了眼睛说："我还以为活见鬼了，真是不好意思，没看见你，什么时候来的？"

倩说："来好长时间了。"以前都见过，所以并不陌生。

明辉问："你们和好了？"

"嗯，找个地方一起去吃饭吧。"

"对，我应该请你们吃顿饭才行。"

于是他们便来到了一个饭馆，刘宇说："就这儿吧，随便吃一点，吃完了赶紧去排队报名。"

"好，就这里，离报名现场也很近。"倩说道。

点完菜，明辉不好意思地说："本来是想给你打电话来着，一直忙就没顾上，还有借你的钱会尽快给你还上。"

刘宇说："就两千块钱，你也别放在心上，我不急。"顿了顿说："你现在比我好多了啊，也算有自己的房子了。"

"你不知道我的苦，当一辈子的房奴不说，还得勒紧裤腰带过日子，由于没钱，房子也一直没有装修。"

"慢慢来，不急，还年轻。"

明辉感慨地说："唉，除了这点资本就什么也没有了。"

过了一会儿，明辉问："你女朋友考试，你准备那个了没有？"

"做什么？"

"活动呀，我听说这一次好多人都联系着买答案，还有托关系。现在这个社会不是凭实力竞争的年代，谁不懂得作弊，谁就会被淘汰。"

刘宇一听，摇摇头说："这个我还真没想过，没那么夸张吧？"

"是事实，比我们想象得更夸张。"

最后明辉又奉劝了一句："有机会还是活动活动，要不然会吃亏的。"

匆匆地吃完饭，一看时间，他们马上起身去报名现场。付饭钱时，明辉掏出一把毛票，尴尬地数了半天还是不够，便笑笑说："出门没带多少钱，实在不好意思。"

最后，刘宇付了饭钱，便一路小跑着来到了报名现场，没想到，还是黑压压的一片人。

一问才知到，人家根本就没有去吃饭，一直守在报名现场，这让他们差点崩溃。

好不容易报上了名，拿到那一张薄薄的报名凭据，刘宇激动得心里一阵狂跳，来之不易啊。倩小心翼翼地折好放在了包里最安全的地方。

回来的路上，倩问刘宇："明辉在哪儿上班？"

"他在县里一中上班。"

"他也能到一中？一上讲台就两腿发抖。"

刘宇说："人家有关系。"

倩叹了口气说："看来明辉说得没错，现在真是一个关系横行的时代，关系也是生产力。"

刘宇默默不语。

25

回来以后，刘宇一直在思索着明辉的话。

思前想后，他对倩说：“要不，我们找大飞问问？”

倩说：“人家那答案挺贵的。”

“你放心，我们是最好的兄弟，这点忙他应该帮。”

“那好吧。”

没想到同一件事情，前一段时间还能教训大飞来着，现在却有求于人家，这多少让刘宇有点尴尬。

“喂，是不是有生意介绍给我做啊？”

“大飞，我问问你，你那答案靠谱吗？”

“靠谱，绝对靠谱！”

“大飞，你可别蒙我啊，是这样的，你嫂子也要参加这一次的考试，我想着能不能……”

“这个嘛，怎么说呢，我们是兄弟，给你说实话吧，这个我也心里面没底，我只是一个二道贩子。”

“哦，我就了解一下，这不是竞争激烈嘛。”

“怎么说呢，这个一定要慎重，不能病急乱投医，否则会吃亏的。”大飞提醒刘宇说。

“嗯，谢谢啊，你消息灵通，有啥消息多及时给我透露啊。”

“这个你放心，一有风吹草动，我会第一时间通知你。”

“那就好，再见！”

“嗯，再见！”

由于电话是免提，倩在一旁听得一清二楚，看着刘宇无奈的表情，倩说：“宇，我们不管了，就凭我们的实力，你也不要自责，听天由命吧！”

刘宇说：“我真是窝囊，什么都帮不了你。”

“不许你这么说自己，你在我心中永远都是最棒的。”

过了好一会儿，刘宇强打精神说：“那我们就好好看书复习，从今天起，所有的家务我全承担，你一心一意看书复习。”

“嗯，好！”

于是，开始紧张的复习，备战通宵，有时候两个人一起讨论讨论，倩就是想不明白，无论考什么，为什么都要考政治，这是最让她头疼的。她一看见那一大堆背的东西就头疼，但是没有办法，只有一个途径，那就是硬着头皮背。

倩说：“读了一辈子的书也没考上，现在好不容易毕业了，还是摆脱不了书虫的命运。”

刘宇说：“坚持一下吧，这也是没有办法的办法。”

经过这么多天魔鬼式的复习，倩自觉已经复习得差不多了，看着那一大堆东西都觉得恶心。

考试在 4 月 20 日，这一天，淅淅沥沥地下着小雨。

考点就设在县里一中，还没有到开考的时间，紧锁的学校大门前就已经挤满了熙熙攘攘的考生，每个人脸上的表情都很凝重。

这么清凉的天气，竟然还有人晕倒，这不禁让刘宇想起当年高考的情形。但与这种场合比较起来，真是小巫见大巫了。那时是一群懵懂的少年在追逐着梦想，而现在却是一帮待业青年为了生存你死我活地拼杀。

倩说：“我有点紧张，我怕！”

刘宇拍拍她的肩膀说：“别紧张，这对你来说还不是小儿科，跟玩儿似的，你看看这里面，有几个比你学得好的？一脸老气横秋的样子，肯定是好几年没有考上的，所以你要有信心！”

“嗯，但是，我还是紧张！”

刘宇还要说什么，大门却打开了，一瞬间，人流像决堤的洪水般向大门拥挤进去，倩也不由得被簇拥着向前挪移。

倩回过头来，望着刘宇，脸上满是忐忑不安的表情。刘宇向她喊道：“不要紧张，放松一点，我在外面等你。”

倩吃力地朝他点头，那样子像是要奔赴刑场的感觉，不一会儿，就消失在攒动的人群当中。

考试两个小时，这两个小时既漫长也短暂，它即将决定一个人的命运，考场的外面也围满了好多人，都是来陪考的，他们和刘宇一样，也在焦急地等待着。

当年高考的时候，爸爸就是这样蹲在校门口对面的空地上等他，一根接一根地抽着烟。

这一刻，他似乎能够体会爸爸当时的心情，其实，候考的人和参加考试的人一样紧张，一样受煎熬。

他甚至希望其他考生都发挥失常，这样的话，倩胜出的几率就大一些。但这只是无端的幻想而已，这种幻想无疑是病态的。但是有这样病态幻想的人，恐怕不止他一个人。在这样的社会，变态其实也很正常。

当考试终了的铃声响起，每个人的心一下子都提到了嗓子眼，蹲在地上的陪考者，忽地一下子全都站了起来，一股脑儿朝学校的铁大门涌去。

不一会儿，考生们陆陆续续都出来了，表情可谓五味杂陈，哭的、喊的、笑的、沉默不语的都有，可谓人生百态，一应俱全。

考场先要关十分钟的禁闭，应考者和陪考者隔着大铁门，就像探监一般，急切地问候着考试的情形，第一句话便是：“考得怎么样？”他一时之间，听到了好多这样的问话，回答者有说“还可以”的，有说“不行”的，还有一句话没说上来就嚎啕大哭的，也有拒不回答像傻子一般的。

好不容易，刘宇才在人群中找到了倩，他也没有问她考得怎么样，只是默默地把手中准备好的饮料递给了她，她也不主动接饮料，刘宇便猜出了七八分结果。

倩木木地望着天空，半天才喃喃地说道：“完了，完了，这下彻底地完了。”眼泪便不由自主地落了下来。

刘宇赶紧劝道：“没事的，没事的，不就一次考试嘛，以后还会有机会的。”倩只是一个劲儿地哭，刘宇也知道，这样的安慰有多么苍白无力。

等倩的情绪缓和了一些，刘宇说：“我们先去吃饭吧！”

“嗯。”

吃饭的时候，刘宇给倩一个劲地夹菜，想把她的注意力转移到吃饭上来，但是还是没能实现。

倩说：“你说我怎么就这么倒霉呢。”

刘宇说：“没事的，胜败乃兵家常事，何况一次考试，我高考就考了两次呢，更何况智者千虑还有一失呢。”

倩说：“不是那回事，要是那样的话，我倒也认了。”

刘宇不解地问：“那是怎么回事？”

倩说：“你说怪不，上考场发卷子时，唯独我们那个考场整整缺了15份试卷。”

刘宇惊奇地说：“怎么会有这回事？”

倩说：“我们也不清楚，按理说，省上组织的正规考试，不可能出现这种事情，试卷都是密封的。”

“那后来怎么办了？”

“最后，监考老师出去复印了15份才给我们做，但是已经半小时过去了，我已经慌了，一时脑子很乱，什么也想不起来了。”

刘宇也不知道该怎么来安慰她，只是无奈地摇摇头，自认倒霉罢了。没想到，一次堂而皇之的就业考试竟成了儿戏，真是荒唐之极！

刘宇思索良久说：“这里面一定有蹊跷！”

倩说：“你是说有人偷了试卷？”

刘宇说：“还有什么可能！”

倩惊讶地说：“那这人真是神通广大啊！”

刘宇叹口气说：“唉，还是明辉说得对，有些事情是我们想象不到的，一点不假。”

现在，已经是铁板上钉钉不可改变的事实了，只能听天由命了，还能怎么样，吃亏受伤的永远是这些没有关系、没有后台的草根阶层，而且吃的是哑巴亏，让你有苦说不出。

剩下就只有等待结果的宣布，是死是活也就见分晓了。

也有人闹过，但是无果，县里不管，说：“不是给你们复印卷子了吗？还要怎么样？工作难免有疏忽的地方嘛，出现错误，及时纠正过来不就行了吗？请同学们谅解！”

话说得倒是漂亮，当官的就是会推卸责任，问题是你们疏忽了可以纠正，但我们失误了可以纠正吗？我们理解你，谁来理解我们呢？我的官爷爷，我们饿肚子你们知道吗？你知道我们等这一次机会有多不容易吗？你们不知道，根本不知道！

但是又能怎样，谁定规则谁做主，你只能表示不满，只有挨宰的份！

听说后来竟有人给当官的跪下了，但还是没有换来一点同情，那官爷潇洒地扬长而去。

刘宇对倩说：“别在意，相信天无绝人之路，不是还有我吗，相信饿不死人的。”

倩说："难道就这样算了吗？我心里真不服！"

刘宇无力地劝解道："算了吧，看开点就好了，伤了身体就不好了。"

倩还是一个劲地哭泣。

"要不，我们去唱歌，放松放松，发泄一下？"虽然县城的 KTV 贵得惊人，也许要花去他大半月的工资，但是为了倩，他愿意！

倩摇摇头。

"那我们去吃饭，有一家'私房菜'很好吃的。"刘宇想到了周阳带他去吃的那家餐馆。

倩还是摇摇头。

刘宇不知道该说什么好，只是默默地陪她坐着。早春四月，西北的小县城还是有一些冷清。滨河路上，除了几个逃课谈恋爱的高中生，再无其他人。

春风吹来，撩乱了倩的发丝，他看到倩一脸的迷茫。刘宇轻轻地抓着倩冰凉的手，揽过她的头靠在自己的胸前。

许久，倩恍惚地说："我们回吧！"

刘宇说："好吧！"

于是他们便拖着满身疲惫，一步一步向车站挪去。

26

回去以后，倩还是一言不发，目光呆滞。刘宇给煮了方便面，特意卧了一个鸡蛋端到她的面前说："你吃一点吧，身体要紧，一天都没有吃东西了。"

倩说："我不想吃，我难受！"

"难受也得吃，身体是自己的，别人不拿我们当人看，我们应该自己对自己好一点。"

倩点点头，拿起筷子吃了没一两口又放下了，说："我吃不下。"

刘宇无奈地说："好歹你吃一点呀，这样怎么行呢？"

倩烦躁地喊道："你就不要逼我了，我真的不想吃，吃不下。"

刘宇说："等你想吃的时候，我再给你做！"

过了好长时间，倩转过身来忽然对刘宇说："宇，我想喝酒！"

刘宇迟疑了一会儿，最后慢慢地说："好吧，我陪你喝一点吧。"

于是，他便到门口的小卖部里买来了两罐纯生啤酒，刘宇认为这种酒力道轻一点。

刘宇打开酒递给她，她抿了一小口，不自主地皱了皱眉头和眼睛，刘宇知道她从来就没有喝过酒。

"这酒的味道怎么会这样啊？"倩不解地问。"我看着别人喝还以为多好喝呢！"

"呵呵，那是你没有喝过，慢慢喝，别急，喝几口就习惯了。"

倩突然扬起脖子，深吸了一口气，鼓足勇气一下子喝掉了半罐，刘宇在一旁忙说："慢点喝，慢点喝！"

半罐啤酒下肚，倩顿时觉得脸上发烧，头都有点晕乎乎的了。

刘宇说："行了，喝一点就行了，别喝醉了！"

倩说："我就要喝醉，别管我！"说着便把剩下的半罐啤酒又一气喝了下去，她顿时觉得肚子里面翻江倒海，难受万分，压抑已久的情绪一股脑儿冒了出来，便嚎啕大哭了。

真是不胜酒力，早知道这样就不让她喝了，刘宇想，这不是自己给自己找麻烦吗？

于是，刘宇便像哄小孩子一样地来哄她：“你要对自己有信心，相信这个世界不至于对我们这么不公平，再说了，结果不是还没有出来吗？在结果还没有出来之前，就还有希望。”

倩说：“你别哄我了，你别哄我了，其实结果都已经很清楚了，出来没出来都一个样！”

谁都知道结果已经定了，但是此刻刘宇不能说，只是一味用牵强的理由来安慰她，最终她迷迷糊糊在他的怀里睡着了。

刘宇把倩缓缓地放在了床上，轻轻地褪去了鞋子，盖上被子，才长长地舒了一口气。睡吧，亲爱的，睡着了，就什么都不想了。

窗外已漆黑一片，没有月亮，也没有一点亮光。在这农历三月的西北乡村，尚残留着春寒料峭的余威，一股强劲地冷空气从门缝里吹进来，他不禁哆嗦了几下。

他们就这样等待着结果，就像明知道自己是死罪的囚犯只等待着最后法庭上的宣判，这种等待无疑是令人煎熬的。

后来又听说一些不服气的考生联名上访，一时间闹得沸沸扬扬。一天他用手机上网，也看到了一些考生声讨的帖子。

倩说：“早就应该这样了，不能让这些人一手遮天。”

刘宇说：“恐怕也是闲折腾，也改变不了事实。”

后又听说，媒体开始介入这件事，这下有关部门就坐不住了，开始调查有关舞弊的事，向人民承诺一定要一查到底，一定要严办。

这下子才稍稍平息了一下考生们心中的怒火，更有一种说法流传，有可能这次考试成绩作废，重新组织考试。

这对倩这样一些受害的考生来说，无疑是一个振奋人心的消息，当刘宇吧这个消息告诉倩的的时候，倩像是抓住了一根救命稻草般说：“这是真的吗？”

刘宇说："好多人都这么说，但愿如此吧！"

也许，这只是考生们的一厢情愿，考试结果还是如期地公布了，成绩并没有作废，就像预料中的一样，倩榜上无名，随之公布的，还有对这种考场舞弊事件的处理结果。

一下子揪出了五十多名舞弊的考生和好些偷窃试卷、倒卖答案的人，对违纪考生进行了严肃的处理，不但考试成绩无效，而且三年内不准参加任何形式的就业考试。至于倒卖答案的人，则在进一步处理当中。

这让他们彻底地失望了，难道有五十人就不会有五百人？这样的处理结果，根本谈不上什么公信度，但是谁又能怎么样？

刘宇忽想起了大飞，他不会卷入这一次的事件当中吧？于是，在稳定了倩的情绪以后，便匆忙拨打大飞的电话。

"您好，你拨打的电话已关机。"一连几日都是关机，刘宇隐隐觉得有一种不祥的预感，十有八九是出事了。但是料想大飞也没有那么大的手段可以偷得试卷，如果真能弄到的话，就凭他和自己的交情，怎么样也会给倩透露一点。

大概过了两周左右的时间吧，大飞的电话终于打通了，刘宇很激动，一开口便说："这段时间到哪儿发财去了，一连好多天电话都关机？"

大飞沮丧地说："咳！别提了，还发财呢，是破财去了。"

刘宇觉得有些不太对劲，便小心翼翼地问："你没事吧？"

大飞沉默了一会，低声说道："我刚出来。"

刘宇很快领会了大飞的话，原来大飞真的与事件有关，一面心里怪他不厚道，一面又替他惋惜，说："那怎么处理的？"

大飞说："教育了一下，罚了一笔款就放出来了。"

刘宇问："就这么简单？"

"还能怎么样，刚开始还挺严肃的，到最后才弄明白，实际上还得用钱摆平，谁不爱钱啊。”

刘宇说：“大飞，其实我真不相信你有那么大的能耐，能够偷出试卷。”

大飞委屈地说：“是啊，我哪儿有那么大的能耐啊，如果真有，我也不冤！”

刘宇这就不解了，问道：“你没偷试卷吗？”

“我哪儿能偷到试卷呀，我只是卖一些假答案，骗点考生的钱。没想到自己却成了替罪羊。”接着又说：“你也不想想，人家既然能偷到试卷，你能那么轻易抓住吗？换句话说，即使你抓住了又能咋样？”

刘宇一想，也是啊，我们怎么就没有想到这一层啊。

“唉，这一次抓住的考生也都是什么都没抄上的，真正抄上的倒没事，这就是现当今的社会。”

至此，刘宇方明白，原来所谓的处理结果，只是一出掩人耳目的把戏。

刘宇劝大飞：“以后再不要干这种傻事了。”

大飞感叹地说：“是啊，我也想着再不能这样小打小闹了。”

挂了电话，刘宇心里久久不能平静。他原以为倩已经很倒霉了，却没想到那五十名考生比倩更倒霉。

后来又有人说，有好些受冤的考生到县政府请愿，跪了三天三夜都没有人理会。一名考生竟神经失常，成疯癫状，不知是不是真的，人们只是这样流传。

古有范进中举而疯，现在这又应该叫什么呢？

他时时刻刻观察着倩的一举一动，还有她的情绪，没想到，这一次，倩却是意想不到的平静。每天仍然做饭、洗衣。

这倒反而让刘宇心里感到不安，会不会在某一天猛然间爆发，那后果真的就不堪设想了。

于是刘宇小心翼翼地问她："倩，你没事吧？"

"没事啊。"倩一脸平静地说。

"你的反应有点反常，我怕……有情绪你还是发泄出来吧，不要积压在心里。"

倩强作微笑地说："那你的意思我整天吊着个脸，一副伤心欲绝的样子才对，是吧？"

刘宇说："我也不是这个意思，你真的没事？"

"真的没事。"倩接着又说："我也想通了，高兴一天，不高兴也是一天，身体是自己的，自己应该珍惜，你再整天不吃不喝，伤心欲绝，那些混蛋照样还是腐败贪污，还不如对自己好一些。"

刘宇笑道："呵呵，你这样想，我就放心了。"

天气是一天比一天暖和了，在一个阳光明媚、风和日丽的星期天，刘宇对倩说："今儿天气好，我带你去湖边玩吧。"

倩说："我不想动。"

刘宇说："难得有这么好的天气，又是周末，出去放松放松，其实那儿景色蛮不错的。"

倩看着刘宇期待的眼神，不忍心拒绝，便说："好吧，等我换件衣服。"

等穿好了衣服，刘宇便骑着摩托车，载着倩一路向湖边走去。

看着微波粼粼的湖面，湛蓝湛蓝的天空，还有成群结对的鸬鹚，刘宇的心情格外舒畅。

微风徐来，撩乱了倩的发丝，她似乎并不那么高兴，倒显得有些忧郁。

刘宇问她："不高兴吗？"

倩故作轻松地回答道："没有。"便挽起他的胳膊在湖边漫不经心地走去，只是一路走着，并没有多说几句话。有时候，他感觉倩有什么话要对自己说，但是又欲言又止的样子。

天忽然又阴了下来，刚刚还阳光明媚，现在却感觉就要下雨的样子。

刘宇抬起头望望阴云密布的天空，骂了句："鬼天气，说变就变。"

倩依然默默不语。

27

一连下了好几天雨。

淅淅沥沥的细雨夹杂着泥土的芬芳，随着微风的吹动，在天空中肆意地斜飘，好不容易回升起来的气温，一下子又降了下来，弄得人心里面也凉凉的。

倩似乎一下子变得多愁善感起来，整日坐在窗前，一个人看着蒙蒙的细雨发呆，一声接着一声叹息。

这日中午，刘宇眼睁睁地看着她煮方便面的时候，锅里没有盛水就开了电磁炉，好在刘宇在旁边看见了。她不好意思地笑了笑，笑得很僵硬，刘宇不知道她为什么最近一直这样失魂落魄。

转眼就到了周末，星期四的晚上，倩早早地就准备了晚饭，比平时丰盛了许多，其实就是多炒了几个菜而已。

刘宇不解地问："今天是什么节日吗？"但是怎么也想不起来今天是什么节日。

倩涩涩地笑道："不是节日就不能改善一下吗？"

“呵呵，当然可以。只是辛苦你了。”

“没事。”倩一边说着一边摆好了碗筷，而且令刘宇意想不到的是还准备了两罐啤酒。

倩说：“我们今晚喝一点吧！”

刘宇高兴地说：“好啊！”

倩举起啤酒说：“来，干杯！”

“干杯！”刘宇兴奋地回答道。

这一顿饭，刘宇吃得特别高兴，也多吃了一些。好长时间了，刘宇还从没有觉得生活这样有情致过。虽然只喝了一罐啤酒，刘宇便觉得有些飘飘然了，也许是酒不醉人人自醉吧。

灯光下，由于酒精的作用，倩的脸庞显得更加地光滑细腻，而且泛着红晕。看着她漂亮的脸蛋，刘宇再也按捺不住心中那股原始的冲动，伸开双臂把倩搂在了怀里，深深地吻了下去。

而倩也早已经闭上了眼睛，热烈地回应着他的吻。他们开始变得迷乱，倩也像刚刚回来那天晚上那么主动，那么疯狂，好像要把这一生的爱都要在这一刻爆发完全一般。

激情过后，倩明亮的双眸突然滑出两行清泪，顺着脸颊，一直流淌到嘴角。

刘宇还沉浸在之前的兴奋当中，一下子不知所措，慌忙用手指拭去她眼角的泪水，轻声问道：“怎么了？”

倩只是默默地注视着他，不停地掉眼泪，好像有什么难言之隐。

刘宇隐隐感觉到将要有什么事要发生。

“怎么了，倩。”刘宇再次关切地问道。

倩抬起迷离的双眼，尝试了好几番终于说出了口：“宇，对不起，真的对不起。”

刘宇把她搂在怀里温柔地说："你没有对不起我，为什么要说这样的话呢。"

"宇，真的对不起，我知道我这样做会再次伤害你，但是我真的不想再过这种生活。这不是我想要的生活，我实在忍受不了这种清苦，所以我……"

刘宇只觉得脑袋嗡嗡直响，只是默默地听着倩诉说。

"其实我一直在努力说服自己来习惯这种生活，但是最后我发现，我还是没有办法适应这种生活。我虽然不是一个胸怀大志、野心勃勃的女人，但是我也不想就这样安心地做一辈子家庭主妇。好歹我也是上过大学，受过高等教育，我不能就这样一辈子在这穷山沟里洗衣做饭带孩子。"

"我只想做一个独立的女人，能够实现自己的价值。我是真的很爱你，这一段时间以来，我一直都在做着艰难地抉择，但是鱼和熊掌不可兼得，天下事不能完美，所以我只好忍痛……"

说着说着，倩便哽咽着说不下去，此刻，刘宇也早已泪水糊满了脸庞。

"我真的舍不得你，但是我没有办法，宇，请你原谅我好吗？你能理解我吗？"

刘宇极力克制着自己说："我知道，我能理解，做你想做的事吧，是我的奢望太高。"

"你真的不怨我吗？"倩悲恸地问。

"我真的不怨你，我只怪我自己，只怪我自己没本事，也怪这个社会太不公平。"刘宇和着泪水说道。

倩一下扑到他的怀里，紧紧相拥，任凭眼泪肆意地流淌。

如水的月光透过窗户洒满整个屋子，刘宇借着月光仔细地端详着依偎在自己怀中这张熟悉可爱的脸庞，将要再一次消失在自己的生活里，或者永远地消失在自己的生活里，不由得一阵心酸。

他爱她，所以他和上次一样，没有挽留她。爱她，就应该放手。

“你打算什么时候走?”

“就最近吧!”

“那好，明天我们去把离婚手续办了吧!”

倩噙着眼泪说：“嗯，今晚就让我们好好爱个够吧。”

第二天，刘宇便向校长请了假，去县里办离婚手续，由于没有财产分割，手续异常简单，只把红本变成了绿本。那一刻，刘宇有一种欲哭无泪的感觉。

回来以后，默默地看着倩收拾行李，能多看一眼就多看一眼吧，也许今生都不会再相见了。

“这个留下吧，也算是一种纪念。”他指着倩的一张单人照说。

“嗯，我多么希望你能尽快把我忘记。”倩幽幽地说道。

刘宇接过相框，小心翼翼地放进了抽屉里。

第二天一早，刘宇便将她送到了车站，离别时，倩说：“宇，我这一辈子都不会忘记你的。”

刘宇说：“我也是。”

汽车就要启动了，倩含着泪花对他说：“保重!”

“保重!”

倩给了他一个大大的拥抱，便猛地转身上了汽车。

望着绝尘而去的汽车，刘宇想，这次是真的永远失去她了，泪水不由地滴落了下来。

永别了，最爱，从此不再相见。

越是爱得刻骨铭心，越是伤得痛彻心肺。

从此，他们便各自离开彼此的世界，各自承受爱的伤痛。

天空又下起了蒙蒙细雨，地面湿漉漉的，刘宇的心里也是湿漉漉的。

到学校的路虽不长，但是，刘宇觉得此刻已无力气走下去。他慢慢地摸出一支烟点燃，狠狠地抽着，大口地吞着烟雾，但感觉似乎已麻木。

他一时不知自己去哪儿，只是慢腾腾地骑着摩托车一路走着。青青的麦苗恣意地享受着雨丝的滋润，偶尔有几个农夫在田间弯腰干活。

他不想回学校，也不想面对学校那冰冷的环境。想着想着，他不由自主地朝回家的方向走去。

回家吧，只有父母不会抛弃自己，只有父母的爱永远不会变。然而父母却是我们最容易忽略的人。

回到家时，父母下地干活，还没有回家，大门紧锁着。刘宇便把摩托车停放在了门口，随之溜上了屋后的一座小山坡。

小山坡上杂草丛生，长了许多树木。记得高考落榜那年，整个燥热的夏天，他几乎都在这座小山坡上度过。当年幼小的树苗，现在都已经长高变粗，曾经坐过的老树桩，如今却已腐朽发黑。

刘宇看着眼前的一切，不禁悲从中来。

父母下地回来已到了中午，见儿子回家甚是高兴，也顾不得疲劳便张罗着做饭。刘宇心里有一种说不出的痛楚。

“妈，别忙，我不饿，你先歇会儿吧。”

“都中午了，咋不饿呢？再说我们也要吃饭。”母亲笑着说。

吃饭时，父母不停地给他添饭，让他多吃一些。刘宇眼泪就不由自主地掉进了碗里。

“咋了？孩子。”母亲关切地问。

刘宇慌忙擦了擦眼睛，僵硬地笑道：“没啥事，妈。春天风大，骑摩托车风一刮就流眼泪。”

父亲半信半疑地说："哦，不要紧吧？以后尽量骑慢一点。"

"嗯，知道了。"

吃完饭，好久不见，父母还想说什么。刘宇便抢先一步说："妈，我感觉有点感冒，我先去躺一会儿。"说着便起身。

母亲问："严不严重，要不抓两服药。"

刘宇忙说："不用，不太严重，睡一觉就好了。"说着便朝自己的房间走去。

父母知道儿子心里有事，但是又不好问，只好关切地看着他出去。

刘宇把自己关在屋里整整睡了两天，或许是已经受过一次打击的缘故，或者打击受的多了就会有抗药性，除了感到累，失落以外，并没有悲伤过度。

周一回到学校，他仍然和平时一样，正常上课，下课，煮方便面，批阅作业。

中午时分，小刚无聊时转进屋子，看刘宇一个人抽烟，问："女朋友呢？"

"走了。"刘宇故作平静地回答道。

"哦，什么时候再回来？"

刘宇吐了一个烟圈，弹弹烟灰说："不会回来了，永远都不会回来了。"

小刚不解地问："怎么了？"

"我们再次分手了，这一次是彻底分手了。"刘宇叹了一口气说。

小刚沉默了一会儿说："女人都是无情的动物。"表现得有点愤怒。

"不是的，我理解她。"他替倩解释道。

小刚也点燃了一支烟闷闷地抽着。

刘宇问："她还没有消息吗？"

小刚苦笑到："没有，一直没有。"过了一阵又说："她也不会回来了，永远都不会回来了。"

刘宇不知从哪儿挤出一声苦笑："哈哈，现在我们同是天涯沦落人啊。"

小刚附和道："是啊，同病相怜！"

窗外忽然刮起了大风，直吹得红旗啪啪作响。

刘宇百无聊赖地说："鬼天气，又起风了。"

"是啊，又起风了。"

28

大飞说他要走了，这里虽然是自己的家乡，但是这里不属于他。经过这次事件，自己的颜面丢尽了，也没有脸再在自己的父母跟前混下去了，所以他要离开。

刘宇问，那又能去哪儿呢，在哪儿还不是一样？机会还不是一样少得可怜？

大飞说，那总比待在家里强吧！天下之大，难道就没有自己的容身之地？至于能不能混出人样，就要看运气了，就算是信命吧。

刘宇说，那好吧，祝你一路顺风，无论怎样，千万别把自己弄丢了。

大飞说，你就放心吧，我再脑子缺弦，还不至于弄丢自己。

就这样，大飞走了，不声不响地走了，在父母的叹息声中走了，在别人的责骂声中走了。也可以说是大飞逃了，逃到了一个连他自己都不知道的地方。

刘宇想，难道我们这一代人追求自己想要的东西就这么难吗？

生活重新变得单调乏味，懒懒地消磨着所剩无多的青春年华。

一天，学校门口突然停了一辆桥车，一般来这种地方的桥车要么是领导检查工作，要么就是骗子，而这两种人一下子又难以分辨。

车上下来两三个中年人，一律夹着黑色公文包，衣着光鲜，看样子真像领导。一进门，就问校长室在哪儿。

这下可紧张坏了校长，一边低头哈腰，一边敬烟，主任则在一旁殷勤地端茶送水。

这一行人倒也沉得住气，很有架子的样子，待屁股坐定以后，才将话题转到正题上来，让人意想不到的是，这一行三四人并非领导，而是来推销教育器材的。

校长一听，莫名其妙地就火了，一改之前的态度说："这个我们学校不需要，各位请自便吧！"

那人说："我们有教育局的介绍信，不信你看。"说着便从公文包里翻介绍信。

校长说："有介绍信你们去教育局推销吧。"

这些人真是难缠，不依不饶，死缠烂打，又是激将法。关键是要放血，校长才不吃这一套，最后竟把他们强硬地轰了出去。

校长说："怎么现在的骗子和领导没办法辨认呢？"

一天下课，校长突然把他叫到办公室，递给他一张纸说："你看看吧！"

他不明所以，拿起来一看是一则调动的通知，校长说："恭喜你啊，要到大单位去了。"

刘宇本想说，其实他不想去，还是觉得这里好，但是一想，也用不着这么虚伪，便说："还是您栽培的功劳！"没想到，这随口说出的一句更虚伪，自己都觉得不好意思起来。

校长哈哈大笑道："你这样说，我很高兴啊。说实话，我不想让你走，但待在我这里没啥出息，不能耽误你的前程不是？到了大单位好好干，小伙子大有作为！"

刘宇心里不由得一阵激动，便说："校长放心，我一定会的，我也会经常回来看大家的，毕竟这是我工作过的第一个单位。"

校长说："这就好，去了新单位，人多，有些事复杂，还是多一个心眼吧。"

刘宇点点头说："嗯。"

出来以后，刘宇不知道这是一个好消息，还是一个坏消息。让他弄不明白的是，好端端的怎么会调动，况且他也没有走后门托关系。

这些事情，他永远都想不明白，他也确实想换换环境。车到山前必有路，船到桥头自然直，去了再说。

看看自己待了大半年的地方，虽然破败，此刻却感觉格外亲切。也许是日久生情的缘故吧，说不定哪天还会怀念这里。

最后一堂课，他上得格外认真，看着这一张张熟悉的面孔，还真的有点不舍，况且孩子们也是很喜欢他的。上完课，他说："同学们，这是我为你们上的最后一节课，以后不管谁做你们的老师，都要踏实做人，认真学习。"

孩子们面面相觑，问道："老师，那你干吗去？"

他说："我要调到中学里去教书。"

孩子们又问："那你走了，谁来教我们呢？"

"学校会再安排老师来教你们的。"

有几个女孩子已经偷偷地抹起了眼泪。他们真是一群天真可爱的孩子。他们央求："老师，你别走好吗？"

他也舍不得这群孩子们，可他却不愿意一直待在这个地方，况且，这么好的机会不能白白浪费，便说道："同学们，听我说，我也不想丢下你们，本想着能够带到你们毕业，但是，这次机会对老师来说很重要，老师也需要进步呀，同学们，你们说对不对？"

孩子们的表情都很凝重，只是依依不舍地注视着他。他又说："等你们小学毕业了，升到中学，我还会再来教你们的。"

他最不能接受这种离别的场面了，但是有些时候，我们真的没办法选择。

他要调离的消息很快就传遍了学校，老师们私下里都议论纷纷，见了他又装得一本正经，但是他总觉得怪怪的。

中午时分，主任到他房子来，看着他正在收拾东西说："祝贺你啊！"但是显然不是发自内心的。

他说："坐吧，没什么，这有啥祝贺的。"

主任很神秘地问他："这次花了多少？"

他不解地问："什么花了多少？"

主任笑笑说："你就别装了，这也不是什么见不得人的事，现在这很正常，更何况像调动这种事。"

他终于明白主任说的啥意思，笑笑说："真的没有。"

"没花钱？令人难以置信！"主任狐疑地说。

"我也想弄清原因。"

主任凑近了他，压低声音说："你就说说吧，其实我也想调动，你透个底，我也好办事，主要是不知道领导的胃口有多重。"

主任环顾了一下外面，看见没人，接着又说："我实在不想为这个老家伙卖命了，干了几年了，一点好处都不给，都让他一个人吞了。”

刘宇笑笑，很无奈地说：“我真的没有走后门。”

主任一听，脸色立马暗了下来，气哄哄地离开了。

早知道这样，他胡乱编个数目算了，什么世道啊，说真话反而得罪人。

除了一些衣物外也没有多少东西，刘宇不一会儿便收拾完了，看着空空的房间，就要离开这个地方了，不知道是喜还是忧。

静静地抽了一根烟，只是悲凉，要走了，也没有一个人来送送自己，说一两句祝福的话。

他觉得小刚应该过来说几句话，但是也没有，这不免让他有点失望。

天气很好，云很淡。他载着东西一路颠簸着便回了家。

第二天去中学报到，这可是他的母校，以前的老平房早就荡然无从，都盖成了楼房，五层的教学楼很是气派。

进去以后，刘宇都寻不着他以前的教室在什么地方了，但是整体的感觉还不错，整洁而错落有致，校园绿化也很好，这让刘宇心里有一种抑制不住的兴奋感。

他去办公室报到，那里的老师也很友好，校长也在，很快就给他安排了住宿，等一切都安排妥当了，刘宇才长长地舒了一口气。新的生活马上就要开始了，他还得适应一下这里的环境。

于是，他便漫无目的地在校园里转悠起来，这里的变化真大，几乎看不见他上学时残留的痕迹了。老师也都是一些新面孔，教过他的老师也未曾见到。

主任给他安排了初二的数学，这下总算专业对口了，大学校就是大学校，他以前一直在干公鸡下蛋母鸡打鸣的事，现在突然有一种被解放的感觉。

但是又听说，这个班也是学校最乱的一个班，这让他感觉有点失落，怎么到哪儿都是别人挑剩的骨头。

安顿好了一切，他正躺在刚铺好的床上歇息，突然有人推门，他一看是教过他的马老师，没想到还在这儿教书，他感到格外亲切。

“马老师？快请进！”他忙说。

马老师进来以后，很和蔼地笑着说：“今天听说调进来了一个新老师，一看是你的名字，我就想这不是我的学生吗？于是就过来看个究竟，没想到还真是你，哈哈。”

刘宇不好意思地说：“呵呵，老师你先坐，不好意思，刚收拾完，给你想倒杯水也没有。”

马老师环顾着房子四周说：“没事，房子还收拾的挺干净整齐的。有什么困难尽管说，有什么能帮的别客气了。”

他说：“谢谢老师关心。”

马老师坐下以后，一边抽着烟，一边意味深长地说：“你曾是我最得意的学生之一，我原想着你能干一番大事业的，没想到……唉，不说了，现在也好，老师嘛，稳定！”

刘宇惭愧地说：“真是辜负老师的厚望了，这不是回来做你的接班人，培养下一代了嘛。”

马老师爽朗地笑道：“哈哈，也是，也是！”

他现在虽然是调到了这个学校，但是却始终没有弄明白，无缘无故怎么会把他调来，况且当时学区校长兼中学校长说要看表现的，他也没表现啊。

后来他慢慢知道，原先的数学老师是个女的，听说还和校长有一腿，不知是真是假。怀孕了便请假回家去休息，由于这个班数学实在太差，其他老师都不愿意接手，于是校长便把他调来了。

这只是在学校混熟了以后从侧面听到的，但是不管真假，这样解释的话似乎也能说得过去。

但是，慢慢发现这个班数学之烂确是不争的事实。

29

刘宇就这样开始了他新的生活，虽然同样是教书，但是毕竟换了一个单位，他还是有一种新鲜感。随着时间的推移，新鲜感却在逐渐地消褪，最后又变得无聊起来。

人一多，关系就变得复杂，刘宇在小心翼翼地应付着周围的人和事，试图尽早地融入这里的生活。慢慢地，他发现，这里比想象中的还要复杂得多。

马老师说：“天下的衙门都一样，不是尔虞我诈，就是勾心斗角，这里也不例外。”

他就想不通，做个小老师还得整天应付这些无聊之事，但是你不算计别人，别人也会算计你。今天几个老师一起聊聊天，说几句抱怨领导的话，明天就可能传到领导的耳朵里，这种事经常会出现。于是最终弄得老师们一下课就各回各的房子，紧闭门窗自我关禁闭。

祸从口出，不说话总可以吧！这样也就避免别人抓住你的把柄，拿着你的话去领导那儿去谄媚。

在这样的环境下，刘宇来好长时间了也没个和他可以聊天的人。尽管他对其他老师也很友好，表现得很谦虚，但是人家在对他很客气的同时，也在时时提防着他，这让刘宇感到很郁闷。

一日，学校最漂亮的女老师潘虹突然来到他的房子，这让他很是意外，平时见了只是打打招呼而已，也没多少交往。但是在这里，毕竟她也算得上个美女，所以并不排斥她。

就她那火辣辣的身材，不知道让多少男人想入非非。刘宇想，要不是她已经结婚，说不定还真能有一腿。

说了半天，潘虹才把话转到正题上来。她说：“刘老师，我有事和你商量一下，你看行不行?”

真是无事不登三宝殿，但是刘宇还是平静地说：“你说吧，能帮我就尽量帮了。”

潘虹吞吞吐吐地说：“是这样的，下一周我老公单位组织去外地学习，我也想随他去逛逛，你知道，这种地方，时间一长就把人呆腻味了，再说了，是公费的，不去白不去，是吧?”说完，一双勾人的眼睛直勾勾地注视着刘宇。

刘宇问：“那我能帮你什么?”虽然是明知故问。

“我想让你帮我代一段时间的课。”

刘宇注视着她摄人心魄的眼神，实在是不忍心拒绝，但是一想，这样无理的要求也敢说，你和老公快活去了，我倒为你处理烂摊子，凭什么?怎么人人都专拣软的柿子捏。

最终，刘宇没有败在她那摄人心魄的眼神之下，慢慢地吐出一口烟，说：“这个嘛，我真的无能无力，你知道我刚来，遇上了一个烂班，这几天都忙得我焦头烂额，实在是上气不接下气，所以……”刘宇其实已经把话说得很明白，但是最后又加了一句：“再说了，我又不是历史专业，我也带不好。其实我真想帮帮你。”

此话一出，潘虹的脸色立马就变了，没有了笑容，之前摄人心魄的眼神也都市变成了白眼，忿忿道：“不帮就不帮，还找那么多理由，我原以为你比其他老师有人情味，有助人为乐的精神，没想到你和他们一样冷漠。”说着便起身出门。

没走几步，又回过头来说：“我找校长去，不信校长也没有人情味。”说完头也不回地走了，只听见很强烈的高跟鞋撞击地板的声响。

刘宇想，这算什么事，真是世风日下，人心不古啊！刘宇这样自言自语地调侃道，苦笑一声，无奈地摇摇头。

外面的天气很好，他刚要想着出去透透气，晒晒太阳，电话却响了。他一看是办公室打来的，校长说：“刘宇，你到我办公室来一下。”

他应了一声：“好的，一会儿就到。”便向校长办公室走去。

到了校长办公室，让他大吃一惊的是，潘虹也在，就坐在办公室的皮沙发上，校长很热情地说：“小刘，坐。”

于是，他便很不自在地坐在和潘虹隔着一个人的位置上，怯怯地向校长问道：“您找我有什么事吗？”

校长呷了一口茶，慢慢地说：“是这样的，潘老师临时有事，需要请一周假，所以学校研究决定，由你暂时顶替潘老师为初二上一周的历史课。”

这下刘宇可傻眼了，忙说：“可是，历史我不懂呀？”

校长说：“那不正好吗？可以边学边教，一举两得。年轻人嘛，就要保持不断学习的习惯，毛主席说过，活到老，学到老嘛。”

校长把话都说到这个份上了，他还有什么话可说，还有什么理由可辩驳。

最后校长说：“小刘啊，你刚参加工作不久，要好好向潘老师这样一些教师学习，同事之间有困难应该互相帮助嘛。”

刘宇不情愿地点点头，真是人在屋檐下，不得不低头啊。

校长又说：“好了，没啥事了，你先去忙吧。”他转身就要走，潘虹轻蔑地对他说："谢谢你，刘老师！"眼神里透露出来的得意似乎在说："怎么样？服了吧？"

他偷偷地用鄙夷的眼光瞪了她一眼，一声不吭地出了校长办公室。

在他身后，他似乎听见潘虹娇嗲嗲的声音在说："看样子，他不是很情愿啊。"

校长说："哼！不情愿他能怎么着，真把自己当神了！到这里来就应该听我的！"

潘虹附和道："那是！那是！您是老大嘛，您说了算，还有谁不敢听哪！"

刘宇气得直发抖，抬起胳膊狠狠地扇自己两巴掌，立马感到火辣辣地疼痛，不停地抱怨自己窝囊，就这样被欺负。心想有朝一日非奸了潘虹，阉了校长不可，这样想着，心里稍稍解气了些。

早在以前，就听说学区校长和好多女老师有染，不清不白，他还不大相信，现在来到这里，慢慢发现，果不其然。

马老师说："忍一忍就过了。你还年轻，你看不惯的事情还多着呢，我这么大年纪了，到现在还夹着尾巴做人呢。"

刘宇委屈地说："嗯，我就是一时想不通。"

马老师拍拍他的肩膀说："熬吧，熬过去就好了，这是每个人都必须经过的阶段。"

就这样，刘宇又多了一门历史课，便开始变得手忙脚乱起来，每天要花大量的时间来备课，还要批改作业，简直弄得他焦头烂额，心情也极差。

但是，他想着无论怎么样也不能糊弄学生，总不能把自己的不幸转嫁到学生的身上，孩子是无辜的。虽然心里有太多的不满，还是认认真真地备课、上课、批改作业。但接下来发生的一件事，却令他彻底对这个行业失去了信心。

这天，他正在上历史课，他在上面讲得津津有味，坐在后排的一个同学却鼾声如雷，惹得全班同学一阵阵哄堂大笑，都没有心思再听他讲课，都把注意力集中在了此同学的鼾声上。

刘宇朝着后面大喊一声："后面睡觉的那同学？"

谁知还是没有反应，鼾声依然如雷，全班学生又是一阵大笑。

刘宇有点来气，提高分贝大喊："后面睡觉那同学，站起来！"

还是没有反应，照样鼾声如雷，全班学生这下笑得更厉害了，似乎在看他的笑话，看你怎么处理这件事。

刘宇气不打一处来，终于忍无可忍，大步走下讲台，走到哪学生跟前，朝着后颈就是一巴掌，那同学方从梦中惊醒，不明所以，看着全班同学哄堂大笑，脸变得通红。

过了几秒钟，突然怒目圆睁，感觉似乎受到了莫大的耻辱，挥起拳头，就朝刘宇的鼻子上一拳。

刘宇本没有防备，这一下子眼镜都打飞了，顿时鼻孔里流出了血。班上的学生这一下子都惊呆了，慌忙找到了眼镜，七手八脚把他扶回到房子里。

刘宇心里的那个窝囊气啊，真是没办法出，要是自己不是老师，真想拉开架势和他干上一架。

此事一下子在学校流传开来，大家似乎不同情他的遭遇，却成了别人的笑料谈资，不责怪学生的错，反而说他窝囊，一时刘宇感到无脸再见人。

他必须讨一个说法，不能就这样算了，要不，这样的老师还咋当呢？最终此事闹到了校长那里，校长一边安慰刘宇，一边说这在学校里是经常发生的事。

最后，学校请来了这位学生的家长进行调解，校长说：“待会儿你按我说的做！”

刘宇点点头。

调解开始后，校长对家长说：“此事既然发生了，我们总得解决，刘老师打你家的孩子是有些不妥，但是也是本着教书育人的原则。”说完校长对刘宇使了个眼色说：“刘老师，给学生道歉！”

刘宇满脸的不解。但在校长的催促下还是极不情愿地对学生说：“对不起，是老师不对，一时激动！”

校长说：“现在我们的老师也道歉了，你看你家孩子打老师这事怎么处理，可以说是性质极其恶劣！”

校长本想好好教训一下这一对父子，没想到家长却振振有词地说道：“无非就是一拳一巴掌的事，就算扯平了，还能怎么处理。”

校长没想到还有这等无赖的家长，一下子被噎得一句话都说不出来。过了一大阵子才气急败坏地说：“看样子，我们是教不了你家的孩子了，你另请高明吧！”

家长也气愤愤地说：“让你们教我的孩子，我还真有些不放心，再说了，现在读不读书不都一个样，只要能挣钱就行！”

于是一边骂骂咧咧，一边领着孩子出了校门，从此那个学生就再没来学校。此事也就这样不了了之，只是在全乡镇留下了学生打老师的恶名，曾被作为笑话流传了好久。

自此以后，刘宇也学得圆滑了些，不再跟学生较真，也不是那么对学生尽职尽责了，有些事情，睁一只眼闭一只眼也就过了，免得再给自己找麻烦。

30

人间四月芳菲尽，桃花开了又谢了。

还没来得及欣赏春天的大好风光，春天已经悄然远去了。没有人陪刘宇踏青，也没有人和他一起看桃花，时间就这样稀里糊涂地忙碌着一路走到了夏天。

有一天，他突然发现自己还穿着春天的大外套，人家都换上了清凉的衬衫或者T恤，他这才感觉到真的有些热，甚至一时间热不可耐了。于是匆匆褪下了春装，换上了清凉的夏装，顺便照一照镜子，发现自己苍老了许多，头发脏乱不堪，满脸的胡须更显得整个人的颓废。

他低低地叹声气，慨叹青春年华就这样无声无息地消逝了。忽地似乎一道亮光刺痛了他的眼睛，他有白发了！这是他的第一根白发，愁一愁，白了头，也许是这些天来郁郁寡欢的结晶吧！

倩说，她一切很好，重新开始了自己的生活，而且恋爱了。他很平静地祝她幸福，是真心的。

阿虎说，他就要毕业了，正在忙碌地准备着毕业后的就业考试，但是不知道能不能考上，考生数量多得惊人，而岗位少得可怜。他对自己一点信心都没有，对未来依然感到很迷茫。他问："刘哥，我该怎么办?"

刘宇安慰说："不要想太多，不是你一个人有这种感觉，好多人，几乎全部的人都有这种感觉，既然生在这样一个时代，就坚强地面对吧!"

阿虎说，可是，他心里还是没底气，一点底气都没有。

刘宇这就无语了，其实他自己何尝不是呢，也不能怎么有效地安慰和激励阿虎。

华子说他又升职了，刘宇真的为他感到高兴。华子也许是他认识的朋友里面混得最好的一个了。

除了远在天国的小胖，就大飞和小凡依然没有消息，也许这辈子都不可能再见到了小凡了，也不会再联系了。而大飞说不定哪天突然会出现在他的身边，在他意想不到的时候一个电话说："刘哥，我回来了，哈哈！"他总是这样。

在学校，他整天面对的是一帮难相处的同事，时时刻刻都得小心翼翼地应付，一不小心就会卷进是非的漩涡。在这样的环境里，他感到身心疲惫，也在忍受着内心深处孤独的煎熬。

他经常想起昔日的朋友，那时大家在一起多么地开心，谁也不会忌讳什么，想说什么就说什么，而现在却连见一面都不容易，这不免让他有些感伤。

六月的天气已经很热，太阳火辣辣地炙烤着大地，人的心里面也躁动不安，甚至有些窒息。这一段时间，他烟抽得比平时多了，有时候一个人喝闷酒，喝着喝着，不知道什么时候就睡着了。

天气一热，课堂上打盹的学生实在不在少数，但是有了上次的教训以后，他也不再去管，只是自顾自地上自己的课。他觉得能够对得起自己的良心就行，至于学不学是他们的事。所以这样的课堂肯定是索然无味的，就连自言自语到最后也没办法再说下了，于是索性不讲了，让他们自己看。

说实话，他实在讨厌这种工作！

明辉打电话说："我要结婚了，有没有时间参加我的婚礼！"

他想了想说："实在不好意思，课程太多，领导又专挑刺，所以不能参加你的婚礼，望见谅！"其实也未必抽不出时间，只是刘宇现在不愿意参加公共的活动。

明辉说："没事，我理解，咱俩谁跟谁啊。"

刘宇说："谢谢你能够理解，还是要祝你们新婚愉快，早生贵子，白头偕老！"

明辉说："多谢你的祝福，人不到，心意到就行！"

六月，一个金灿灿的季节，漫山遍野的麦子都黄了。一阵阵暖风吹过，泛起一道道金色的波浪。

该是收获的时候了，天刚亮，就能远远地看见对面山地里农民们收割麦子的身影。从太阳升起一直忙到夕阳西下。他自小在这里长大，知道收割麦子的艰辛。

然而，就这样辛苦一年种的麦子，到头来也卖不了几个钱，于是大多数人便荒废了田地，背井离乡去城里挣钱。有些人确实挣到钱了，回来后盖了新房子，置办了家具。

天底下，农民是最苦的。以前还可以通过读书来改变命运，而现在读书这根救命稻草也失去它的微弱分量。在这一点上，刘宇深有体会。

难道农民的儿子始终都逃不脱农民的命运？刘宇这样想的时候，心里就有些愤愤不平了。

他长长地叹了一口气，望着暮色中匆匆回家时农民疲惫的身影，他也感到满身的疲惫，眼睛里掠过一丝丝黯淡的神色。

他一时竟不知道自己心里想要什么，或者以后的路该怎么走，他的面前似乎是一条永远没有尽头的路。

他每每被这样的情绪牵绊，心中便纠结万分，以至于终日彷徨不安，躁动起来。

眼看着自己的同龄人结婚的结婚，升职的升职，谁都比自己好，一种强烈的挫败感油然而生。回顾自己二十几载的人生，到头来还是什么都没有。

在他看来，每个人似乎都能找到属于自己的幸福，而他自己的幸福却始终遥不可及，甚至连一个努力达到的方向都不曾有。

记得看过的一部电影里有一句台词叫做“别跟我谈理想，早就戒了”，当时看的时候不明所以，并没有多大的感触，现在想起来，真是感同身受。

人在空虚的时候，总是爱做梦。最近，他一睡着就开始做梦，清醒后却一瞬间忘得一干二净，死活也想不起梦中的一丁点踪迹。为此，他经常暗自神伤，怎么连梦境都变得这般朦胧缥缈，短暂易逝？

又是周末，最怕的是周末，这时间又该怎么打发。当夕阳从楼顶很快地划过，渐渐地隐没在一片群山之中时，气温也随着夜幕的降临渐渐地降了下来。热闹喧嚣了一周的校园，此刻也变得寂静。

他默默地抽着烟，看着黑暗一缕缕地在眼前落下来，也不开灯，只是坐着一动不动。时间就这样无声无息地流着，直到黑暗重重把自己包围。

他缓缓地起身，到门外买上两罐啤酒，也不要下酒菜，慢腾腾地时不时地抿上一小口，不知不觉就进入了梦乡。

好长时间了，他总是重复着这样的生活。

这一次，他又梦见了他们，而且梦见了小凡，还是原来的样子，那么清纯，一脸天真无邪的样子。忽地眼睛里又充满了忧郁，带着无尽地怨恨……

他又梦见大飞回来了，这一次这小子发了，拎着大包大包的钞票，嘻嘻哈哈地就站在了他的面前。

他问：“大飞，你回来了？”

大飞说：“回来了！”

他又问："那你发了？"

大飞笑着说："发了！你瞧！"说着便拎起一个编织袋给他看。

他问："是什么？"

大飞得意地说："你自己看嘛！"

他打开一看，惊呆了，满满一编织袋钞票，全是百元大钞。他问大飞："你挣的？"

大飞说："是！走，我们吃饭去，去市里最豪华的饭店。"

刘宇满心高兴，一路上，大飞把车开得飞快，真是惬意。他问大飞："你现在有钱了，打算怎么花啊？"

大飞说："当然是先买一套房子，有了房子，老婆就好办了，还不是由我来挑？"

"然后呢？"

"然后嘛，有闲钱再找个小情人，咱也过一把'小三'的瘾。什么高尔夫、养生会馆之类的，他妈的我们也去玩一玩，哈哈。"

"哈哈，你想得倒是挺美的啊！"

到了饭店，要了最好的菜，味道真是一绝。高级饭店就是不一样，就连服务员都长得很俊，个个都是水灵灵的，就是不吃饭光看服务员也是一桩美事。

结账时，大飞打开编织袋，抽出一沓钞票给服务员，服务员却笑着说："先生，您真会开玩笑，这是冥币呀。"

大飞一听愣了，说："怎么会是冥币，你认不认识人民币？"

服务员还是笑着说："真是冥币，不信您再仔细瞧瞧。"

大飞接过来一看，傻眼了，怎么真的变成了冥币，慌忙打开编织袋一开，结果发现一整袋钞票全是冥币。

大飞一屁股坐在地上叫到："天哪，怎么会这样啊。"

叮铃铃……一阵刺耳的铃声把他从睡梦中吵醒，两三方斜斜的阳光射进了屋子。刘宇懒懒地睁开眼睛，心里骂道，这恼人的铃声，双休日还响个不停。

他伸了一个懒腰，打了一个呵欠，想继续睡，却没有了睡意。突然间觉得肚子里空空的，才想起来原来昨天晚上没有吃饭。

31

他拉开窗帘向外望去，天空瓦蓝瓦蓝的，没有一丝云彩，很干净，也没有一丝风，树梢上的蝉在焦躁地鸣叫着。

他抽出一根烟，慢悠悠地吸着，电磁炉上煮着方便面，不一会就发出嗞嗞的响声，冒出了白气。刘宇一边吃着煮好的方便面，一边回忆着之前所做的梦，一幕幕，包括话语都记得清清楚楚。想起有关大飞的那一幕，他不由得笑出了声，怎么会做这么可笑的梦。

一到周末，偌大的学校静得像没人一样，现在又是农忙时候，大部分老师家里都种了地，所以都去帮家人收麦子去了。因此，学校便顿时变得冷清下来。

刘宇想到父母在这大热的天里收麦子的情景，心里有一种难言的痛楚，于是匆匆收拾了一下，回家去帮父母收麦子。

父母也没有想到刘宇会回来，心里自然是高兴。好多年都没有干过农活了，记得上中学的时候，周末会帮家里干活，后来到外面去读书，就再也没有机会干了。现在干起来，感觉稍稍有些生疏，有些吃力。但是他干得很卖力，脱了衣服，光着膀子在火辣辣的太阳底下炙烤，任凭汗水在脊背上流淌成河。

父母说，孩子，别拼命，活儿一天干不完。他不听，还是那样拼命地干，他想用这种自我虐待的方式来刺激自己已经麻木的神经。

由于长时间没有干过农活，没多时，握镰刀把的手心里就已经磨出了好几个晶莹剔透的血泡。他也不管这些，还是一个劲地干，最终血泡全破了，流出了好多汁液，在手心里和汗水混合在了一起，他感到一阵阵钻心的疼痛。

如血的夕阳涂抹着父亲古铜色的背，那佝偻的身体弯曲成了一张干瘪的弓，在金黄的麦浪中吃力地来回蠕动。刘宇想，父亲就这样走完了他的大半生。

这一晚，他带着软绵绵的疲惫进入了梦乡，没有焦虑，也没有做梦，睡得很踏实。

经过了两天的疲劳，他又得回到学校去，整天面对嘈杂与纷繁，尤其是初三的学生快毕业了，每天早晨六点多钟，就被他们背书的声音吵醒了。他无奈地骂一声娘，便再也睡不着了，只是不愿意立马起床。

天气依然火辣辣地炙烤着大地，就连偶尔吹过来的一丝风也是暖烘烘的。

刘宇的心情依然焦躁不安。他斜斜地躺在床上，一边听着老掉牙的流行歌曲，一边吧嗒吧嗒地玩着手机。忽然，电话就唱起了歌，他被吓了一跳，手机差点滑落到了地上。

过了一两秒钟，他才猛地反应过来，原来是来电话铃声，怕个甚。心里又不觉暗暗好笑。

他用力地摁下了绿键，大喊道："喂，谁呀？"

"哈哈，这么大声干吗呢？"

他猛地一下从床上坐了起来，说道："大飞啊，怎么你又回来了吗？"

“哼！照你这么说，你是巴不得我别回来是吧?”大飞假装满是怨气地说。

刘宇忙解释说：“没有，没有，只是一时有点惊喜。”

“呵呵，那还差不多，现在干吗呢?”

“能干吗，在学校啊。”

“好吧，这样吧，我来找你，咱俩坐坐。”

不一会儿，大飞就来到了学校。他上下打量着大飞，真是变样了，西装革履，俨然一副大老板的样子。

大飞问：“怎么，没见过吗?”

“嘿嘿，发财了吗，这一次真不一样。”说完又加了一句，“哦，对了，前几日我还真梦见你发财了，拎了一大包钱。”想继续说下去，但是一想，又摆一摆手说，“太搞笑了，不说了，没想到你真的就回来了。”

大飞笑笑说：“得了吧，又是你杜撰的吧!”

刘宇辩解道：“这次是真的梦见了，哈哈。”

“什么时候放学? 天气太热了，咱俩到外面喝两杯去。”

刘宇一看表说：“快了，还有几分钟。”

不一会儿，放学的铃声便叮铃铃地响了起来。于是他们也起身朝外面走去，选了一家餐馆，要了几盘凉菜，一打啤酒便慢悠悠地喝着。

刘宇问：“这次回来有啥打算?”

大飞喝了一杯啤酒说：“我做了一个产品代理，准备到这边来拓展业务。”

“风险大不大?”

“说大也大，说不大也不大。”大飞漫不经心地说道。

“哦，是哪方面的?”

“就是产品销售，我只管跑业务，他们管发货。”

刘宇见大飞不愿意往透里说，也就没再多问，便说："那就好！"

大飞举起一杯啤酒说："来，喝酒，等这一单做好了，咱也是有钱人了！"

他还是不大放心地看着大飞，想要说什么又没有说。

不知什么时候，天空飘过来几朵乌云。忽然间，雷声大作，他俩被吓了一大跳，大飞手中的酒杯差点被震落到地上。

他们同时向外面望去，只见一道闪电将天空撕开了一道口子。

"要下雨了？鬼天气！"

"下雨好啊，下雨好，可以降降温，太热了……"刘宇说道。

电闪雷鸣过后，不一会儿雨点就噼里啪啦落了下来，形成了一道道的雨帘，连对面街上都看不清楚了。一股股污流卷着满街的垃圾顺着街道流去。

这雨来得快，去得也快。不到半个小时，又拨云见日，夕阳灿烂。刘宇说："咦，怎么不见彩虹呢？"

大飞说："唉，不是所有风雨过后都会有彩虹的。"

很快，天空又暗了下来，夜幕姗姗地来临了。

后来，刘宇又断断续续地见过几次大飞，但总感觉他很忙的样子。毫无疑问的是，他也许真赚了钱，这个从他抽烟的档次上似乎可以看出来，确实是一次比一次高了。至于他在做什么，具体是哪方面的业务，他还是一无所知。有时候，他想盘问盘问，但是见面又过于匆匆，话到嘴边的时候，他总是有事，一个电话就把他催走了。结果，他一直都不知道大飞具体在做什么。后来，竟把这事抛在了脑后。

他真后悔，如果能够尽早了解大飞的一切的话，有可能就会挽回一场悲剧。也不至于在以后的漫长日子感到内心歉疚。

但是有些事情就像设计好的一样，你逃也逃不脱，躲都躲不过，后悔时想挽回已晚，这难道就是人们常说的造化弄人吗？

七月，这是一年中最炎热的时候。学校也临近放假，不管是学生还是老师，都像被炎热煎熬的蚂蚁，挥汗如雨地准备着期末考试。

就在这时，学校办公室却意外地装上了宽带。学校的电脑能上网了。在别人看来，这不是什么大事，但对于这样一个偏僻闭塞的农村学校来说，无疑是一件新鲜事。

说出来千万别笑话，毫不夸张地说，这里好一部分老师根本不知道网络是个什么玩意儿，在他们的心里，根本就没有互联网这个概念，所以他们感到很好奇。就算是年轻老师，只要来到这里，也就和网络隔离了起来，大有三月不知“网”味儿的感觉。因此，学校拉了宽带，让好多人激动不已。只要一下课，整个办公室里就挤得水泄不通。刘宇想上，却经常抢不上。

这一日，他记错了课，结果是下一节。于是，漫不经心就来到了办公室，令他意外的是，今天办公室里却空无一人，原本抢手的两台电脑被冷落了下来。

他也好长时间没有上过网了，一时间便手痒起来。打开浏览器浏览了一会儿新闻，没什么让人喷饭的消息，又玩了一会儿游戏，结果好长时间不玩了，人家都比自己的等级高，一点信心都被打击的没有了。百无聊赖之际，他便登陆了电子邮箱，没想到全是一些垃圾邮件。他点击鼠标不停地删除，结果在一个邮箱地址前猛地停了下来。

这个地址他太熟悉了，就像一道闪电一样刺痛了他的眼睛，他不由得心里微微颤抖了一下，按着鼠标的右手也不禁哆嗦着。

是的，是小凡！他再看看邮件的发送日期，已经在自己的邮箱里静静地躺了十几日。

他感到头脑有一点点地眩晕，极力地睁大自己的眼睛保持清醒。他原以为和小凡彻底失去了联系，永远都不会有任何瓜葛，然而这份邮件，又让他想起她那可爱的脸庞。

他迟疑着，彷徨着。猜想着她对自己要说什么，又能说些什么。

太阳透过玻璃，直直地射进来，刺痛了脊背。他感觉呼吸都有些急促，电脑硬盘嗡嗡运行的声音，吵得他脑子都有些发麻。

可恶的蝉不合时宜地在树梢上焦躁不安地鸣叫。

他长舒一口气，终于用颤抖的手指，缓缓地双击了一下鼠标，打开了邮件。

32

他屏住呼吸打开邮件，只见淡淡颜色的信纸上写道：

宇：

还好吗，我不知道你能否收到这封信，也不知道你是否还记得我。时间真快，转眼就毕业一年了。似乎觉得我们分开还是昨天的事，而如今已是物是人非。

很怀念以前在一起的时光，无忧无虑，那时多么开心，然而现在一切都回不去了。一年来发生了太多的事情，就连我自己都不曾想到。我失去了朋友，被亲人唾骂，真是众叛亲离。可是，谁又能知道我的苦衷呢？

有时我觉得活着比死更需要勇气，现在我只是一具活着的躯壳，走到这一步，我还有什么选择呢？我甚至连选择死的权利都没有！我该怎么办！我该怎么办！我真的是走投无路了。

到了这一步，我觉得已经没有颜面向别人诉说自己的不幸与痛苦，一切都是我自找的，又怎会奢望别人的同情呢？可是，我真的感到很无助！但是，我知道你一定会理解我，同情我，是吗？如果连你都觉得我活该，没脸没皮的话，恐怕这个世界上再也找不到一个可以可怜我的人了……

也许有一天，我会选择离去，悄然地离开这个世界。既然被世人唾弃，留在这个世上还有什么意义呢？生亦何欢，死亦何憾？

好了，不多说了，不要因为我影响了你的情绪。宇，如果有幸你能看到这封信，我就心满意足了。真的，除此之外，像我这样的人还能再奢求什么呢？

祝一切安好！

小凡

读完信，下课的铃声刚好响起。

他匆匆地夹起了书本，走出办公室，向教室走去，心情异常沉重。

他原以为今生与小凡都不再有任何瓜葛，而现在她却又很偶然地出现在他的生命中，使他心慌意乱。

他不知道天各一方的小凡到底发生了什么不为人知的遭遇，但是从她的信中可以看出，她一定过得很不如意，她的精神几近崩溃。

自从去年秋天得知小凡去了西安不久做了“小三”的事以后，他一度从心底里看不起她，鄙视她，觉得她变了。但是后来，他相信小凡是迫不得已，最终原谅了她，可是万万没有想到，小凡会过得这般不如意。

小凡啊小凡，到底发生了什么呢？

从办公室出来以后，他的心里一直被小凡牵着，脑子里全是小凡的面孔，一节课讲了些什么他都不知所以。直到下课的铃声再次响起，犹如梦中惊醒一般把他从小凡的世界中唤了回来。

白花花的阳光大片大片地笼罩着大地，盖得叫人有些透不过气来。

他想，此时小凡不知道正遭受着怎样的煎熬。他仿佛看到了小凡掩面流泪的样子，不由得一阵揪心。

他的心被小凡紧紧牵着，从收到她的信后一秒钟都没有停止过。不论她以前做了什么，他都已经原谅了她，她依然是他心中那个清纯善良的女孩。

现在她遇到坎了，刘宇没办法让自己心如止水。他知道，以小凡的性格，不到万不得已，是不会向他倾诉自己的痛苦的。

但是又能怎么样，远在千里之外，他又不能为她分担什么，甚至一句安慰的话都不能说。

忽然，他想起了什么，匆忙地翻开了手机，不停地寻找。但是不久，他的目光就黯淡了下来。

他在寻找小凡的电话号码，但关于小凡的一切，他的手机里已经不留一点痕迹。

他迫切需要和小凡联系上，他想知道究竟发生了什么，令小凡这样痛不欲生，这般绝望。

最后，他想起了华子，也许他知道小凡的电话。

于是他拨通了华子的电话。

还好，一阵漫长的彩铃之后，终于接通了华子的电话。

“喂，是刘宇吗，怎么有空给我打电话啊？”华子问。

是的，他好长时间没有和华子联系了，不免有些生疏起来。

“最近一直过得不如意，也就没有联系朋友，你还好吧？”

“我还好，挺不错的。”

他想了一下便说：“是这样的，我今天打电话是想向你打听一下小凡，你知道她的情况吗？”

华子说：“没有，自从去年以来，就一直没有联系过。她不是做了人家的‘小三’吗？说不定正享福呢，还提她干吗？她和我们不是一路人。”

刘宇生气地说：“你怎么能这样说呢，我们都是她最好的朋友啊。”

华子说：“我说的是事实，但是我真的不知道她现在的情况，你怎么会突然想起她来了？”

“是这样的，我也一直没有她的消息，最近我突然收到了小凡的一封邮件，很悲伤，也很绝望。我想她肯定是遇到了什么事情。”

“没告诉你电话号码吗？”华子问。

“没有。她是在刻意地躲避，她不想让人知道她的事情。她真的很痛苦。她和所有的朋友，还有亲人都决裂了。”

“是啊，是挺可怜的。不过这一切都是她自找的，又能怪谁呢？”

刘宇听着华子的话，心里很不舒服，便说：“我就想知道你能不能联系上小凡，有没有她的电话号码，既然没有，那就算了，你忙吧，我就不打扰你了。”

“唉，要不这样，你给她再发一封邮件，告诉她你的联系方式，看她联系不联系你。”

刘宇说：“只能这样了！万一你有小凡的消息，立马告诉我，好吗？”

“嗯，好的。”

“好，再见！”

“再见！”

如血的夕阳挣扎着滑过对面的楼顶，一丝晚风透过窗户吹进来，吹落了墙壁上的一粒粒尘埃。

刘宇暗暗叹息一声，心想怎样说才不会触痛小凡那一颗因受伤而变得脆弱敏感的心灵。

他拿起手机登陆了邮箱，小心翼翼地回复小凡发来的邮件。

小凡，你好。对不起，由于我的原因，迟迟才收到你的邮件。我不知道你的生活中究竟发生了什么，但是我的心始终被你牵着。我恨自己不能在你最需要朋友帮助、最需要安慰的时候却眼巴巴地让你受苦。但是请你一定要记住，我永远都是你最好的朋友。

以前的事就不要再提了，好吗？忘掉过去，你在我心目中永远都是那个美丽善良、清纯的女孩。不管你做了什么，我都和以前一样地看待你，我一直都把你当做我的红颜知己，我也从没有改变过对你的看法。

虽然去年发生在你身上的一些事情我一时无法接受，但是我从来都没有怨恨过你。我知道，你一定有自己的苦衷，这种苦衷别人是无法理解的。这些都不怪你，有些事情我们真的是迫不得已，无法选择。对吗？

小凡，你不是一个人，你的身边还有一些朋友在默默地为你祈祷，关心着你。即使他们都不再关心你，至少还有我。我非常迫切地想知道你最近的情况，到底发生了什么，别自己一个人扛着，让我们大家一起替你分担好吗？

小凡，你要坚强一些，希望你能尽快看到这封信，尽快联系我。我电话是……。

祝你一切安好，盼回音！

宇

信发出去了，他一日日等待着小凡的回信。他不知道一天要用手机登录多少次邮箱查看有没有小凡的邮件。

等待无疑是人间最痛苦的事之一，尤其是当等待变得无望时，或者遥遥无期时。

他每一次查看邮件都不曾见小凡回复，他开始失望。心想，小凡可能不会联系自己了，或者她根本就没有看到自己的邮件，莫非她不堪忍受生活的痛苦已经……他不敢再往下想。

刘宇只能默默地为小凡祈祷，希望她能够坚强一些，也希望她能够尽早看到自己的邮件，尽早回复。

有时候他甚至在想，是不是邮件发送丢失了，小凡没有收到？于是他在晚自习的时间一个人偷偷跑到办公室打开邮箱，打开草稿箱，重新发送了一遍。

又不放心，接着又连续发送了几次同样的邮件，这样，他的心里才稍稍踏实了一些。

33

刘宇随时都把电话带在身上，电总是充得满满的，就连上课的时候也不调成静音模式，生怕错过任何一个消息，使小凡联系不上自己，但是每一次电话铃声响起都使他很失望，因为每一次都不是小凡的。

一个燥热难耐的午后，他焦躁不安地坐在房子里，一边喝着啤酒，一边用书本扇着凉风，电话突然就想起来了，他的心咯噔一跳，很快抓起电话一看，原来是明辉打来的。

明辉说，他很气愤，心情特不好，他被学校安排去看宿舍楼了，那是老头老太婆做的事，凭什么让他去。他好歹也是本科毕业，堂堂正正的人民教师，难道就只配看学生宿舍？

刘宇没精打采地安慰说："那一定是你得罪领导了。"

明辉说："也没有，逢年过节送礼都没断过，并且一个都没少。"

刘宇不解地说："那就不明白了，莫非还有第二种情况不成？"

明辉咳了一声，难为情地说："对你也不隐瞒什么了，就实话告诉你，我是被学生们造反了，那些龟孙子真难教，他们集体跑到校长跟前去闹，硬是把我换下来了，谁知这样一闹，哪个班都不接受我了。"

刘宇呵呵笑了几声，本想说，就你那水平，早就该换下来了，免得误人子弟，但是一想这样太伤自尊了，话到嘴边又咽回去了。

刘宇说："也好，这样不是更轻松吗？反正工资一分又不少。"

明辉说："好个屁！怎么会不少，这样一来课时费就没有了，一个月少好几百块钱呢，省一点，生活费都出来了。"

刘宇说："你就知足吧，照你这样说，像我这样连课时费是何物都不知道的，该不该抱怨？同样是老师，我们难道就不憋屈吗？你好歹是在大单位，条件好，环境好。"

明辉说："我也不是这意思，我就是觉得一时难以接受，你说人怎么就活得这样窝囊呢？"

刘宇想了一会儿说："这个你得去问上帝，他老人家有可能知道。"

明辉哈哈地笑了起来，说："好啦，跟你扯半天，心情好多了，但是借你的钱可能又要推迟一些了。"

刘宇说："没事的，我也不急用，你是心情好了，可是我的烦恼谁会替我分担呢?”

明辉说:“怎么了,你也有烦恼?”

刘宇说:“废话,是人都有烦恼。不说了,说了你也帮不上我。”

明辉说:“那好吧,先挂了,有空再聊,电话费挺贵的。”

“好,就这样。”说完,刘宇便挂了电话。

刘宇想,你小子也应该有一点坎了,要不你一路顺风顺水,别人心里怎么能平衡呢。

整个下午,他都呆呆地坐着,又好像坐不住,一会儿起来,一会儿又坐下。后背又感觉有些发凉,又感觉身体有些发软,莫非是中暑了?

他真是中暑了,到了傍晚就不停地去厕所,一趟接着一趟,但是也没忘记带着手机。

他的身体本来就不怎么强壮,怎么经得起这番折腾,一下午几乎把整个肠子都拉出来了,肚子里里面空无一物,身体软得站都站不起来。他斜斜地躺在床上,长长地舒了一口气。

学校很嘈杂,放学后就安静了许多,幸好下午没有数学课。

好多老师都开始做饭,隐隐约约能听见盆盆钵钵碰撞的声音。大家都在忙碌着自己的事情,也没有人进他的房子来,更没有人知道他生病了。

人一生病就变得脆弱,此刻他多么希望有人能关心一下自己,哪怕是一句简单的问候,但是没有。

黑夜开始慢慢地在房间一点一点地挪移,一点一点地吞噬着狭小的空间。他无力地斜躺在床上,注视着光线一点点地变暗,直到一片漆黑,看不见任何的东西。

他也不觉得饿,只是肚子在不争气地咕咕直叫。他在刻意使自己不觉得饿,但胃却不合时宜地发出了警报,大脑和身体没有达到高度的统一。

他吃力地从桌上取来香烟和打火机,点燃了一支烟,狠狠地抽着,他想用吸入大量的尼古丁这样的方式来麻醉自己。然而，这丝毫没有减轻他的痛苦。后背仍然一阵阵直冒冷气，忍不住浑身发抖。

夜渐渐地凉了，也变得静谧起来，没有一点响动。他好想睡觉，但是闭上眼睛，始终无法入眠。身体的不适，加上心里的痛苦，使他疲惫不堪。黑暗中他摸出手机一看，已经过了午夜。

人遇到这样的境地无疑是悲苦的，好在这一段时间以来已经习惯了。他叹一口气，又躺在了床上，眼睛却睁得大大的，黑洞洞的屋顶犹如一张黑色的网。

顾城说，黑夜给了我黑色的眼睛，我却用它来寻找光明。而他的光明又在哪呢？

突然，电话响了，铃声是朴树的《那些花儿》，在这暗黑的夜里，就像一个哀怨的幽灵发出的悲叹。

这么晚了，会是谁打电话呢，他在心里嘀咕着，在黑暗中摸索着接通了电话，也没看手机屏幕。

他拿着电话“喂”了半天，就是没有人应答，他连问了数声“你是谁”，也无人应答，电话却一直通着。这样的时刻，令人窒息，尤其是在这样的夜晚。

大概过了一两分钟之后，电话挂断了，出现了“嘟嘟嘟”的忙音。

他感到一阵毛骨悚然，正在纳闷会是谁呢，电话又一次响起，接通以后，又和第一次一样，电话通着却无人说话。他吃力地喊了几声，还是没人说话，于是他把电话设成了免提，放在了一边，过了好一阵子，最后又只剩下“嘟嘟嘟”的忙音。

刘宇仔细地看了一下手机号码和归属地，是西安的。他已隐隐约约感觉到是谁了，心里一阵激动，一下子从床上坐了起来。

他在等待，等待着再一次来电，可电话却迟迟没有打过来。刘宇心里着急，经过好一阵的思想斗争，终于拿起电话，小心翼翼地回拨了过去。

电话那边是一首漫长的彩铃，却迟迟不见有人接电话，他在心里默念着，接啊，快接啊，终于，就在电话快要自动挂断的那一瞬间，电话接通了。但是，仍然没有人讲话。

他轻轻地说："既然接通了就说话吧，虽然我现在还不敢肯定你是谁，但是我们肯定认识，对吗？"电话那边还是没有人应答。

他又接着说："其实，我已经猜到了你是谁，我查过你的号码归属地。"说到这里，他仿佛听见电话那一头急促的呼吸声，他更加确信电话那一边的人是谁了。

于是他便直接说："小凡，是你吗？我知道是你，我也知道你一定会联系我的，我一直都在等着这一天。"

然而那边一直没有声音，他又接着说："你说话呀，小凡，你知道我们有多担心你吗？"

还是没有人说话，电话中却传来了隐隐约约的啜泣声，他心里难过，竟忘了自己也在病中。

"我说过，不管发生什么，我们都是最好最好的朋友，一生的朋友！我也没有怪你，我知道你有自己的苦衷，我们都理解你。更何况就那点事，在如今这个社会也算不得什么，你又何必那么自责呢？每个人都有犯错的时候，我们还年轻，路还很长，我们要给自己一个机会，也要给别人一个证明自己的机会，你说对吗？小凡，既然你不想说话，就这样听我说吧。"

顿了顿，他又吃力地说："对不起，我今天中暑了，说话有些吃力。自从去年毕业以来，我也一直在迷茫，在困惑。分配不公，同事之间排挤，尔虞我诈，勾心斗角，人情的冷漠使我一度对生活失去信心。但是我一想到我们快乐的往昔，我们之间的友谊，在我的身后，还有一帮值得信赖、可以相互温暖的朋友，我就又有了生活下去的勇气。既然现实不容易改变，我们何不试图改变自己呢，况且改变自己要比改变现实容易得多。小凡，你说对吗？”

“没错，世界是残酷的，也是不公平的，甚至是冰冷的，但是我们又有什么办法呢，我们只能小心翼翼地摸着石头过河，不断地自我鼓励，使自己勇敢地面对现实。小凡，请你记住，你不是一个人，在你的身后，还有一帮时时刻刻在关心你、默默地担心你的朋友。请你记住，我永远都是你坚强的后盾。振作起来吧，小凡。我们都支持你，你不是一个人在挣扎。”

“小凡，你听到我说的话了吗？你说话呀？”

电话那边，小凡终于情感决堤，忍不住“呜呜”地哭了起来。

“宇，我好怕，好孤单好无助啊！”小凡哭喊着说。

刘宇轻轻地安慰说：“小凡，哭吧，哭出来就好受了。别怕，有我，一切都过去了。”

夜晚透着微微的凉意，不知从哪里传来一声不知名的动物的叫声。

小凡哭着，就像一个受了委屈的孩子，断断续续地向他诉说着自己遭遇的不幸。他屏住呼吸静静地听着，在这样静的夜里，让人有一种被撕裂的感觉。

34

黑沉沉的夜，让人窒息。

小凡就这样带着微微的凉意诉说着自己这一年多来的遭遇和艰辛。

那年一毕业，她就去了西安一家房地产公司做了售楼小姐。当她满怀信心地投入工作时才发现，虽然现在的房子供不应求，但是要经她之手卖出去却是非常困难的，更何况她还是一个新人，根本没有签售房子的权利。

安顿好了自己，身上带的钱已所剩无几，家里也不太富裕，她也不好意思再伸手向家里要钱，心想自己扛一扛就过去了，那一段时间，她每天都拿方便面充饥。然而这些她都不怕，她相信这些都是暂时的。

一次，公司的老总来她们售楼部视察工作，这是一个50岁左右的男人，戴着眼镜，一脸的文质彬彬。临走时，他特意问了她的名字，并且鼓励她“好好干，以后会大有作为”。她只是觉得他那种眼神有点怪异，但是涉世未深的她并没有觉察出什么。

没几天，就接到他的召见，说是谈工作。到了办公室，他先是把小凡夸奖一番，这一段时间工作如何如何认真，进步如何如何快之类，以后会列为公司的重点培养对象等，说得小凡心花怒放。

最后，他很绅士地问小凡：“能否请你吃一顿工作餐，也算是对你的嘉奖。”

对此，小凡当然乐意，一个新人，能得到公司老总的肯定和表扬，又请吃饭，谁也不会拒绝。

或许此时，他已经露出了狼的本性，只是小凡太过天真，太过幼稚，没有觉察出来而已。

他带她去了一处非常豪华的饭店，并不是吃什么简单的工作餐。这让她有些意外，但是老总一脸的诚意，她又不好意思拒绝。

吃饭免不了要喝几杯，小凡平时是喝酒的，但是这一次，却有些不胜酒力，几杯下肚，就感觉迷迷糊糊了，不一会儿，竟醉得一塌糊涂，不省人事了。他只是隐隐约约听见旁边有人叫她的名字，问她：“你没事吧?”

连问了几声，她就什么也听不到了。

第二天醒来，她睁开眼睛，发现自己赤裸裸地躺在床上，发现自己在酒店，旁边还睡着同样赤裸裸的公司老总，这让她大吃一惊。

她极力地回忆着前一天晚上所发生的事情，终于明白是怎么回事了。

她无法控制自己的情绪，大闹了起来，但这一切都无济于事，她的清白就这样被这个禽兽不如的老家伙毁了，最后只是不停地哭泣。

他好像对这一切早已司空见惯，只是在一旁平静地抽着烟，淫笑着说："别哭了，做我情人吧，保证亏待不了你。"

小凡现在一看见他就觉得恶心，怎么会愿意做他的情人，她愤怒地哭喊道："你想都别想，道貌岸然的禽兽！"

他的嘴角微微抽动了一下，并没有生多大的气，只是把烟蒂狠狠地捻灭在烟灰缸内，缓缓地站起来，走到桌子旁，拿起放在桌上的数码相机说："可以，那样的话，你明天就等着在网上下载你诱人火辣的照片吧。"

说完，他狞笑了两声。

她明白他的话是什么意思，他是在她迷糊的时候，拍了她的裸照。她万万没有想到，他竟会干出这么卑鄙龌龊的事来，一时气得语无伦次，哭喊着说："你……卑鄙！"说着便去抢相机。

他一把推开她说："你还是省省吧，没用的，再说了，我已经复制了好几份在电脑里。"

小凡一时觉得很无助，只是一个劲地哭泣。哭自己的命运怎么就这般悲惨，一走出校门就遇见这档子事。他只是一个涉世未深的小女子，怎么能是这个处心积虑的老男人的对手。

她用乞求的眼光望着他，他似乎产生了一点怜悯之心。走过来，轻轻地抚摸着她的肩膀说："别哭了，小凡，放心吧，我会好好对你的，只要你跟了我，绝不会亏待你。"

“第一次见到你，我就被你征服了，你和其他的女孩子不同，那么清纯，那么美丽，有一种脱俗的感觉。”

他“哼哼”地笑了几声又说：“我想要的东西就一定会得到，从来就没有失手过，所以你还是认命吧！在这块地方，没有我办不到的事。况且我真的是好喜欢你，我会让你有享不尽的荣华富贵。”

从他的嘴里说出“喜欢”这两个字，小凡感到一阵阵地恶心，他也配说“喜欢”二字吗？但是她无可奈何，只能默然而又无助地看他炫耀他的胜利。

她多想找个机会自杀，但是一想父母把自己养活这么大不容易，自己人生才刚刚开始，还没有一点建树，就这样死去，岂不是太可惜？所以她又没有勇气去选择自杀。

她没得选择，只能妥协。

后来，她就被锁进了别墅，有专人伺候。他也没有食言，所有吃的、用的、穿的都是最好的，她也像出气似的花他的钱，毫不心疼地极度挥霍。他也总是满足她的要求，渐渐地，她发现，自己竟已习惯了这种奢侈的生活，对他的恨意竟然与日俱减。

在心里，小凡也在暗骂自己下贱，但是，又有多少人能够经得住优裕的物质生活的诱惑？也许这就是自己的宿命吧，既然上天安排了这一切，就认命吧。

有一天他说：“小宝贝，我要你给我生个儿子，将来继承我的财产。”

小凡知道，他是没有儿子的，他老婆只生有一个女儿，这一直是他的一块心病，所以他非常想要一个儿子。

小凡说：“这个随你吧，我无所谓。”

就这样，小凡怀上了他的孩子，一开始，他真是百般呵护，生怕她受到一点点的磕磕碰碰，小凡想，就这样过一天算一天吧，既然无法抗拒，就认命吧！

然而，孩子生下来了，却是个女孩。这下，那老男人就翻脸了，丢给她几千块钱，冷冷地说："带着孩子走吧，我不想再见到你们。"

真是禽兽不如的家伙！这次她没有闹，只是把泪水咽进了肚里。她知道，终有一天，他会抛弃自己，但没有想到，这一天来得这么快。

他说："放心吧，我不会把你的照片传到网上，这点我可以保证，我希望以后我们不再有任何瓜葛。"

她表现得异常平静，他本是无情的人。小凡也不奢求得到他的怜悯或者什么，如果能够换回自己的自由之身，她什么都愿意，她也愿意一个人带着孩子离开，不管以后会多么困难。

小凡冷冷地说："但愿你说话算数，如果你不履行承诺的话，我会再回来，搅得你不得安宁！"

他不耐烦地挥挥手说："赶紧走吧，你放心，我不会自己给自己找麻烦，我没那么愚蠢！"

就这样，小凡独自一个人带着孩子离开了，走在熙熙攘攘的人群中，她真的不知道自己该去哪里。世界很大，却没有自己的容身之地，没有属于自己的一盏灯光。

最后，经过辗转，小凡在西安郊区租了一间民房，过起了清苦艰难的日子。等一切收拾妥当，身上的钱已经所剩无几。孩子又在嗷嗷待哺，她也不能去打工，她实在是没有办法支撑下去了，不知道以后的路该怎么走。

她整天以泪洗面，一想到自己这一年来的种种遭遇就悲痛万分。但是孩子是无辜的，她不能就这样走了，丢下孩子一个人在人间受罪，每每想到这里，她又打消了死的念头。

她说她真的感觉好孤单好无助，也很无奈。自己做的事又无颜再见亲戚朋友，也不能够奢求得到他们的宽恕和资助，她只能默默地忍受着这一切，独自吞咽着自己酿下的苦果。

说到最后，小凡的眼泪已经哭干了，平静地说："对不起，宇，这么晚了还来打搅你，但是，我真的是……我只想找一个朋友能说说话，仅此而已，别无奢求。"

听完小凡的诉说，刘宇的心情异常沉重。他痛惜地说："小凡，别多想，我说过，有我，我永远是你最可靠的朋友，特别是当你最需要的时候。"

小凡感激地说："那我该怎么办啊，我真的不知道以后该怎么活下去了，我是被这个世界遗弃的人。"

她的话里充满了绝望，充满了哀伤。刘宇的心始终被刺痛着。他没有再安慰小凡，他知道，无论什么宽慰的话，都是苍白无力的。

只一瞬间，他已在心里暗暗地下定了一个决心。他坚定而饱含深情地说："小凡，忘掉过去吧！听我说，到我这儿来吧，我也需要你。"

35

小凡弱弱地问："宇，你真的不嫌弃我吗？"

他强装着笑笑说："傻丫头，我怎么会嫌弃你呢？回来吧，不要再有什么顾虑了，好吗？"

小凡感激地说："嗯，谢谢你，宇。"

放下电话，刘宇努力回忆着小凡的容颜，然而只停留在毕业前的样子。

在一个冷清的午后，小凡回来了——从千里之外的西安回到了他的身边。

小凡从车上走下来的那一瞬间，他的心里有一种撕心裂肺的感觉。

小凡的眼睛里噙满了泪水，一言不发地站在那里。他默默地走过去，深情地说："回来就好，回来就好！"

小凡一下子扑到他的怀里嚎啕大哭起来，抱在怀里的孩子，也"哇"地一声哭了起来。

小凡脸上挂着泪水，不停地哄着孩子。看着这一切，刘宇特别心酸。

他抬起手，缓缓地拭去小凡眼角的泪水，温柔地说："不哭，小凡，一切都过去了，走，我们回家，有我在！"

小凡感激地点了点头说："嗯，谢谢你！"

他微笑着说："还谢什么呀，这不是见外吗？"

他拉起行李，和小凡来到了学校他的住处。一路上，学校周边商店的人，学校的老师，都像见到了外星人一样地看着他们，看得小凡极不自在。他说："别管他们，乡里人就这样。"

小凡打量着刘宇的一切，简陋的房间布置，还有些脏乱。小凡问："宇，你也过得不太好，是吗？"

刘宇默默地不作回答，只是脸上挂着笑意。

"真是对不起，我心里真的是过意不去，你过得也不好，还一直想着我，一直关心着我，我不知道说什么好，恐怕这辈子我都无法感谢你。"小凡略带伤感地说道。

"小凡，千万别这么说，我说过，有事我们一起扛，我也需要你！"

"嗯，我知道。"小凡又一次感激地点点头。

"可是，我来以后，肯定会影响你的正常生活，会有好多麻烦。一想到这些，我就觉得心里过意不去。就刚才进来的时候，他们的眼神我都感觉怪怪的，以后甚至要面对别人的流言蜚语，想到这些我就害怕。”

“别怕，小凡，我不是说过有我吗?”

“我正是担心你，反正我已经这样了，我就害怕他们对你说三道四。”小凡担心地说。

“别想那么多，他们爱说就让他们说去吧，我们过我们的，不要管他们怎么看。”刘宇双手扶着小凡的肩膀说。

他这才感觉到小凡的肩膀很瘦也很弱，刘宇轻轻地将她揽进自己的怀里，温柔的抚摸着小凡的头发，孩子在一旁熟睡。世事真是多变，就一年的时间，小凡就由一个单纯的女孩变成了一个孩子的妈妈，虽然这个孩子来的不是时候，但是小凡的身心都被深深打上了岁月的烙印。

刘宇说：“你先睡一会儿吧，坐了一天的车也累了。”

小凡说：“我也觉得有些累。”

“那就睡吧，我准备一下吃的，等你睡醒了可能刚好!”

“嗯，那我先躺一会儿，在你身边真的很踏实。”小凡说。

不一会儿，就听见小凡均匀的呼吸声，他坐在床边细细地端详着这张熟悉的面孔，确实是瘦了许多，但是依然那么可爱，那么让人怜惜!

夕阳的光影缓缓地掠过对面的屋顶，一丝风吹落了树上的一片叶子，慢悠悠地飘落了下来，静静地躺在了地上。这一切都在所有人不经意的瞬间悄然发生。

小凡大概真的是累了，整整一个下午都睡得很香，连身都没有翻一下。

他早早地就从外面的饭馆带进来了好几个菜，又买了一大瓶饮料，悄悄地摆好了碗筷。看着小凡熟睡的样子，又不忍心叫醒她，就让她多睡一会吧。

他小心翼翼地踱出了门，在门口依着栏杆默默地抽着烟。不一会儿，黄昏便一缕一缕地落满了整个院子，落满了花坛。

好多老师的房子都亮起了通明的灯火，还有一些大声说话嚷嚷的声音。突然，睡在小凡身旁的孩子“哇哇”地大声哭了起来。

他忙推开门，打开灯，小家伙正在一个劲地哭，这时小凡已经被她吵醒了，昏黄的电灯映着她那张瘦削的脸更显得苍白。

“你醒了？”

小凡朦朦胧胧地答应着，一边哄着孩子，他在一边不知道怎么才好，他最怕小孩子了，尤其是哭的时候简直束手无策。

“孩子可能饿了吧？”

小凡问：“现在几点了？”

“8 点了。”

小凡说：“没想到一睡着就睡了这么长时间，是饿了呀，难怪哭得这么凶！”

于是他便帮着小凡给孩子冲奶粉，不一会儿，孩子吃饱了就不哭了。刘宇说：“你也饿了吧，饭已经准备好多时了，看你睡得那么香，就没叫醒你，你稍等，我先热一下吧！”

小凡感激地点点头说：“宇，你真好。”眼睛里已噙满了泪花。

刘宇笑了笑，也没说什么就忙着去热菜，不一会儿热好了菜重新摆上桌子，高兴地对小凡说：“现在可以开吃了！”

小凡坐下后，深有感触地说：“好久没有人陪我吃饭了，一直都是一个人饥一顿饱一顿的。”

“别想以前的事了，现在不是好起来了吗，以后我就天天给你做饭吃。”刘宇安慰着说。

“嗯，我相信你说的每一句话。”小凡的眼泪不由自主地顺着脸颊流淌了下来，那是感动的泪水。

刘宇又慌了手脚，一边忙着拿纸巾给小凡拭眼泪，一边说：“怎么又哭了呀，别哭，别哭。”

小凡挤出了一丝笑容，对刘宇说：“我不是在哭，我只是在流泪，我是高兴得流泪。真的，有你，我感觉心里面很踏实。”

刘宇说：“我说过，我们会一起走下去的，你不是一个人，让我们相互温暖，好吗?”他用期待的眼神注视着小凡。

他说完以后，给小凡斟满了一杯乳酸饮料，也给自己斟满了一杯，说：“来，为你的回来，为了我们的明天，我们干杯!”

小凡举起杯和刘宇碰了一下，说了声“谢谢”，便一饮而尽。

“吃菜吧，都一天没有吃饭了。”刘宇关切地说。

小凡拿起筷子吃着饭菜，眼泪又不停地簌簌落了下来。

刘宇说：“小凡，以后就让我照顾你和孩子吧，我们一家三口就这样安安稳稳地过日子，好吗?”

小凡放下筷子，默默地注视着刘宇，好长时间才说：“我是一个不干不净地女人，我怕我配不上你。再说了，这孩子也是不清不白的，这样对你不公平。在此之前，我是犹豫了好久才来投奔你的，我知道这样会给你带来许多麻烦，但是，我实在是没有办法啊，我一个女孩子在外面，感到很无助。宇，你懂吗?”

刘宇伸过双手，把小凡的双手紧紧地握在自己的手心里，慢慢地说：“没事的，小凡，我都想过，我也理解你的想法，你想得太多了，不要管其他人怎么看，这是我们两个人之间的事。只要我们彼此愿意就好了，你还不了解我吗? 无论发生过什么，那都是过去的事情了，孩子是无辜的，我们更应该好好善待她，对吗?”

刘宇说着，小凡默默地听着。

刘宇接着又说：“再说，即使要找一个人承担错误的话，那么这一个人应该是我。当初，如果我让你留下来，不要去西安，就不会有今天这一系列的事发生。我在心里经常自责、内疚，就算是给我一个机会好好来补偿你，来为自己心灵赎罪，好吗?”

刘宇说完，抓着小凡的手更紧了，小凡默默地注视着刘宇好长时间，终于一下子扑到他的怀中呜咽起来。

“你知道我当时多么喜欢你吗，就因为你有女朋友，我才把对你的这份感情深深地埋藏在了内心深处。离别以后，我想随着时间的推移我会把你渐渐地淡忘，然而我始终都没法忘记你，谁知道后来会发生这些事情，真是世事难料，命运弄人啊!”

刘宇安慰说:“现在我们不是在一起了吗，这也是缘分啊!”

小凡问:“那你不会后悔?”

刘宇说:“不许你这样说，我是那样的人吗?你在我心里永远是那么单纯，那么善良。”

“可是我觉得自己很肮脏。”小凡说。

“我说过，那不是你的错，你永远是最纯洁的。”刘宇抚摸着她的头发温柔地说道。

“宇，你真好，我这一辈子都无法报答你。”

“傻瓜，我们现在是在同一条船上，以后会风雨同舟，还说什么报答不报答。”

“那你家人会同意吗?”小凡问道。

刘宇沉思了一会儿说:“会的，一定会的，他们会同意的。”

窗外，一颗流星正划破天空，闪出一道绚烂的亮光!

36

其实刘宇也不知道父母能不能同意，但是从他做出让小凡回来的决定的时候就暗暗下定决心：任何人都无法阻止他跟小凡在一起。

再说了，小凡遭遇到这样的不幸与打击，身心都受到了沉痛的创伤，如果连他都不愿意照顾她的话，还有谁愿意照顾小凡呢。于情于理，他都必须坚定不移地承担起照顾小凡母女的责任。

这样免不了别人的闲言碎语，甚至是恶毒的语言。这些在做出决定的时候他就想到了，既然自己选择了这一步，也就不在乎别人去说什么了。不管别人把他说的多么龌龊还是多么高尚，都无所谓。

只是到目前为止，他还没有想好跟自己的父母交代。这无疑是摆在自己面前的一个最大的难题。尤其像他的父母这样的一辈人，没什么文化，传统观念又根深蒂固，想要他们轻易地接受小凡，实在是不太容易。况且在他们看来，小凡还是一个有着不光彩历史并且带着一个孩子的女人。

但是，无论有多大的困难，甚至与他们翻脸，都不可能动摇他的决心。小凡太可怜了，他不可能再让小凡失去依靠，重新跌入生活的深渊。

天气阴沉沉的，好像要下雨的样子。

这次小凡回来就像变了个人似的，和从前大不一样了，话少了许多，总是一副沉默的样子，再也不是以前那个嘻嘻哈哈、活泼可爱的小女生了。

这也不能怪她，不管是谁，遇上这样一些事情，难免会发生改变。毕竟现在她已经是一个孩子的母亲了，不管她愿意不愿意接受这样的事实，或者怎样恨孩子的父亲，但却无法改变为人母的事实。

她不停地哄着孩子，看样子她很爱孩子。

刘宇在外面抽完一根烟，进来说："你先歇一会儿吧，我来带一会儿孩子。"

小凡说："好吧！"就把孩子交给了刘宇。

刘宇刚接过孩子，这孩子就大声哭了起来。没想到这孩子认生，他极尽全力哄了好一阵子还是大哭不止，只好又交到了小凡手里。

不一会儿，孩子就不哭了。刘宇说："这小家伙认人呢。"

小凡说："是啊，小孩子都是这样的，慢慢就习惯了。"

"也许吧！"刘宇笑着说。

小凡一边哄着孩子一边问刘宇："想好跟你父母怎么说了吗？"

刘宇无奈地摇摇头说："暂时还没有。"

小凡说："真是难为你了，给你添了这么多麻烦，不行的话就算了吧，过段时间，我会带着孩子……"

"小凡，你还不相信我吗？我说过，我要照顾你的，而且是一辈子，永远都照顾你。"

"可是，我也不想连累你啊，不想让你为难。今天上午我都听见别人说我们了，宇，我真的不想因为我而影响到你的正常生活，对你产生不好的影响。况且你还是……还是一名教师。"

"你听谁说的啊，他们说什么了？"

"外面议论的人很多，说你堂堂一名人民教师捡了一双破鞋。"

刘宇听到这些，气就不打一处来，但还是压下了火气，对小凡说："小凡，你只要相信我就够了，不要管其他人怎么说，这是我们两个人的事，与他们都没有关系。让他们爱怎么说就怎么去说，好吗？"

"那你父母那边怎么交代啊？"小凡担心地问。

“你别担心，父母那边我会处理好，我相信他们会理解我们的。如果他们真的不接受你，即使和他们决裂我也不会扔下你不管的。”刘宇双手扶着小凡的双肩说道。

小凡说：“我不想看到因为我而把事情闹到那样的地步。”

刘宇说：“不会的，这只是假设。相信一切都会过去的，一切都会好起来的，没有迈不过去的坎儿。”

小凡欣慰地点了点头说：“嗯，我相信你！一切都会过去的。”

时间过得真快，哗啦啦一学期又到了尾声，又是紧张的考试，阅卷，总结，一学期就这样又结束了。

学校的老师陆陆续续都回了家。刘宇也收拾着行李准备回家，但是心里一直想着怎样领着小凡和孩子去见父母，心里总是七上八下的，一点底都没有。但是总归是要面对的。

小凡说：“宇，我有些害怕。”

刘宇说：“别怕，有我在。迟早要面对的，我相信，他们会理解的。”

于是他便小心翼翼地载着小凡和孩子朝家的方向驶去，比平时慢了许多。但是他始终都没有想好怎么跟父母说这件事，才能使他们平静地接受小凡，他心里一点底都没有。

但是又一想，父母一生为人老实巴交，料想也不会为难小凡。况且只要自己愿意，父母也不会说什么。

到家以后，父母看到儿子回家甚是高兴，但是看到身后抱着孩子的小凡，心中便纳闷起来。

母亲把刘宇偷偷叫到厨房问他：“这女娃和孩子是咋回事啊？”

刘宇心想，也不能这样一直隐瞒下去，就对母亲实话实说了。

“这是我找的媳妇，领回来给你们看看。”

母亲又问："那孩子是咋回事啊，肯定不是你的吧？"对于满脑子封建思想的母亲来说，这是无法接受的事。

刘宇便讨好般地说："妈，都什么年代了，这个无所谓，你就别管了行吗？"

母亲还是不依不饶地问："这么说，这孩子真不是你的了？"

刘宇说："是，这孩子不是我的，但是我愿意，我爱她们母女俩。"

"不行，这事我和你爸不能同意！"

刘宇也来了气，倔强地说："你们不同意是你们的事，反正我愿意就行了，你们不同意也得同意。"

母亲一时气急败坏，便破口大骂起来："你是不是脑子进水了，找一个寡妇还带着一个孩子，说出去多丢人啊。"

刘宇怕小凡听见，其实这么大声小凡已经听见了。"你能不能小点声啊，这么大声干啥？"他极力压低声音对母亲说。

"怎么？害怕被别人知道啊？"

刘宇有些气急败坏，农村妇女真是不可理喻，没文化。便问道："我做了什么见不得人不光彩的事情了？"

母亲大声说："这还叫光彩吗，亏你还是念过大学的，咱家的脸都让你给丢尽了。"

"我说过，这是我的事，你们不要管。"

这一句话彻底把母亲惹怒了，大声叫道："你是我儿子，我是你妈，我就得管！辛辛苦苦把你养大就不认老娘了啊？今天你要么让她带着孩子走，要么我就不是你妈，你也不是我儿子。"

"你一定要弄得鸡犬不宁才罢休是吗？我再说一遍，这是我的事，与你们无关。"

母亲气得身子都在发抖，嘴里喃喃地叫道："滚！你这不孝子，滚出去。”

父亲也在一旁说道：“你是诚心要气死你妈吗？还不快滚。”

刘宇说：“好，我滚！”

于是拉起小凡就往外走，母亲在院子里还一边哭着一边叫骂：“没良心的东西，滚了就再不要回来，我没你这样的儿子，就当是被狗吃了！”

刘宇启动了摩托车，飞一般地驶出了村子，他想尽快地逃离这个世界。他原本以为父母是宽容的，但没有想到，自己的父母也摆脱不了世俗的束缚，如此冷漠。

他没有地方可去，于是又载着小凡到了学校。一路上，小凡一句话也没有说。

他抓着小凡的手愧疚地说：“对不起，小凡，我没想到会弄成这样。我父母不明事理，你别放在心上啊。”

小凡说：“宇，应该是我对不起你。给你添了这么多的麻烦，我心里感到非常愧疚。为了我，你都和你爸妈闹翻了，你说你值吗？”

刘宇说：“值！我说过，从今往后，我要照顾你，不能使你受一点委屈的。”

小凡的眼睛里噙满了泪花，轻轻地把头依偎在刘宇的肩膀上说：“谢谢你，宇，我这一生恐怕都报答不了你对我的恩情。你真的对我太好了，我会一生一世铭记在心，如果今生没有机会报答，就等来生吧。”

刘宇说：“傻丫头，说什么呢，我们的路还长着哩，你怎么现在变得多愁善感起来了？”

“是吗？人是会变的，我说的是实话，心里话。那你是喜欢现在的我还是以前的我？”

“不管是以前的你还是现在的你，只要是你都喜欢！”

小凡幸福地眯上眼睛，静静地依偎在刘宇的怀里。

一阵风吹过，白杨树的叶子哗啦啦地响起，显露出银白色的背面。知了有一声没一声地叫着，更显得整个校园安静。

小凡说："多想一直躺在你的怀里，就这样一直下去，时光就在这一秒停留，可惜……"

刘宇说："我们还很年轻，以后我们有的是时间，只要我们甘心情愿，谁也阻止不了我们的幸福。"

小凡轻轻地叹一口气，恰似一声哀怨。说："我相信，我们会幸福的。"

这时，树上的知了不合时宜地叫了一声。

37

不知何时，月亮已悄悄挂上了树梢，如水般的月华静静地洒满了整个院子。孩子已安然入睡，他们在一旁静静地听着孩子均匀的呼吸声，心里充满了期许。

真是一个美好的夜晚，如果就这样相安无事地一直生活下去，也算是人生一大幸事。

刘宇轻轻地对小凡说："我出去抽根烟。"小凡会意地笑笑表示默许。自从有了孩子，刘宇抽烟都是躲到外面去。

等他一支烟抽完再回到房子的时候，令他意想不到的是小凡正一丝不挂地坐在床沿上。刘宇在惊呆的同时脸上有些发烫，不可否认，小凡有着姣好的身材，白皙的皮肤在月光和电灯的照耀下显得有些苍白，身材在显示着苗条的同时也有些瘦削。

虽然小凡回来这么长时间了，他们一直住在一起，但是还从来没有真正发生过关系。在他看来，小凡在他心里是纯洁的天使，任何非分的想法都会玷污她的纯洁，他一直都在小心翼翼地呵护。

小凡用期许的目光注视着他，而他却站在原地一动不动，他有些迟疑，不知道该如何应对这一情况。

就这样大概过了几十秒钟，默默地，谁也不说话，突然小凡竟掉起了眼泪，而且哭得更加楚楚可怜。

这下让刘宇更加手足无措，不知如何是好。语无伦次地说着："你怎么了，小凡?"

小凡背对着他只是哭，并不回答他的问话。小凡玲珑剔透般地后背发出幽幽的白光，让人顿生怜惜。

刘宇一时也不知道自己做错了什么，只是温柔地问道："发生什么事了小凡，是我惹你生气了吗?"

小凡还是默不作声，过了一会儿，小凡哽咽着说："宇，我知道，你是嫌我脏，我是一个不干不净的女人，我也知道自己配不上你。"说着又伤心地哭了起来。

刘宇这次恍然大悟，原来是为这事呀。他拿起一件衣服轻轻地披在小凡的身上，温柔地说："你误会了，小凡，不是你想象的那样，你在我心目中永远是最纯洁最美丽善良的女孩。"

小凡说： "你骗人！我就是一个不干不净的女人，所有人都这么认为。"

刘宇说："小凡，到现在你还不相信我吗?即使全世界的人都误解你，你在我心目中的形象都不会改变，我说的每一句话都是真心话。"

小凡疑惑地问："那你刚才怎么……怎么没有反应啊，不是嫌弃我是什么?"

刘宇笑笑说："我说过我要好好地照顾你，呵护你，让你不受一点委屈和伤害，我是想让你知道，我要帮你走出阴影，重新面对新的生活，到那时，我们是不是更幸福呢?"

小凡隐隐地微笑着说："你说的都是真的吗? 你真的不嫌弃我?"

"是真的，我永远都不会嫌弃你，你最好也不要胡思乱想。"

小凡慢慢地靠到他的怀里，双手紧紧地搂着他的脖子说："我怕我们走不到永远。"

"就会瞎说，我们还很年轻，一定会一起走下去的，除非你……除非你背叛我，抛弃了我，如果真是那样的话，我也不会怪你的。"

小凡喃喃地说："不会的，不会的，你对我这么好，我怎么会背叛你，抛弃你呢? 但是，现在，今晚，我只想做你真正的女人。"

说完，小凡抓起他的手放在她那炽热的胸间，他感到一股温暖流遍了他的全身，身体也开始有了一些异样的反应。

"小凡，我会好好爱你的。"在如水的月光下，他一遍又一遍亲吻着小凡晶莹的胴体。

晚风轻轻吹过窗户，发出沙沙的响声。

月光沐浴着广袤无边的苍穹，整个世界似乎都要融化在这如水般的月华中。

他尽自己最大的努力呵护着小凡，希望她能够早日重拾生活的信心。然而他却发现，小凡是一天比一天消瘦了。小凡也似乎变得不太爱说话，时常会一个人坐在窗前发呆。

这天阳光很好，照着小凡俊俏的脸庞更显得苍白，小凡坐在窗前无精打采地享受着阳光的温暖。他坐在小凡的身后，一边心不在焉地看书，一边仔细端详着小凡瘦削单薄的背影，感觉是那么的弱不禁风。他的心里不由得泛起一阵阵的心疼。

他缓缓地放下书，轻轻地走到小凡跟前，双手扶着她的肩膀说：“小凡，你没事吧?”

小凡似乎诧异地问：“没事呀，怎么了?”

刘宇关切的说：“我怎么看你脸色很差的样子，是不是生病了。”

“是吗？不会的，可能是换了个地方水土不服的原因吧。”

“不会吧，都那么长时间了还没有适应啊。”

“对环境的适应，有人用的时间长，有人用的时间短，这个很正常啊。我没事的，你放心吧。”

“那就好，我还真担心呢。要不我们去医生那里看看。”

“哎呀，不用了，我说过没事的。”

小凡坚持说自己身体没事，刘宇也不再说什么，但心里还是不那么放心。

经过这么长时间的相处，孩子对他也不再陌生了，有时候他抱着也不再哭，慢慢地，他觉得这孩子还真可爱。于是，一有空闲时间，他就抱着孩子哄她玩。只有在这时，小凡脸上才会露出会心的微笑。

日子就这样平淡无奇的过着，他倒觉得心里安宁了许多，或者说是从未有过的安分。也许人只有在有了家庭后才会安安稳稳地过日子，一颗不安分的心才会平静下来。

小凡的身体很虚弱，这是他心头的一块病。他想，应该想想办法给小凡补补身体。现在是湖里的鱼正肥的季节，每年的这个时候，他都要和朋友一起去湖边钓鱼游乐，今年由于忙碌倒给忘记了。在这穷山僻壤之中，只有这一汪湖水，还能给人带来一点生趣。

天气这么好，何不去钓几尾鱼回来，给小凡补补身子。

于是便跟小凡匆匆交代了一下，收拾了渔具出门。幸好这一套家当自己早已配备齐全。

钓鱼真跟人的心情有关，今天心情特别好，没想竟有一条大家伙上了钩。刘宇那个高兴劲啊，简直像中了彩票。

抬头看了看天气，刚好快到正午，于是便收拾家当，满是喜悦地赶回了家。

小凡说："我还以为你只是去玩玩而已，没想到真钓到鱼了。"小凡的脸上也露出喜悦的神色。

刘宇打趣说："你是不相信我咋地，跟你讲，我可是钓鱼的老手了。"

又说："这鱼新鲜，你等着，我给你炖鱼汤喝，大补。"

刘宇便满心欢喜地做起了鱼汤，这对于他来说并不是什么费劲的事。小凡在一边看着他忙碌的样子，一边啧啧地赞叹。

经过刘宇的精心调制，一盆鲜美无比的鱼汤就摆在了小凡的面前。

刘宇说："很新鲜的，你尝尝!"

小凡轻轻地喝了一口鱼汤，的确非常鲜美，用感激的目光注视着他，说："宇，你真好!"

刘宇说："快喝吧，你身体弱，是应该多补一补。"

小凡还想说什么，欲言又止的样子。"宇，我……"小凡刚要说什么，就被刘宇打断了。

"小凡，什么都别说了，我都知道，你现在最需要的是把身体养好。"刘宇关切地对小凡说。

"快喝吧，要不凉了就不好喝了。"

小凡的眼睛湿漉漉的，一口一口地喝着他给做的鱼汤，却不知道是什么滋味。她似乎真的有些话要对刘宇说，但似乎又没有勇气开口，也不知道从何说起。

刘宇看着她喝了好多的鱼汤，脸上露出了欣慰的笑容。他在心里热切地希望小凡能够一天天地好起来。

最后小凡还是没有对刘宇说什么，只是强忍着眼泪对刘宇说了一声：“能喝到你做的鱼汤，真好！”

刘宇笑着说：“呵呵，只要你爱喝，以后有你喝的。”

幸福是什么？幸福就是在平淡的生活中两个人相濡以沫。这一刻，刘宇感到了生活的幸福，他正在用自己的努力为小凡撑起一个港湾。

他正在渐渐地习惯于这样的生活：阳光很好的日子，他坐在窗前，泡一杯热茶，一边翻着书报，一边喝着茶，听小凡哼着小曲哄着孩子，也是一种人生的享受。

其实，生活的乐趣不在我们的想象之外，就在我们触手可及的身边，只是有时候我们更愿意把它认为是负担。

38

小家伙一天天地长大，经过一段时间的相处磨合，刘宇和孩子已经完全建立了融洽的关系，即使小凡不在的时候，他依然可以把孩子哄得很开心。对于这一点，刘宇心里感到很高兴，小凡也感到很欣慰。要知道在此之前，刘宇从来没有带孩子的经历，他一看见别人家的孩子就头疼，更懒得去抱他一下。但是自从小凡带来这个孩子以后，他变得和以往完全不同了，他会主动地分担小凡的工作。也许这就是人们常说的爱屋及乌吧——为了小凡，他什么都愿意做。

然而，他却感到，小凡似乎总有一些事情刻意隐瞒着他。每当夕阳西下的时候，小凡总是一个人独坐窗前或依着栏杆，默默地注视着夕阳缓缓落下，独自黯然神伤。他不知道小凡心里究竟在想些什么，只是觉得肯定有他不知道的隐情。

他每每试探着问小凡的时候，小凡总是以“没事”来推脱，于是他也不好再问，但总是替她担心。小凡吃得总是很少，身体也一天比一天消瘦。尤其在晚上的灯光下，小凡的脸色显得更加苍白。

七月过去，迎来了八月，但是炎热却没有退去。有时候在半夜时，他总是感觉小凡全身在发汗，从睡梦中惊醒。他关切地问：“怎么了，小凡?”

小凡说：“没事，做噩梦了。”

他疑惑地问：“那怎么会全身发汗呢?”

小凡解释说：“可能是天太热了吧。”

刘宇半信半疑，但也不好再问什么。

一场大雨过后，空气格外清新，又是一个艳阳天，他们的心情也格外得好。

小凡说：“孩子没有奶粉了，你看着孩子，我去趟市上，买一些回来。”

刘宇说：“要不我去吧，你在家看孩子。”

小凡笑着说：“你去？你又不懂这些，说不定买回来些没用的东西。”

刘宇不好意思地说：“那倒也是啊，我是不太懂。要不我们带着孩子一起去？顺便给你也看看医生。”

小凡推辞说：“不用了吧？大热天的，多不方便呀，再说了，我好好的，还看什么呀，我一天去，一天就回来了。”

“那好吧!”

就这样，小凡去了市上，但是直到太阳落山也不见回来。他忙给小凡打电话，小凡说他正准备坐车呢，车可能要晚一些才能回来。刘宇心里才安定了下来。

但是几个小时过去了，还是不见小凡的踪影，按理说也应该是回来的时候了。他到外面看了几次，每一趟车停下来时都不曾见小凡下车。

这时，他心里真有些急了，莫非是小凡遇上什么麻烦了不成？于是他便急忙拨打小凡的电话，不料却关机了。这一下更让他焦急万分。过了一会他再打，电话是通了，就是没人接电话。

他一直不停地打小凡的电话，但始终都不接。他隐隐约约地感到了一些不对劲。最后，小凡给他发来一条很长的短信。

宇：对不起，请原谅我的不辞而别，当你看到这封信的时候，我已经到了一个陌生的城市。请别问我这是为什么，总之我做出这一切都是为了你好，我不想带给你太多的痛苦。谢谢你这么长时间对我的悉心照顾和呵护，我这一辈子都会铭记在心，即使在死的那一刻。

宇，你是我最心爱的人，我不忍心看着你为了我而痛苦，所以我选择了离开。这一次的离开不是生离，而是死别。也许我们再也不会相见，这或许是冥冥中注定的。

再见，我最爱的人，忘了我吧，孩子就托付给你了。我相信你会好好照顾她的，我会在另一个世界为你们祈祷，一生平安。

他万万没有想到会是这样。他从小凡的短信中间似乎知道了一些什么，但是又不是那么详细。

他再打过去电话的时候，小凡的电话已经关机。这次他真的绝望了，世界如此之大，他也不知道小凡究竟去了哪里。但是在他的心里始终有一个信念，那就是无论是天涯海角，他也要把小凡找回来。

接下来的几日，刘宇整天神思恍惚，既要照顾嗷嗷待哺的孩子，又要四处打听小凡的下落。所有的朋友，能够联系上的他都问过了，就是没有小凡的音讯，这让他无比的失望，整个人也憔悴了许多。

到哪儿去找小凡呢？只有默默地等待，等待奇迹的发生。

忽一日，华子打电话说，他知道小凡在什么地方。

刘宇忙问在哪儿。

华子说在西安。

刘宇问华子是怎么知道的。

华子说，小凡昨天凌晨在空间里发表了一篇题为《致我所爱的人》的日志，他通过技术手段查到了小凡的 IP 地址，是在西安。

刘宇相信华子所说的话，他知道，华子确实是一个电脑高手。

于是，他用手机打开了小凡的空间，泪流满面的阅读了那篇题为《致我所爱的人》的日志。字字都是泪，句句都是情。充满了对自己刻骨铭心的爱和依恋，也充满了对这个世界的依恋。读完小凡的日志，刘宇整个夜晚都泪雨滂沱。

他深深地自责，都怪自己太大意，没有好好地照顾小凡，才有这样的事情发生。他早该意识到的，想起小凡之前种种反常的表现，就应该知道她有什么事情隐瞒了自己，但是现在，一切都太晚了。

现在既然知道了小凡的下落，哪怕是历尽千辛万苦，也要把她找回来。小凡走的时候，身上也没有带多少钱，现在也不知道在什么地方挨饿受冻呢，一想到这里，刘宇心如刀割。

但是，还有一个困扰他的问题，就是孩子怎么办。经过思前想后，他还是决定去求父母。虽然目前和他们的关系有些僵，但毕竟母子情深，相信父母会帮他的。

没想到，等他说明了原委，母亲却很温和地接受了他的请求，说：“去吧，孩子，我们支持你，尊重你的选择。”

刘宇一时感动得热泪盈眶。母亲擦干了他的眼泪说：“孩子，你现在是男子汉了，就应该顶天立地。”

刘宇感激地点了点头，关键时刻，父母永远是孩子的后盾。

“去吧，有什么事，就给家里打个电话。”

刘宇匆匆收拾了一下行装，就踏上了去西安的列车。

天空下着小雨，坐在急速行驶的列车上，刘宇的心情也格外潮湿。

虽然火车已经行驶得很快了，但是他还是希望能够再快一点，这样就能够早一点到达西安，可以早一点去找小凡，小凡就少受一天的罪。这样想的时候，刘宇真有些坐立不安了。

此番寻找小凡，他只知道小凡在西安，但是茫茫人海，能不能找到小凡，心里真没有底。但是不管怎么样，都无法动摇他找到小凡的信念。

火车终于到站了，一出站口，一股热浪迎面扑来。八九月的西安依然酷热难耐。远远地就能看见灰色的城墙。

由于在农村生活了太久的缘故，一下子面对熙熙攘攘的人群、嘈杂的车辆和各种喧嚣，加之近日来没有休息好，他感觉有些眩晕。于是他便找到了一处公交车站，一边做稍稍歇息，一边想该去哪儿。

对于西安，他是来过一次的，但是这次与以往不同，不是来玩，而是来找人，所以心情也不同。

他一时觉得茫然，不知道该从那个方向去找。心里默默在想，这么大的西安，哪个角落才是小凡的落脚之处呢?

刘宇在西安拥挤的人群中漫无目的地走着，看着形形色色的人们，真希望下一个看到的面孔就是小凡，然而每次都让他失望，每一次触及眼帘的，都是陌生而冷漠的面孔。

人在有所期盼的时候总爱幻想，明知道这样漫无目的地找下去是没有结果的，但是除此之外，他再想不出其他高明的办法。

他实在累得走不动了，就坐在路边上歇一会，路过的行人看到他萎靡的样子，都对他投来鄙夷和诧异的目光，甚至有些警惕。

他想，他们一定是把他和满大街无家可归的流浪汉等同起来了，或者认为他是那种躲在角落里，趁人不备专干坏事的猥琐男人。他想到这些心里就有些气愤。然而，他只是气愤罢了，除此之外他能怎样？

他在心里默默地告诫自己，刘宇，你是来找人的，所以任何苦、任何困难你都要克服。母亲的话一直萦绕在他的耳际："你要做一个顶天立地的男子汉！"这点苦算什么，别人误解了又怎么样？刘宇在心里默默地为自己加油，走自己的路，他们爱怎么想就怎么想。

这时，他真有些为自己感动了，于是两滴清泪就不由自主地落在了灼热的柏油路面上。

在这陌生的城市，只有靠自己。刘宇擦干了眼泪，又继续向前走去……

39

这样漫无目的地寻找下去，注定是没有结果的。当城市的灯火变得通亮的时候，他终于走不动了。于是他便找到了一个小饭馆随便对付着吃了一点，但是也难以消解满身的疲惫。他思忖着应该先找一个地方住下来。高档一些的酒店他是住不起的，只能找那种小旅馆来对付。而这种小旅馆一般都在幽深偏僻的地方，一时不太容易找着，所以刘宇费了好大的劲才找到一个收费符合他标准的小店落了脚。虽然有些脏，但是他也顾不上这些了。尽管狭小的房间里散发着一股霉味，被褥上也依稀可见一些斑驳的痕迹，隔音效果也极差，但由于疲惫不堪的缘故，躺下来，不一会儿，他就沉沉地睡着了。

等他再次睁开眼睛的时候，外面的世界已经是一片嘈杂。他匆匆忙忙地简单收拾了一下，一出门，一束强烈的光线便刺得他的眼睛好痛，好一阵子都睁不开。他这才发现自己住的小店采光效果极差，简直就跟在地窖中一样。

他还是像昨天一样，在大街上漫无目的地搜索，希冀在来来往往的人群中发现小凡的身影，但是依然毫无结果。

于是他的心里变得焦躁不安，太阳火辣辣地照着，他也不停地冒汗。眼看着时间一秒秒地过去，一点线索也没有，他怎么能不着急呢?

刘宇像泄了气的皮球一样神情沮丧地走在大街上，目光呆滞地朝四处不停地张望。

他感到有些绝望，便蹲在一处墙角处暗自神伤，贴在墙上的一张小广告突然使他眼前一亮。他不由得激动起来，怎么自己会没有想到呢，真是活人让尿给憋死了。

于是他便找到一家打印部，想做一些寻人启事。这里的店员说，要是能配上照片，效果会更好一些。

他一想手机里正好有小凡的照片，便忙翻出来给了店员，500 份寻人启事打印出来，刘宇心里稍稍感到有了一丝希望。

他忙不停火地到大街小巷去贴那些寻人启事。他也是不敢随便乱贴的，别人贴过的地方他才敢贴，但是即使是这样，最终还是被一位城管抓了个正着。

于是他一味地给城管说好话，希望放他一马，城管看了看他的寻人启事，确实也蛮感人的，竟然被他的一片真心感动。所以贴过的就既往不咎了，但是不准再随便乱贴了。

这下可难坏了刘宇，眼看着有一点希望，现在一下子又没了，他顿时沮丧起来。城管看他垂头丧气的样子，给他出了一个主意：你何不到网上去发寻人启事呢？现在网络这么发达！

城管的一句话，顿时使刘宇眼前一亮，一下子又转悲为喜了。这一下子真让刘宇对这位城管感激涕零了，不停地谢了一番，便四下里去寻找网吧。

坐在电脑前，他一字一句地敲击着这份不同寻常的寻人启事，等写完的时候，连自己都感动得热泪盈眶了，惹得网吧上网的一些人对他侧目相看。

他在与这个城市有关的网站以及论坛统统发了帖子，生怕会漏掉一个，又附上了小凡的照片。他希望有好心人能够帮助他，为他提供线索，同时也希望最好小凡能够亲眼看到这篇文章。

他不知道小凡能不能看到，但是刘宇就愿意这么想。

接下来，刘宇就回到旅馆，手机二十四小时开机，等候关于小凡的消息。

八九月的西安，酷热难耐，等着等着，刘宇竟迷迷糊糊地睡着了。一睡着就做梦，梦见有人不停地打电话为他提供关于小凡的线索，很快就找到了小凡的容身之处，小凡比以前更瘦了，瘦得不成了人形。一见面他们就抱头大哭，哭着哭着，他猛地一下子惊醒了。

等回过神来，他拿起手机来看，还是死一般地寂静，没有一条信息，也没有一个未接电话。他不免有些失望，难道就没有人看到寻人启事吗？

这屋子如果不开灯，白天也跟黑夜一样。他的心里也充满了无尽的黑暗，没有一丝亮光。

两天过去了，还是没有一点消息，这让刘宇有些按捺不住了，心想是不是自己发的帖子太少，不会引起人的注意？于是他便又跑到网吧不停地发帖，几日下来，有些帖子都被置顶了，但是依然没有小凡的消息。

又是几日过去，终于有人打电话进来了。说他知道小凡的下落，但是一开口就要钱，刘宇试探着问了问关于小凡的情况，他说的都是他发的寻人启事里提到过的情况，刘宇一听就知道是骗人的。

幸亏刘宇多了一个心眼，现在这个世界是骗死人不偿命。

越是没有小凡的消息，刘宇越是拼命地发帖，但是依然没有小凡的消息，小凡就像故意躲起来似的，到最后刘宇真的有点绝望了。

他把心中的苦一股脑儿地倾诉给了华子，华子说不行的话，还有一个办法可以试一试。

刘宇问什么办法？

华子说，只能在本地的报纸上登寻人启事了，但是这个需要一定的费用。

刘宇说，只要能够做到，什么办法都可以试。

于是，他便取出银行卡上几乎所有的钱，最大限度地去报纸登寻人启事，尽管有前两次失败的经历，刘宇还是满怀希望的等待消息。

此时，刘宇真的变得囊中羞涩。一连十几日来，花光了他本来为数不多的存款。

转眼就要开学了，小凡依然毫无音讯。刘宇感到万分的焦急，即使有钱也不能再继续找下去了。刘宇感到彻底地失望。

也许小凡根本就不在这个城市，或许在另一个不为人知的地方，或许已经不在……刘宇不愿意这么去想，尽管这种情况极有可能发生。他有时候还是在幻想，他忽然一转身，小凡就站在他的身后咯咯地笑。可是当他每次转身的时候，看见的都是陌生冷漠的面孔。

一个人走在树影斑驳的公园小道，夕阳把叶子照得零零碎碎，他感到前所未有的绝望。他不断地叩问自己，难道就这样错过了吗？

一个乞丐走到他的面前，伸出脏兮兮的双手乞求施舍。刘宇无奈地摊开双手，表示很为难的样子。他已无力再为别人施舍了。

乞丐纠缠了半天也见他无动于衷。刘宇没好气地说：“我现在都急需别人施舍了。”

不料那乞丐很生气地骂道：“妈的，穷鬼！老子分你一点。”

说着把手中的一把票子很麻利地塞到了刘宇衬衣的口袋里，便扬长而去。刘宇一时怔在了那里，惹得过路的人投来鄙夷的目光。

他木然地看着乞丐潇洒的背影很快就消失在熙熙攘攘的人群当中，便逃一般向没人的地方窜去。

这是在西安的最后一个晚上。华灯初上，绚烂的霓虹灯为这座古城增添了几分忧郁的神色。一个人走在昏黄的路灯下，孤独的身影被拉得好长好长，他有一种欲哭无泪的感觉。

难道命运注定他们就此分离？或许不单是分离，而是永远诀别。

他一边喝着用乞丐施舍给他的钱买的啤酒，一边在大街上抽风。他撕心裂肺的呼喊：“小凡，你在哪儿，你听到了吗？”

但是他的声音很快被夜空吞没，世界依然保持它沉默的本色。小凡听不到他的呼喊，所有人都听不到他的呼喊，这是一个冷漠的世界。

电话那头母亲关切地问：“孩子，你没事吧？”

他忍不住一阵阵辛酸，所有的苦楚都一时涌上心头，只喊了一声“妈……”便嚎啕大哭起来。

母亲不停地安慰说：“别哭，孩子，你要坚强一些。一切都是命中注定的，你强求不得。小凡当初离开你也是为了你好，她也不希望看到你这样痛苦的样子，对吗？”

刘宇哭着点点头说：“嗯，可是，我还是放不下她。”

母亲说着说着也有一些心酸，“没事的，孩子，老天爷让你们相见的时候终会相见的，这都是命啊。”

刘宇一听到母亲的安慰，想到自己这一段时间以来受到的种种痛苦，便伤心地哭个不停。谁说男儿有泪不轻弹，只是未到伤心处。

“妈，我想回家！”

“好吧，孩子，那就回家吧。”

他真有些想家了，这一段时间以来，不但自己受了好多苦，家里人也跟着为自己担心。一想到年迈的父母，他就觉得对不住他们。

一阵风吹来，他清醒了许多。再不能这样盲目地找下去了，一切都是徒劳，毫无结果。他开始相信这真是命运的捉弄。

第二天一早，他便坐上了回家的火车。他下了很大的决心才做出放弃的选择，当火车启动的时候，他的心里有一种难言的痛楚。

永别了，小凡。也许以后我们只能在梦里相见。这样想的时候，两行清泪顺着刘宇的脸颊滴落下来。

40

经过将近二十天的毫无结果的寻找，刘宇带着满身心的疲惫和遗憾回来了。母亲看到他憔悴不堪的脸庞，不由得老泪纵横。

母亲说，自从走后，孩子哭个不停，现在慢慢习惯了，似乎乖了好多。

刘宇凑近熟睡的孩子，不由得一阵心酸，可怜的孩子，上天对她太不公平了，命中注定还没有长大就没有了娘。

母亲一眼便看出了刘宇的心事，便安慰道：“别担心孩子，人生没有走不过去的坎儿，你看我现在身体还这么硬朗，把她养大成人没啥问题。”

刘宇感激地凝视了一会儿母亲，没有说什么。

无论生离死别，生活还得继续，时间也不会停止。

忙忙碌碌又到了开学的时候，又是新的一学期开始。刘宇也不得不投入新的工作，也许这样可以暂时忘却心中的伤痛。

不管怎么样，小凡还是真真切切地离开了他的世界，而且是永远的离开，就这样在他的生命里消失得无影无踪，不着一点痕迹。

他也试图努力放下这一切，重新面对新的生活，却无法抹去那一幕幕的记忆，那么清晰，那么刻骨铭心。也许他这一辈子都无法抹去曾经的伤痛。只是在某个夜深人静的夜晚，从噩梦中惊醒时，来虔诚地缅怀和祭奠这段曾经充满伤痛的过往。

日子生生不息地从今天到明天，又把无数个明天变成了昨天。所有的一切也终将被时间无情地抛在脑后，却无法抛出刘宇的内心深处。

一日，他正在秋日惨淡的阳光下无精打采地翻看着报纸，忽然接到西安警方的电话，他先是一惊，可是接下来的话更让他吃惊。

当对方问他认不认识小凡的时候，他已经明白是怎么回事了。原来小凡一直在西安流浪，一天夜里晕倒在了街头，幸好被执勤巡夜的警察发现，才被送到了医院。

据警察说，小凡晕倒时手里一直捧着手机上他的照片，他们从她的电话里找到了他的号码才联系到他的。

刘宇听着，不由得泪流满面。警察说，你来接她回家吧，她好像得了什么重病，暂时脱离了危险，现在身体很虚弱，急需要人照顾。

刘宇听到消息，也顾不上向学校请假，又一次火速赶往西安。

再次见到小凡的时候，她已枯瘦得脱了人形，惨白的脸没有一丝血丝。他立在门口久久地望着病床上的小凡，小凡也这么惊讶地望着他。警察对小凡说："对不起，我还是通知了你爱人。"说完便在刘宇的肩膀拍了拍出了门。

刘宇望着病危中的小凡，百感交集。小凡也无法控制自己悲伤的情绪，两个人抱头大哭。

原来，小凡一直感觉身体不对劲，只是一直瞒着刘宇，不想让他担心。上次去市里，就是出走那天，小凡一个人偷偷地跑到医院检查了一遍，才得知自己得了绝症，而且是晚期，最多只能活两个月，随时都可以失去生命。

小凡当时就懵了，但是又一想，自己已经这样了，不能再拖累刘宇，让他为难，让他痛苦。况且刘宇已经为她付出了太多而使她心里万分内疚，于是她便下定了决心一个人再次偷偷地离开，离开这个她一直很爱的人。

但是她不曾想到，她这样无声无息地离开，会使刘宇更加地痛苦，更加地内疚，这也是她万万没有想到的。

“你这又是何苦呢？你不知道这样我有多担心，多痛苦吗？”刘宇心痛地问道。

小凡用微弱口气说：“对不起，宇。都是我不好，我没想到你会一直找我。我只想减轻你的痛苦，所以我才……”

“什么都别说了，小凡，我全明白。不管怎么样，我一定要把你的病治好。”刘宇坚定地说。

小凡淡淡地说：“没用的，我很清楚自己的情况，我最多只有两个月的时间了，可是，我就是舍不得你。”小凡紧紧地抓着刘宇的双手。

“不会的，一定能够治好，现在医学这么发达，我们才刚刚开始，我们还有很多路要走呢。”

其实刘宇的心里也明白，小凡得的是不治之症。但是他的心里就是不愿意相信这个事实。

小凡吃力地说：“听我说，宇。别费心了，一切都是徒劳。也许这就是命吧。能够得到你的呵护，我这一生已经心满意足了，就是没能做你的新娘。剩下的时间，我只想和你在一起，你陪着我走完这最后的一程。”

“可是你的身体……”刘宇已经泪如泉涌，哽噎着无法再说下去了。

他把头别过去，望着窗外。

“别说了，宇，我都明白。我不想住在医院，我们回家好吗？这是我最后唯一的愿望了。”

刘宇咬着牙，任凭脸上的泪水肆意地流淌，最后说道：“好，我们回家。”

小凡苍白的脸上露出一丝欣慰的笑容。

就这样，刘宇带着小凡又回到了学校，日夜守候在身边，悉心呵护。

他把更多的时间腾出来陪小凡看日出日落，花开花谢。为她写那些凄美的情诗，唱她喜欢听的歌曲……

终于有一天晚上，小凡病得很厉害。她对刘宇说：“宇，我可能熬不过今天晚上了，我有点害怕，我真的害怕再也见不到你了。”

刘宇强压着内心的悲恸说：“别怕，小凡，我会一刻不离地守在你的身边。”

小凡的眼神里充满了留恋，忧疑地说：“我不怕死亡，我只是怕我们就要永远地分开了。但是，我死也要死在我心爱的人的怀里。”

刘宇什么话也没有再说，只是紧紧地抓着她的双手，把小凡揽进自己的怀里，紧紧抱着她。

夜好静，静得似乎能听见尘埃落地的声响。他好像听到了时间行走的声音，嗅到了死亡渐渐逼近的味道。

清晨时分；小凡终于恋恋不舍地闭上了眼睛，两滴清泪从小凡的眼角流出，滴落在他的手背，如同命运般冰凉。

就这样，在一个清朗的清晨，小凡走完了她年轻的生命旅程，带着无尽地遗憾与爱意永远地离刘宇而去。从此，天人永别，梦难相见。

刘宇悲恸的哭声响彻了清晨安静的校园，这是一个男人绝望的哭声，是一个男人痛彻心扉的呐喊。而这一切，又有谁能够知晓？

萧瑟的秋风吹断了山上的白草，小凡被葬在一处杂草丛生的小坡上。那天下着蒙蒙细雨，没有人为小凡送行，她就这样被安静地埋葬了。

不大的墓碑上刻着：爱妻小凡之墓。

他知道，小凡一直想做他漂亮的新娘，这也是她未能达成的心愿。他只能以这样的方式完成她未了的心愿，也是他唯一能为她做的最后一件事。

迷蒙的细雨笼罩着阴沉沉的天空，不一会儿就打湿了小凡新培起来的坟头。

刘宇在心里默默地念叨："小凡，一路走好，你看，老天爷都在为你送行呢。放心地走吧，我会照顾好孩子的。如果有来生的话，你一定要认得我。"

他抹掉满脸的泪水，不知是泪还是雨。

小凡的死带给刘宇无尽的悲痛，痛定思痛之后，生活还得继续，他还要照顾好孩子，这样才能告慰小凡的在天之灵。逝者已矣，生者更需要好好的活着。

回想自己这一年多的时光，总是在蹉跎中度过。一年来发生的种种事情，特别是小胖、小凡的死，一个是自己最好的兄弟，一个是自己最爱的人，种种坎坷别离，也使他渐渐地对生活有了新的认识。什么才是真正的幸福？其实平淡也不失为一种明智的选择。

他开始重新审视自己的人生。既然已经走上了教师这条路，就应该踏踏实实无怨无悔地走下去，这样才没有虚度自己的青春年华。生活对他确实是有些不公，但是总不能一味地和自己计较。

孩子一天天地长大，他一定要把她好好地带大，教育好她。是的，他必须肩负起这个责任，这样才能对得起远在天堂的小凡对自己的爱。

人一旦心里想通了，想开了，就有了行动的方向。他正试图全身心地投入到这项曾使他厌恶的教育事业当中来，他要把自己的所学，毫无保留地奉献给这里饥渴的心灵。

也许，人只有经历一些事情以后，才会变得成熟起来。既然无法改变这个世界，何不试着改变一下自己呢？也许，改变自己比改变世界要容易些。

他仍然会经常想起小凡，或者在梦里梦见她。就像以前的样子，一点都没有变。

一个月后，一个冷清的午后，他正在百无聊奈地翻看着当地的报纸。这些从工资里扣除的费用无条件征订的报纸，几乎没有什么值得看的内容。他随意地翻了翻，正要放下，却被一条新闻吸引了眼球。

接下来的内容使他感到一阵眩晕……

41

他实在不相信自己的眼睛，翻过来又仔细看了一遍，还附带着照片。没错，是大飞！

他怎么也没有想到，大飞会与贩毒联系在一起。他这才想起，好久没有和大飞联系了。于是他赶紧拨打大飞的电话，但是一直处于停机的状态。他这才感到事情的严重，一时僵在了那里。

他知道大飞一直想赚钱，但是没想到会走上贩毒这一步。他还是有些不太相信，便从侧面又打听了一下，证实消息确凿。

他回忆了一下大飞的情况，上次回来确实有些不对劲，原来他所说的代理其实就是贩毒啊。他在心里深深地为大飞感到惋惜。如果自己能够早一点发现大飞贩毒的苗头，他也不至于走到这一步，他一定会阻止的。但是现在，一切都晚了。

大飞最终判了十年徒刑。用大飞的话说，要不是他把药丸卖给公安局长的儿子的话，也不会落得如此的下场。但是他唯一想不通的是，为什么好事情都让别人给占了，自己却只能靠边站，这个世界太不公平了！想赚钱有错吗？

刘宇想赚钱没有错，错的是大飞选错了路。自己酿下的苦果只能自己吃，这个世界上，有些规则，不管是道德的还是法律的，都是永远不能触碰的，否则就会付出不可挽回的代价。

想想身边的朋友，离开的离开，坐牢的坐牢，短短一年多的时间，发生了这么多的事。

想想自己，可能会在教师这条路上一直走下去，五年，十年，二十年，甚至用一生的时间。然而现在，他的心里安分了许多，一切都顺其自然吧！

又一年的冬天不知不觉地来了，一场纷纷扬扬的大雪拉开了冬天的序幕。刘宇孤独地坚持在这个默默无闻的岗位上，在寒冷的季节，奉献着自己微不足道的热量。他仍然吃着白水挂面，围着火炉烤冻红的双手，上课，批阅作业。

一天，教导主任对他说：“有一个教师培训课程，学校决定让你参加。”

“在哪儿?”

“兰州。”

“什么时间?”

“准备一下，下周一出发。”说完，主任用信任的目光注视着他。他知道这目光所包含的意义，这一段时间来，自己的工作大家是有目共睹的。

就这样，他去了省城兰州。正好，华子也在兰州，好久没有见到华子了，这次是个机会，于是他便提前通知了他，也好一起聚聚。

大西北的冬天是异常寒冷的。一下火车，一股冷空气便迎面扑来，他不禁打了一个寒颤。幸好华子已经早早地在等他。

看样子，这一年华子在兰州混得不错，他知道华子的能力。两人见面甚是高兴，吃饭的时候多喝了几杯。为了尽地主之宜，吃完饭，华子又约了几个朋友去一起唱歌。

刘宇说：“你们去玩吧，我就不去了。”

华子说：“专为迎接你我们才去的，你不去，主角都没有了，我们还有什么意义。”

刘宇还想说什么，却被华子一下子打断：“走吧，别老土了，不要枉费了兄弟们的一片心意。”

盛情难却，刘宇也不好再推辞，况且华子的朋友也在，再推辞就是不给华子面子。伤朋友面子的事刘宇可从来都做不出来。

于是他便在他们的带领下来到了一家KTV，这里装潢非常气派，看样子华子他们经常来，对这里的一切驾轻就熟。

选定了包厢，华子的一个朋友提议说：“要不，找几个姑娘来陪我们唱歌吧?”

大家一致赞同。刘宇说：“这样不好吧？”

华子轻轻地戳了一下他，小声对他说：“没事的，别扫了大家的兴！”

刘宇也不好再说什么。不一会儿，就进来了几个打扮妖艳的女子，齐刷刷地站在了他们的面前。大家为了表示友好，让刘宇先挑，刘宇的目光一下子停在了中间的一个姑娘身上，她的目光也停在了刘宇的身上。

真没有想到，会在这种地方遇见她。这个姑娘不是别人，正是小凤，他曾经伤害过的姑娘。

其他人也看出了一些苗头，问道：“你们认识啊？”他们彼此尴尬地笑了笑。

“认识更好，认识更好，熟人好办事嘛！”大家打趣地说。

有小凤坐在身边，他已没有心思再唱歌。借着大家鬼哭狼嚎的时候，便和小凤聊了起来。

小凤说，就是去年，刘宇伤害了她，一气之下，她便来到了省城，身上的钱不多，辗转反侧，心灰意冷之际便来到了这里，做了传说中的“公主”。

刘宇觉得小凤的堕落是自己一手造成的，心里充满了自责。便歉疚地说：“对不起，小凤，是我害了你。”

小凤淡淡地一笑，说：“事情都过去了，还提它干吗。所有的一切都是我自己选择的，这不怪你。来吧，既然来了，想唱什么歌，我来点，我陪你唱。”

刘宇说：“还是别唱了吧，我们出去走走。”

小凤诧异地望着他说：“好吧！”

他们一边走在寒冷的大街上，一边聊着一年来发生的种种事情，诉说着各自的遭遇。

“我没想到，短短的一年之间，会在你身上发生这么不幸的遭遇。宇，不管怎样，你一定要坚强起来。”小凤感叹道。

刘宇说：“谢谢，我现在很坚强。你也受了不少苦吧？”

小凤不置可否。慢悠悠地说：“人一来到这个世界就是来受苦的，谁也避免不了。好在我还有自己的底线，只陪酒陪唱不陪睡，否则的话，我真是连自己感觉都很龌龊。”

刘宇深有感触的说：“我现在终于明白了‘存在的即是合理的’这句话的真正含义了。”

他们敞开心扉地聊，从来没有感觉这么近过，分手的时候竟有些依依不舍。临走时，小凤说：“留个电话吧！”

于是他们互相留了电话号码，便各自转身消失在寒冬的街头。

两周的培训很快就结束了，刘宇也回到了学校，继续他的教书生涯。

很快又放了寒假，下了一场大雪。

刘宇站在校门口，一辆班车缓缓地停了下来，走下来一个穿着火红羽绒服的女子，在大雪的世界里显得分外妖娆。

刘宇走过去，接过行李，互相说了几句话，便一起向学校走去。

很快便又到了年关。匆匆忙忙，一年又结束了，新的一年又要来临了。

声声爆竹划破了漆黑的夜空，绚烂的烟花掀开了新年的帷幕，新的一年终于来了。

这个女子就在新的一年里，成为了刘宇的女朋友，后来又很快地成为刘宇的新娘。他们不介意彼此的过去，也不介意彼此的现在。不要丰厚的彩礼，也没有举办隆重的婚礼。她就是小凤。

他们只渴望一起平平淡淡地生活下去，有一个温暖舒适的家。

又到了细雨纷纷的清明时节，刘宇和小凤带着孩子来到了小凡的坟前，为她烧了纸钱。

小凤说："放心吧，我会照顾好孩子的。"

刘宇伫立在细雨蒙蒙中，似乎看见小凡正在向他走来，小胖正在向他走来，还看到了大飞痛苦煎熬的表情……

过去的都已经成为历史，不管我们愿意或者不愿意，都无可挽回。一切都会烂在昨天的尘埃里，有一天被风吹散。

我们的青春就这样一去不复返，有过彷徨，有过迷茫，有过挣扎，有过伤痛，最终留在我们心中的是那一道道不可抹去的伤疤。